Dan Wells
Sarg niemals nie

Zu diesem Buch

Der verrückteste Horror, den man für Geld kaufen kann: England, im Jahr 1817. Oliver Beard sitzt wegen seiner Gaunereien zu Recht im Gefängnis. Als er die Gelegenheit sieht, eine unrechtmäßige Erbschaft anzutreten, fädelt er seine Flucht ein und lässt sich nach draußen schaffen – im Sarg. Auf dem nahe gelegenen Friedhof steigt er wieder aus dem Grab. Doch er hat nicht damit gerechnet, dass er von nun an eine Schar Vampire am, nun ja, Hals hat, die ihn für ihren auferstandenen Anführer halten – und zu allem Überfluss ist der wahre Vampirgraf auch schon unterwegs, um seine Ansprüche geltend zu machen ...

Dan Wells, Anfang dreißig, studierte Englisch an der Brigham Young University in Provo, Utah. Der überzeugte Mormone war Redakteur beim Science-Fiction-Magazin »The Leading Edge«. Mit »Ich bin kein Serienkiller« erschuf er das kontroverseste und ungewöhnlichste Thrillerdebüt der letzten Jahre. Seine Romane um den jungen Killer John Cleaver wurden zu Bestsellern.

DAN WELLS

SARG NIEMALS NIE

Roman

Aus dem Amerikanischen
von Jürgen Langowski

Piper München Zürich

Entdecke die Welt der Piper Fantasy:

 Piper-Fantasy.de

Von Dan Wells liegen bei Piper vor:

Ich bin kein Serienkiller
Mr. Monster
Ich will dich nicht töten
Du stirbst zuerst
Sarg niemals nie

 **Mix**
Produktgruppe aus vorbildlich bewirtschafteten
Wäldern und anderen kontrollierten Herkünften
www.fsc.org Zert.-Nr. GFA-COC-001223
© 1996 Forest Stewardship Council
FSC

Deutsche Erstausgabe
Mai 2012
© 2012 Piper Verlag GmbH, München
Umschlagkonzeption: semper smile, München
Umschlaggestaltung: www.guter-punkt.de
Umschlagabbildung: Sabine Zels
Satz: C. Schaber Datentechnik, Wels
Papier: Munken Print von Arctic Paper Munkedals AB, Schweden
Druck und Bindung: CPI – Clausen & Bosse, Leck
Printed in Germany   ISBN 978-3-492-26883-7

INHALT

Vorwort   7

TAG 1   20. JANUAR 1817

Bath, England · *Nachmittag*   13

TAG 2   21. JANUAR 1817

Auf der Straße nach London ·
Kurz nach Mitternacht   33

London · *Früher Morgen*   46

London · *Vormittag*   68

London · *Abend*   83

London · *Abend*   102

TAG 3   22. JANUAR 1817

Bath · *Nachmittag*   123

Bath · *Abenddämmerung*   141

Bath · *Nacht* 164

Bath · *Kurz vor Mitternacht* 181

TAG 4   23. JANUAR 1817

Bath · *Kurz nach Mitternacht* 197

Bath · *Sehr früh am Morgen* 212

London · *Vormittag* 229

London · *Früher Nachmittag* 241

London · *Nachmittag* 253

London · *Sonnenuntergang* 272

London · *Abend* 290

TAG 5   24. JANUAR 1817

London · *Mittag* 307

VORWORT

Bevor dieses Dokument gefunden wurde, war über Frederick Whithers wenig bekannt. Die historischen Aufzeichnungen belegen, dass er 1794 im englischen Bath zur Welt kam und sein ganzes Leben dort verbrachte. 1827 starb er im Gefängnis, wo er eine Strafe wegen Betrugs verbüßte, an Tuberkulose. Er hatte für die örtliche Filiale des nicht mehr existierenden Bankhauses Plumb & Gaddie Banking Associates gearbeitet und war aufgeflogen, nachdem er die Lohnabrechnungen einer nahe gelegenen Schweinezucht manipuliert hatte. Den Bauernhof selbst traf keinerlei Schuld, denn Mister Whithers' Fälschungen hatten dem Besitzer weder genutzt noch geschadet. Tatsächlich hatten sie auch sonst niemandem geschadet oder genutzt, nicht einmal Mister Whithers selbst, weshalb der Zweck der Fälschungen völlig im Unklaren blieb. Es war ein minder schweres Vergehen, das nicht allzu streng bestraft wurde. Die Geschichtsschreibung hätte Whithers völlig übersehen, wären da nicht sein unzeitiger Tod und die anschließende Grabschändung durch einen einheimischen Grabräuber gewesen.

Doch wie es scheint, neigt die Geschichtsschreibung häufig dazu, Menschen und Ereignisse in Erinnerung zu halten, die wir sonst nur allzu schnell vergäßen. Während der Arbeit an einem ganz anderen Buchprojekt über historische Gefängnisse stieß ich rein zufällig auf dieses Dokument, als ich in den Archiven der Bodleian Library in Oxford Nachforschungen anstellte. Eingeklemmt zwischen den Blättern eines dicken Wälzers, fand ich dieses Manuskript, das recht alt, aber gut erhalten war, zusammen mit einer rätselhaften kleinen Notiz: *Gott sei für die Schwindsucht gedankt.* Falls das Dokument sich als Fälschung erweisen sollte, so ist es eine raffinierte und unentwirrbare Lügengeschichte. Sollte es die Wahrheit berichten, dann ist es eine scharfe Bombe, die unsere gesamte Literaturgeschichte jederzeit in Stücke sprengen könnte.

Ich bin weiß Gott nicht sensationslüstern und veröffentliche dieses Manuskript nicht, um für Aufruhr zu sorgen, um mir Feinde zu machen oder gar um Geld zu verdienen. Ich tue es einzig und allein, weil ich die Wahrheit liebe, und ehrlich gesagt auch deshalb, weil mir dies die beste Verteidigung gegenüber etwaigen Vorwürfen zu sein scheint. Denn hätte ich alles für mich behalten, dann hätte man mich womöglich eines Tages tot aufgefunden. Da der Text nun aber veröffentlicht ist, würde mein Tod die Wahrheit bekräftigen. Falls ich jedoch andererseits an Tuberkulose sterben sollte, nun ja – dann stellen Sie bitte keine weiteren Nachforschungen an. So etwas geschieht eben manchmal.

CECIL G. BAGSWORTH III

TAG 1

20. JANUAR 1817

Sankt-Agnes-Abend –
Oh, wie fror die Welt!

Bath, England · *Nachmittag*

Es begann mit einem Sarg.

Unerwartet, aber doch erfreulicherweise verstarb mein Zellengenosse. Er war ein wahres Ungetüm von einem Mann gewesen, breit und hoch wie ein Gebirge, mit Armen wie Äste und dem wundervollen Namen Blutiger Toby Tichborne. Keine zwei Tage vorher hatte er sich volllaufen lassen und einen ganzen Pub niedergestreckt – und zwar nicht die Gäste, sondern den Pub selbst. Er hatte das Gebäude praktisch schon niedergerissen, als die Wachtmeister ihn endlich überwältigen konnten. Eigentlich hätte man bei einem Mann wie ihm eine stabile Konstitution erwartet, doch in seinem Fall erwies sich diese Annahme als falsch. Zwei Tage später starb der Blutige Toby an der Schwindsucht, keine drei Schritte von mir entfernt, und das ganze Gefängnis geriet in Angst vor der Ansteckung. Keine halbe Stunde später, nachdem ich ihn tot aufgefunden hatte, ward bereits der Totengräber gerufen, und bald darauf führte Hauptwachtmeister Barrow, der Leiter des Gefängnisses von Bath, höchstpersönlich einen dunkelhäutigen kleinen Fremden über den Flur, der einen Sarg mitgebracht hatte.

»Genau hier, sehen Sie, hier in dieser Zelle.« Barrow hatte sich ein Taschentuch vor Mund und Nase gepresst. »Dort drinnen liegt er. Schrecklicher Fall.«

»Wenn ich mir eine Frage erlauben darf«, begann ich. Während ein Wachtmeister die Zelle aufschloss, setzte ich mich in die hinterste Ecke. »Bezeichnen Sie die Krankheit als schrecklichen Fall, oder meinen Sie den Blutigen Toby selbst?«

»Beides.« Barrow deutete ins Zelleninnere. »Und damit sind wir auf einen Schlag zwei schreckliche Fälle auf einmal los. Eine Schande, dass er als Futter für den Ghul enden wird.«

»Den Ghul?«, fragte ich.

»Haben Sie noch nichts davon gehört?«, entgegnete er. »Ein Grabschänder schleicht in Leichenhallen und auf Friedhöfen herum und stiehlt die Körperteile der Toten. Sie nennen ihn den Ghul von Bath. Alle reden davon.«

»Ich sitze seit zwei Wochen im Gefängnis«, wandte ich ein. »Da kamen mir nicht allzu viele Gerüchte zu Ohren.«

Der Totengräber schlurfte herein, schnalzte mit der Zunge und schüttelte den Kopf. »Ja, das ist die Schwindsucht. Das habe ich schon so oft gesehen, dass es mir bald vorkommt wie der Anblick eines alten Freunds.« Er sprach mit starkem Akzent, vielleicht war er ein Zigeuner vom Kontinent. Er bewegte die Arme des Toten auf und ab und versuchte vergebens, ihn anzuheben, doch der große Kerl war viel zu schwer. Der Zigeuner lächelte uns hilfeflehend an, aber die Wachtmeister hatten zu viel Angst und wagten es nicht, sich ihm zu nähern, und ich war zu verdrossen, um ihm Beistand zu leisten. Also schwenkte er die Arme des Toten noch einige Male hilflos hin und her und kratzte sich schließlich am

Kopf. In diesem Augenblick entstand draußen im Flur Lärm – eine Tür, Füßetrampeln und der ängstliche Schrei einer Frau.

»Ist es wahr? Ist er tot? Das kann nicht sein!« Die Schritte näherten sich, und Hauptwachtmeister Barrow hob eine Hand, um die arme Frau zu sich heranzuwinken. »Schlimm!«, weinte sie. »Mein armer Frederick ...« Dann stürzte sie herbei, sah mich und hielt erschrocken inne. »Du lebst ja noch.«

»Hallo, Gwen«, sagte ich.

»Man sagte mir, du seist tot.«

Ich blickte zu dem Leichnam hinüber. »Knapp daneben.«

»Aber du bist noch am Leben.«

»Du musst nicht gleich so enttäuscht sein.«

»Bitte, Frederick.« Sie trat weiter vor. »Du weißt doch, dass deine Gwendolyn nie so gemein zu dir wäre.«

»Meine Gwendolyn?«, erwiderte ich. »Vor zwei Wochen, bei deiner Weigerung, für mich auszusagen, da habe ich jede Hoffnung aufgegeben, du könntest jemals meine Gwendolyn sein.«

»Was hätte ich denn schon bezeugen können?«, entgegnete sie und warf einen raschen Blick zu den Wachtmeistern hinüber. Sie trat einen weiteren Schritt auf mich zu. »Ich hatte keine Ahnung, dass du etwas gefälscht hattest. Sonst hätte ich schon vorher versucht, dir alles auszureden.« Wieder sah sie sich um und sprach mit gesenkter Stimme weiter. »Frederick, ich habe wichtige Neuigkeiten, die wir unter vier Augen besprechen müssen.«

Ich sah sie scharf an, denn auf einmal wurde ich neugierig. Sie nickte weise, ich nickte zurück. Schließlich sprang ich auf und näherte mich den Gitterstäben.

»Entschuldigen Sie, Hauptwachtmeister, dürfte ich mit dieser Dame unter vier Augen sprechen?«

»Bitte, Sir!«, bat Gwen und warf dem Mann einen äußerst kummervollen Blick zu. Der brummte und grollte ein wenig, dann deutete er auf die offene Zellentür.

»Jenkins, schließen Sie ab! Wir warten draußen im Flur, falls Sie unsere Hilfe benötigen, Miss.« Der Wächter kam und sperrte mich ein, während der Totengräber leise und traurig vor sich hin murmelte und abermals vergeblich versuchte, den Toten zu bewegen. Sobald die anderen außer Hörweite waren, trat Gwen an das Gitter und flüsterte drängend.

»Harold Beard ist tot.«

»Tot?«

»Tot. Die Schwindsucht, heißt es. Er ist heute Morgen gestorben.«

»Und das Erbe?«

»Unberührt.« Sie nickte. »Neunzigtausend Pfund.«

»Wie war das noch mal?«, fragte der Totengräber.

»Nichts weiter«, antworteten Gwen und ich wie aus einem Mund.

»Hör mal«, raunte ich ihr zu. »Die Fälschung, wegen der ich hier eingesperrt bin, hatte nichts mit Mister Beard zu tun. Es war nur ein Übungsstück, um zu prüfen, ob es mir gelänge. Alle Papiere, die ich für das Erbe aufgesetzt habe, liegen noch in der Bank und haben auf sein Ableben gewartet. Nun, da er tot ist, kommt unser Plan ganz von selbst in Gang.«

»Der ganze Plan?«

»Genau«, bekräftigte ich flüsternd. »Sie werden den Toten nach London bringen, wo mich niemand kennt. Dort werden die Bankiers seinen Grundbesitz zu Geld machen, und« das geänderte Testament bedenkt Harrys einzigen lebenden Verwandten, seinen Neffen Oliver Beard, mit dem gesamten Vermögen.«

»Und das bist du.«

»Das bin ich«, bestätigte ich. »Die falschen Ausweise waren schon ausgefertigt, bevor man mich in dieses Gefängnis gesteckt hat. Ich muss hier weg.«

»Bist du denn sicher, dass alles so läuft wie geplant?«, fragte sie.

»Natürlich«, antwortete ich. »Meine Fälschungen sind hieb- und stichfest. Hätte man das Übungsdokument nicht gefunden – und frag mich nicht, wie man es überhaupt entdecken konnte, nachdem ich doch alles vernichtet hatte –, dann hätte man nie irgendeine Täuschung vermutet. Ich garantiere dir, Harrys Erbe ist greifbar nahe und wartet darauf, dass wir es antreten. Ich muss nur schnell hier heraus.«

»Wie lange wird das Erbe denn verfügbar gehalten?«

»Nicht lange – höchstens ein paar Tage. Ein Nachlass wie dieser fällt vollständig an die Krone, sofern niemand Anspruch darauf erhebt.«

Gwen dachte kurz nach, dann erwiderte sie meinen Blick. »Ich denke mir etwas aus. Du wartest hier, und ich finde eine Möglichkeit, dich herauszuholen.« Sie spähte den Flur entlang. »Die Wachtmeister kommen zurück, ich muss gehen.« Sie entfernte sich einen Schritt. »Bleib stark.« Dann eilte sie über den Gang.

»Verdammt auch«, murmelte ich und trat ebenfalls vom Gitter zurück. »Das schafft sie nicht mehr rechtzeitig.«

»Bitte, Sir.« Der Zigeuner lächelte verzweifelt. »Die Tür ist versperrt, die Leiche lässt sich nicht bewegen, und ich werde allmählich unruhig. Mir scheint, ich bekomme einen Husten.«

»So hat jeder sein Päckchen zu tragen«, antwortete ich. »Ich bin drauf und dran, neunzigtausend Pfund zu verlieren.«

Der Totengräber würgte vor Schreck. »Neunzigtausend?«, fragte er nach, als er sich wieder erholt hatte. »Ist das Ihr Ernst?«

»Mein völliger Ernst«, bestätigte ich. »Neunzigtausend Pfund sind im Handumdrehen verloren, wenn ich nicht aus diesem ...« Da fiel mein Blick auf den Sarg in der Ecke. Ich sprang zu dem Totengräber hinüber, kniete vor ihm nieder und umfasste seine Schultern. »Wie heißen Sie?«

»Gustav«, erwiderte er mit weit aufgerissenen Augen.

»Ich heiße Frederick«, flüsterte ich. »Freut mich, Sie kennenzulernen. Nun sagen Sie, Gustav, und antworten Sie schnell, weil wir nicht mehr viel Zeit haben, ehe die Wachtmeister zurückkehren. Wollen Sie sich einen Teil von dem Geld verdienen?«

»Von welchem Geld?«

»Von den neunzigtausend Pfund, über die wir gerade gesprochen haben.«

»Haben Sie es hier?«

»Ich habe es draußen. Ich muss entkommen und nach London reisen. Dafür gebe ich Ihnen ... was wäre angemessen? Hundert Pfund? Oder zweihundert?«

»Zweihundert Pfund, Sir? So viel verdiene ich in fünfzig Jahren nicht.«

»Sie können es in einer halben Stunde verdienen, Gustav. Sie müssen mich nur in den Sarg stecken und den Wachtmeistern erzählen, ich sei tot.«

»Tot?«

»Tot. Gestorben an der Schwindsucht, die ich mir durch die Nähe zum Blutigen Toby Tichborne, Gott hab ihn selig, zugezogen habe. Die meisten wundern sich sowieso, dass ich noch lebe. Man wird es Ihnen sofort glauben und heilfroh sein, mich loszuwerden. Drei schreckliche Fälle lösen sich auf einen Schlag. Werden Sie es tun?«

»Ich muss Sie … einfach nur in den Sarg stecken?«

»Und den Sarg selbstverständlich aus dem Gefängnis tragen. Ich warte im Sarg, während Sie mir Kleidung zum Wechseln besorgen und eine Kutsche nach London bestellen. Wenn es niemand beobachtet, lassen Sie mich heraus, nageln den Sarg wieder zu und begraben die leere Kiste. Einverstanden?«

»Das hieße aber, einen guten Sarg zu verschwenden …«

»Ich glaube, wenn Sie zweihundert Pfund bekommen, verschmerzen Sie das leicht.«

»Aber ich …«

»Da kommen sie!«, flüsterte ich und drängte mich an Gustav vorbei zum Sarg. Ich stieg hinein, schloss die Augen und wartete.

Und wartete.

»Da kommt niemand, Federico«, flüsterte Gustav.

Ich öffnete ein Auge und spähte hinaus. »Sie haben recht. Gwen hat die Wachtmeister offenbar abgelenkt. Nun denn, so haben Sie genug Zeit, den Deckel zuzunageln.«

»Aber, Federico …«

»Zweihundert Pfund, Gustav. Vergessen Sie das nicht, und holen Sie mich anschließend wieder heraus.«

Gustav sah sich gehetzt um, nahm den Deckel und legte ihn über den Sarg. Gleich darauf hörte ich lautes Hämmern, als er den Deckel zunagelte.

»Warten Sie, warten Sie!«, rief jemand. Es war Hauptwachtmeister Barrow. »Sie dummer Zigeuner, Sie haben den Falschen eingesargt!«

»Aber Sir«, erwiderte Gustav langsam, »er ... er ist doch tot.«

»Tot?«

»Tot. Er ist gerade eben gestorben. Die Schwindsucht, glaube ich. Genau wie der andere.«

Der Wachtmeister gab ein seltsames Geräusch von sich, und ich hörte, wie er einen Schritt zurückwich. »Das breitet sich ja schneller aus, als wir befürchtet haben. Dann ... dann bringen Sie die Leichen nur schnell weg. Hinaus, hinaus!«

»Könnten Sie ...«, murmelte Gustav.

»Natürlich, natürlich – öffnet die Zelle!« Schlüssel klirrten, Metallscharniere quietschten, Füße scharrten, dann wurde mein Sarg hin und her geschaukelt und endlich ganz hochgehoben. Ich hielt den Mund fest geschlossen und stemmte mich gegen die Seitenwände. Es kostete mich einige Überwindung, bei jeder Richtungsänderung still zu bleiben, denn ich hatte jedes Mal die Befürchtung, auf den harten Steinboden zu krachen. Es ruckte und rumpelte, auf der Treppe wurde ich hochkant gestellt, aber ich schwieg beharrlich, bis ich endlich spürte, dass die Sonne das Holz erwärmte, und wusste, dass ich draußen war.

Die Träger setzten mich ab, und ihre Schritte entfernten sich. Ein paar Minuten später legten sie den Geräuschen nach eine schwere Last neben mir ab, bei der es sich nur um den Leichnam des Blutigen Toby handeln konnte. Als Gustav aufstieg, schwankte der Wagen, dann hörte ich das Klicken der Hufeisen, als sich das Maultier in Bewegung setzte und unsere Reise begann. Im Sarg wurde es in der Sonne recht warm, und die Befreiung erzeugte in mir eine ruhige, friedliche Stimmung. Bald dämmerte ich ein – es war nicht der düstere Schlaf eines Menschen, der lebendig in einem Sarg liegt, sondern der warme, gemütliche Schlummer, der mit echter Zufriedenheit einhergeht. Ich weiß nicht mehr, wie lange ich schlief, denn in diesem behaglichen, benommenen Schwebezustand vergaß ich ganz und gar die Zeit. Allerdings weiß ich noch genau, wie es endete. Ich erwachte jäh, als eine Schaufel voll Erde über meinem Gesicht auf dem Holz landete.

»Gustav!«, rief ich.

»Aaaah!«

Ich riss mich aus der Benommenheit und nahm zu meinem Entsetzen auf einmal Kälte und meine verkrampften Muskeln wahr. Die Umgebung wurde mir wieder bewusst, ich erinnerte mich, warum ich mich dort befand, wo ich mich gerade befand, und biss mir prompt auf die Zunge, um nicht noch lauter zu schreien. Hatte ich mich verraten?

»Federico? Sind Sie es?«

»Kann ich sprechen, ohne dass es jemand hört?«, flüsterte ich.

»Weit und breit gibt es niemanden außer mir.«

»Natürlich bin *ich* es, Sie Dummkopf!«, rief ich. »Was denken Sie denn, in welchem Sarg ich stecke?«

»Ich war ganz sicher, dass Sie in dem anderen liegen.«

»Der andere wiegt doppelt so viel wie ich«, erwiderte ich. »Und jetzt holen Sie mich hier heraus! Können Sie nicht wenigstens anklopfen, ehe Sie mich beerdigen?«

»Ich war doch ganz sicher, dass ich ...«

»Welch ein Glück, dass ich den fähigsten Totengräber von ganz England angeheuert habe! Haben Sie Kleidung für mich dabei?«

»Ich weiß nicht, ob sie passt, aber ...«

»Schon gut. Und die Kutsche?«

»Die erwartet Sie hinter dem Wald an der Straße.«

»Ausgezeichnet. Holen Sie mich heraus!«

»Aber natürlich, natürlich.« Sein Akzent war so stark, wie es bei Zigeunern eben der Fall ist, auch wenn ich nicht weiß, aus welchem Land sie eigentlich kommen. Jedenfalls hörte ich durch den Deckel hindurch, wie er die Erde fortkratzte. Dann durchtrennte er das Seil mit einem Messer, setzte schließlich ein Brecheisen an und suchte nach einem der Nägel. »Es tut mir leid, dass ich Erde auf Sie geworfen habe, Federico. Es tut mir wirklich leid, aber ich konnte doch nicht wissen ...«

Quietschend lösten sich die Nägel aus dem Holz, und der Sargdeckel öffnete sich einen Spaltbreit. Schwaches Licht fiel zu mir herein. Gustavs Beine ragten unmittelbar neben mir auf, genau zwischen dem Sarg und der Grabwand, während er den Deckel mit Bewegungen anhob, die geradezu zärtlich anmuteten.

»Ich darf die Bretter nicht zu stark verbiegen«, erklärte er kichernd, während er die Finger in die Lücke schob. Er hatte dicke Schwielen an den Fingerspitzen, und sein Lachen klang krank und alt. Ich wollte den Deckel von innen aufdrücken, um ihm zu helfen, doch meine Arme waren verkrampft und verweigerten mir den Dienst.

»Sobald Sie mich herausgezogen haben, stecke ich Sie in den Sarg und nagle ihn zu, nur damit Sie einmal am eigenen Leib verspüren, wie sich das anfühlt«, versprach ich ihm.

»Ich frage mich schon lange, wie sich das anfühlt«, antwortete Gustav ganz gelassen. »Wenn man so viel Zeit außerhalb von Särgen verbringt, wird man natürlich neugierig, wie es drinnen aussieht.«

»Sehr dunkel ist es«, erklärte ich ihm. »Und die Leute begraben Sie in einem Loch in der Erde. Geht es nicht schneller?«

»Tut mir leid, Federico, aber so etwas bin ich nicht gewohnt. Die Leute, die ich in Särge stecke, wollen zumeist nicht wieder heraus.«

»Das ist wohl auch besser so.«

Gustav grunzte leise, und ich drückte weiter von innen, bis die Nägel endlich kreischend nachgaben und der Deckel aufging wie ein Maul voller spitzer, dünner Zähne. Das Mondlicht schien zwischen Wolken und toten Bäumen auf mich herab, aber mir kam es so schön vor wie ein Sonnenaufgang. Ich schnitt eine Grimasse und blinzelte ins Licht, doch Gustav keuchte vor Furcht und drückte den Deckel wieder zu.

»Gustav?«, flüsterte ich, weil ich fürchtete, jemand sei gekommen. Ich wollte mich schließlich nicht verraten. »Gustav, was gibt's?«

Die einzige Antwort waren gemurmelte Gebete und ein Schauer loser Kieselsteine.

»Gustav, wo wollen Sie hin? Was ist los?« Da ich keine Antwort bekam, drückte ich den Sargdeckel zum zweiten Mal hoch und schob weiter, bis ich Gustav über mir erkennen konnte. Sein Gesicht wurde vom mitternächtlichen Schein beleuchtet, und er starrte etwas an. Die Arme hingen schlaff herab, doch die Beine waren angespannt, als wäre er bereit, auf und davon zu laufen. Ich bewegte die steifen Glieder, um endlich aus dem Sarg zu steigen, und stand schließlich aufrecht.

»Die Heiligen mögen uns behüten«, flüsterte Gustav und zitterte am ganzen Körper. Er wich einen Schritt zurück, als wollte er vor eingebildeten Dämonen fliehen, und trat mir auf die Hand, als ich nach oben griff, um aus dem Grab hinauszuklettern.

Mit einem Schrei fiel ich wieder hinunter, doch es war nur ein dumpfer Schrei, weil der Schmerz rasch wieder abklang. Viel lauter war Gustavs Kreischen, das nackte Angst ausdrückte. Er schrie mit einer Leidenschaft, mit der ich mich keinesfalls messen konnte, schwang sich voller Gefühl ganz hoch hinauf und stürzte zu so tiefen Bassregistern hinab, dass jeder Opersänger ihn um sein Stimmvolumen beneidet hätte. Mit dem Kreischen gingen wilde Beinbewegungen einher, als er Hals über Kopf fliehen wollte. Ich rief ihm hinterher, er solle warten, und wollte mit der pochenden Hand nach einem seiner Beine greifen, doch er schoss blitzschnell davon, und ich war allein.

»Keine Sorge, Bruder«, sagte eine tiefe, heisere Stimme. »So ergeht es uns allen.«

Ich fuhr herum und sah mich jener Erscheinung gegenüber, vor der Gustav entsetzt davongerannt war. Fünf große Gestalten standen vor mir. Sie trugen lange dunkle Mäntel, und die finsteren Gesichter waren von zerzaustem schwarzem Haar umrahmt.

»Es ist ihre Schwäche, die sie in die Flucht schlägt, nicht die deine«, sprach eine der Erscheinungen.

»Was?«, fragte ich.

»Unsere Schwäche besteht darin, dass wir sie nicht aufzuhalten vermögen«, ergänzte der Zweite.

»Schweig!«, rief der Erste, ballte die Knochenfinger zur Faust und starrte den Zweiten an. »Wir haben uns entschieden, sie nicht zu verfolgen. Die einzige Schwäche ist die ihre, denn sie können uns nicht hetzen.«

»Vielleicht haben sie die gleiche Entscheidung getroffen wie wir.«

»Das würden sie nicht wagen – dank einer unserer vielen anderen Stärken versetzen wir sie in große Angst. In jene Angst, die den Totengräber veranlasste, vor unserem Bruder wegzulaufen.«

»Aber genau das meine ich doch«, widersprach der Zweite und lenkte abermals die Aufmerksamkeit des Ersten auf sich. »Da sie niemals ernsthaft versuchen, uns zu finden, wurden ihre entsprechenden Fähigkeiten auch niemals auf die Probe gestellt.«

Die erste Gestalt seufzte müde. »Das haben wir doch alles schon mehrfach erörtert. Wir sind stark, sie sind schwach. Wir sind überlegen, sie sind unterlegen.« Mit einer langen, spitzen Klaue wies er auf seinen Gefährten und schwenkte sie missbilligend hin und her. »Man muss immer positiv denken.«

»Vielleicht könnten wir sagen, dass unsere Stärke unsere Schwäche ist«, erwiderte der Zweite. »Wir bleiben Angriffen gegenüber unempfindlich, solange niemand das dringende Bedürfnis verspürt, auf uns loszugehen.«

»Was bedeutet, dass wir sie in falscher Sicherheit gewiegt haben«, griff der Erste den Gedanken des Zweiten auf. »Unsere Stärke besteht darin, dass wir schwach erscheinen, was wir natürlich nicht sind, und ihre Schwäche besteht darin, dass sie sich für stark halten.« Dann deutete er mit einem zugespitzten langen Fingernagel, der schwach im Mondlicht schimmerte, auf mich. »Und nun wollen wir unserem Bruder helfen.« Er kniete neben dem Grab nieder und reichte mir die Hand – sie war lang und knochig wie die eines Skeletts, im Mondlicht weiß wie Schnee, und lief in spitzen schwarzen Fingernägeln aus. »Ich bin Schwarz, und wir sind hier, um dir zu helfen, aus deinem ...«

Er hielt inne, legte den Kopf schief und starrte in mein Grab.

»Du bist schon aus dem Sarg herausgestiegen!«, stieß er überrascht hervor.

»Kennen wir uns?«, fragte ich.

»Er ist bereits aus dem Sarg herausgestiegen«, verkündete er seinen Kameraden. Er sprach gemessen, als wäre seine Aussage von äußerster Wichtigkeit. »Niemand steigt aus dem Sarg, ehe wir gekommen sind.«

»Jedenfalls hat das zuvor noch nie jemand getan«, bestätigte der Zweite.

»Genau das meine ich doch«, fauchte der Erste, der Schwarz hieß. »Aber erkennst du nicht, was das bedeutet?«

»Danke«, sagte ich, um sie wieder auf mich aufmerksam zu machen. »Es ist wirklich nett, dass ihr mir in dieser misslichen Lage beisteht, und ich schwöre, es gibt einen guten Grund für mein Hiersein. Hauptsächlich ist es die Schuld des Totengräbers, denn eigentlich sollte er mir aus dem Grab heraushelfen. Dabei konnte ich ihn schon kaum dazu bringen, mich beim Öffnen des Deckels zu unterstützen ...«

Mein Retter riss vor Erstaunen den Mund auf, und die anderen murmelten etwas Unverständliches. Ängstlich wichen sie einen Schritt vor mir zurück und redeten leise und aufgeregt miteinander. Anscheinend hatten sie mich schon wieder vergessen. Nach einer kleinen Weile sprach ich sie an.

»Entschuldigt, liebe Leute, aber ich fürchte, ich ...« Ich ließ den Satz unvollendet, weil sie auf einmal wieder die ganze Aufmerksamkeit auf mich richteten. Irgendetwas an ihrer Haltung hatte sich verändert, nur konnte ich den Grund dafür leider nicht erraten.

»Du«, begann Schwarz unsicher, »du hast die Gedanken des Totengräbers beeinflusst. Es heißt, manche Brüder seien dazu fähig, aber ... aber bisher hat es noch keiner von uns geschafft.«

»Ich hätte die Gedanken des Totengräbers beeinflusst?«, entgegnete ich. »Ich habe ihn doch nur um etwas gebeten.«

»Seht nur, wie mühelos er es bewerkstelligt hat!«, raunte einer der beiden, die bisher noch gar nichts gesagt hatten.

»Fabelhaft«, sagte der letzte, ähnlich schweigsame Geselle.

»Wir ...«, hob Schwarz an, doch dann verstummte er und versammelte seine Gefährten, um abermals flüsternd mit ihnen zu debattieren. Ich schnappte Bemerkungen auf wie »Nein, das kann doch nicht sein« oder »Hier in England?«. Doch letztendlich hatte ich keine Ahnung, worüber sie redeten. Da sie mir nun doch nicht helfen wollten, kämpfte ich mich selbst aus dem Grab hinaus, bis ich auf festem Boden stand und mir die Kleidung sauber klopfen konnte. Währenddessen beobachtete ich sie verwundert. Endlich näherten sie sich mir erneut und knieten zu meinem größten Erstaunen vor mir nieder.

»Wir bitten um Verzeihung, Erhabener, weil wir dich nicht früher erkannt haben.« Sie sprachen leise und unterwürfig.

»Hm?«, machte ich, weil mir so schnell nichts Besseres einfiel. Ich wich einen Schritt zurück, wobei ich aufpasste, nicht ins offene Grab zu stürzen, und alle fünf dunklen Wesen rutschten unbeholfen auf den Knien hinter mir her.

»Wir waren über deine baldige Ankunft im Bilde«, erklärte Schwarz, »aber wir erwarteten dich auf dem Kontinent. Das ... entspricht eher der Tradition. Womit wir deine Entscheidung, nach England zu kommen, keineswegs missbilligen.«

Ich öffnete den Mund und wollte antworten, doch mir fiel beim besten Willen nichts ein, was die allgemeine Verwirrung geklärt hätte, also hielt ich den Mund. Doch ich wich einen weiteren Schritt zurück, worauf mir die geheimnisvollen Fremden abermals auf Knien hinterherrutschten.

»Betrachte uns nicht als unwürdig, Erhabener, denn wir sind nur deine demütigen Diener, die gekommen sind, einen neuen Bruder im Nichtleben zu empfangen ...«

»Augenblick!«, unterbrach ich ihn, denn auf einmal bekam ich große Angst.

»Wir bieten dir unsere Kaninchen an.« Schwarz rutschte näher. »Aber du wirst sie natürlich kaum benötigen ...«

»Sagtest du Nichtleben?«, fragte ich, dann hielt ich inne und stellte gleich die nächste Frage. »Wie war das mit den Kaninchen?«

Die fünf Gestalten wechselten verdutzte Blicke und musterten mich dann wieder verunsichert.

»Ja«, erklärte Schwarz langsam. »Das Nichtleben. Es ist üblich, dass die Neugeborenen zunächst verwirrt sind, aber du musst verstehen, dass du nun ein Vampir bist, genau wie wir alle.« Er lächelte, und da, im gespenstischen Mondlicht, schimmerten zwei lange Reißzähne, einer auf jeder Seite des Munds. Mit zunehmendem Entsetzen starrte ich sie an, riss die Augen und den Mund auf.

»Ihr seid Vampire?«

»Aber natürlich sind wir Vampire.« Schwarz' Reißzähne blitzten auf und verschwanden, wenn er den Mund öffnete und schloss. Offenbar, auch wenn das kaum vorstellbar schien, war er genauso verwirrt wie ich – als wäre die unerwartete Erkenntnis, dass einen fünf Vampire auf einem dunklen Friedhof anbeten, eine Begegnung, die man heiter und gelassen hinnehmen sollte, während in Wahrheit die Schwierigkeit, eine solche Vorstellung zu bejahen, das wahre Problem darstellt.

»Ihr seid Vampire«, wiederholte ich.

»Das sind wir, Erhabener«, sagten sie. »Genau wie du«, fügten sie eifrig hinzu.

An dieser Stelle packte die Realität der Situation mein Gehirn an jener Stelle, wo ein Gehirn seine empfindlichen Teile hat, und ich tat das Einzige, was mir noch einfallen wollte. Ich rannte davon, was meine Beine hergaben. Die fünf Vampire folgten mir, so schnell sie konnten, ohne sich von den Knien zu erheben, murmelten unterwürfig und schlugen sich gelegentlich die Schienbeine an verwitterten Grabmälern an.

Auch ich stolperte über mehr als einen Stein und suchte verzweifelt den Ausgang des Friedhofs, während ich mir noch überlegte, wohin ich mich überhaupt wenden sollte. Mein erster Gedanke riet mir, in die Stadt zu laufen und die Wachtmeister um Hilfe zu bitten, doch dieses Vorhaben verwarf ich sofort wieder. Das Leben im Gefängnis war einem Nichtleben an einem anderen Ort nicht unbedingt vorzuziehen, und ob sie Vampire waren oder nicht, ich wollte an meinem Plan festhalten und das Geld kassieren. So stürzte ich auf die Bäume am anderen Ende des Friedhofs zu und hoffte, aufs freie Land zu fliehen und die Kutsche zu finden, die Gustav für mich bestellt hatte. Auf einmal entdeckte ich ein offenes Grab, über das ich unbeholfen hinwegspringen musste, und als ich dahinter innehielt und um mein Gleichgewicht rang, holten mich die fünf rutschenden Vampire ein und plumpsten prompt in die Grube, der ich gerade ausgewichen war.

»Verdammt will ich sein«, stöhnte Schwarz. Seine Stimme drang gespenstisch aus dem Loch hervor.

»Das kannst du wohl sagen«, meinte der Zweite. »Wir sind für alle Ewigkeit verdammt.«

»Zur Hölle mit dir!«, antwortete Schwarz zornig.

»Zu spät«, entgegnete der Zweite. Dann klatschte eine Ohrfeige, und fünf Vampire schienen in der winzigen Grube ihre Arme und Beine zu sortieren.

Ich wartete nicht, bis sie wieder auftauchten. Wahrscheinlich konnte ich über den Friedhof und halb durch den angrenzenden Wald rennen, ehe sie sich gesammelt hatten und aus dem Grab herausgeklettert waren. Hätte ich da schon gewusst, welchem Irrsinn ich in den folgenden Tagen noch begegnen sollte, ich hätte auf der Stelle kehrtgemacht und wäre ins Gefängnis zurückgekehrt. Aber in diesem Moment war es vermutlich sowieso schon zu spät.

Denn Sie müssen wissen, dass alles, was mit einem Sarg beginnt, auch mit einem Sarg endet.

TAG 2

21. JANUAR 1817

*Ihm hat sein Glöckchen
schon geklungen*

Auf der Straße nach London ·
Kurz nach Mitternacht

Erst als ich die Kutsche fast erreicht hatte – ich entdeckte sie durch die dunklen Bäume wie einen Hoffnungsschimmer –, wurde mir bewusst, dass ich Gustavs Wechselkleidung vergessen hatte und immer noch die grobe Baumwollkluft eines Gefangenen trug. Ich ließ mich zu Boden fallen, denn nun musste ich nicht nur vor Wachtmeistern und Vampiren, sondern auch vor praktisch allem und jedem Angst haben. Alle, die mich in diesem Aufzug sahen, würden mich schnurstracks zur nächsten Polizeiwache verfrachten. Als ich mir das Gehirn nach Lösungen zermarterte, ging im Dunkeln ein Mann an mir vorbei, öffnete die Hose und erleichterte sich an einem Baum.

Er kehrte mir zwar den Rücken zu, und ich hatte mich im Unterholz versteckt, doch mir wurde bang ums Herz, weil er mich sehen und ins Gefängnis zurückbefördern konnte. Langsam schlich ich um eine mächtige Eiche herum, bis ich sicher und vor seinen Blicken geschützt war. Von hier aus erkannte ich auch die schwache Laterne der Kutsche. Das war die Gelegenheit – der

Mann hinter mir war anscheinend der Kutscher, und wenn ich vor ihm die Kutsche erreichte, konnte ich mich im Innern einschließen und nach London reisen, ohne mich für meine Aufmachung rechtfertigen zu müssen. Ich schlich mich durchs Unterholz, öffnete die Tür und sprang hinein.

Die Bänke und Wände der Kutsche waren mit weichem rotem Samt bespannt. Hastig zog ich die Vorhänge vor die Fenster, um mich vollends zu verbergen. Der starke Geruch nach Pferden erfüllte das Wageninnere und entströmte offenbar einem Haufen Mäntel und Decken, der mir gegenüber auf der Bank lag. Als ich ihn nach einem Kleidungsstück durchsuchte, unter dem ich meine Gefängnistracht verbergen konnte, entdeckte ich zu meinem Entsetzen einen schlafenden Mann, eingewickelt in Lagen von Pelz und Tuch. Wenn er erwachte, würde er mich sofort sehen. Ich tastete nach der Tür und wollte wieder hinausspringen und in den sicheren Wald zurückkehren, doch meine Furcht wuchs ins Unermessliche, als ich draußen die Schritte und das leise, müde Murmeln des Kutschers vernahm.

Mir blieb nicht mehr viel Zeit. Im letzten Moment legte ich den Riegel um und versperrte die Tür. Nur Sekunden später packte eine Hand den Griff, zerrte an der Tür, rüttelte leicht daran und erhob eine schroffe Stimme, die nach Alter, Kälte und Schnaps klang.

»Johnny!«, rief der Kutscher. »Mach auf, Johnny! Die Tür ist verriegelt, was treibst du da drinnen?«

Ich betrachtete den Schlafenden auf der gegenüberliegenden Bank, den der Kutscher vermutlich meinte. Der Mann machte keinerlei Anstalten zu erwachen.

»So öffne doch, Johnny! Es ist kalt hier draußen. Lass mich rein und einen Schluck trinken, ja?« Wieder rüttelte der Mann an der Tür und machte dabei einen solchen Lärm, dass ich sicher war, der schlafende Johnny müsse gleich erwachen. Da mir nichts Besseres einfiel, antwortete ich leise, wobei ich die Vorhänge vorgezogen ließ und mich weiterhin versteckt hielt.

»Äh, hallo?«, fragte ich. »Mein guter Herr Kutscher?«

»Was ist das jetzt?«, erwiderte er. »Wer ist da drin?«

»Tja, ich bin es«, sagte ich. »Äh, Frederick Whithers.«

»Frederick Whithers? Der Mann, auf den wir schon den ganzen Abend warten?« Er pfiff durch die Zähne. »Wo haben Sie denn gesteckt?«

»Ja«, sagte ich, ohne seine Frage zu beantworten. »Vielen Dank, dass Sie gewartet haben. Wir können losfahren. Es ist schon spät, wie Sie wissen.«

»Schon spät?«, meinte der Kutscher. »Es ist nach Mitternacht, und wir können von Glück reden, wenn wir rechtzeitig zum Frühstück in London sind. Wie lange hätten wir denn noch warten sollen?«

»Einfach nur lange genug, damit ich Sie hier treffe«, antwortete ich, »was ja nun geschehen ist. Also gibt es keinen Grund, noch länger zu zögern. Auf nach London, bitte!«

»Und warum haben Sie sich derart heimlich in die Kutsche geschlichen?«, fuhr er fort. »Woher sind Sie überhaupt gekommen? Aus dem Wald? Da habe ich gerade ein Geschäft erledigt, und verdammt will ich sein, wenn ich irgendetwas gehört habe.«

»Ja, wissen Sie, das ist eine ... eine etwas delikate Angelegenheit, um es vorsichtig auszudrücken.« Um das Thema zu wechseln, fügte ich eine Frage hinzu. »Sie sind doch schon bezahlt worden, nicht wahr?«

»Aber klar«, sagte er. »Von dem Mann, der die Kutsche gemietet hat. Ein ausländischer Kerl, wenn ich mich recht entsinne, der Gustav hieß. Schmutzige Fingernägel hat er gehabt, keine Frage. So was sollte ein Mann, der im Stall arbeitet, eigentlich nicht sagen, ich weiß, aber ich halte meine Sachen sauber und wasche mir die Hände, wenn ich sie mir dreckig gemacht habe. Falls Sie verstehen, was ich meine. Meine Livree ist makellos, und ...«

»Das ist ja eine fesselnde Geschichte über Ihre Körperpflege«, unterbrach ich ihn. »Aber jeder Augenblick, den wir hier verschwatzen, ist ein Augenblick, um den ich zu spät zum Frühstück komme.«

»Wo Sie recht haben, da haben Sie recht, Mister Whithers, und so wahr ich hier stehe, damit haben Sie recht.« Er seufzte zufrieden. »Ich komm auch nicht gern zu spät zum Frühstück – ich mag eine gute Wurst am Morgen und vielleicht ein wenig Dünnbier. In London gibt es ein Lokal, das ich morgen in der Frühe aufsuchen will. Da gibt es das beste Frühstück, das Ihnen je aufgetischt wurde, das ist eine Tatsache. Ist fast so gut wie das Bier, das es dort zum Abendessen ...«

»Je eher wir aufbrechen, desto eher können Sie das süffige Bier genießen«, unterbrach ich ihn abermals.

»Natürlich, Sir«, sagte er, »und ich lade Sie sogar ein, nur um Ihnen zu beweisen, wie köstlich dort alles schmeckt. Das *Krötenloch*, so nennt es sich. Ein besseres Lokal gibt es in ganz England nicht.«

»Ich bin sicher, dass Sie damit völlig richtigliegen, aber ich fürchte, ich muss trotzdem ablehnen. Sie müssen wissen ...« Ich hielt inne, weil ich mir noch nicht zurechtgelegt hatte, wie ich meine Lage erklären sollte, ohne alles zu verraten. »Sie müssen wissen, mein guter

Herr Kutscher, dass ich krank bin. Eine böse, böse Krankheit. Ich muss so schnell wie möglich nach London, um meinen Onkel zu besuchen, einen bekannten Apotheker, denn nur er kann mich heilen.«

»Sie sind krank? Dann öffnen Sie doch, damit wir Sie untersuchen können. Welch ein Glück für Sie! Johnny da drinnen ist gelernter Apotheker, und ich bin sicher, dass er Ihnen helfen kann.« Wieder rüttelte er an der Tür, worauf ich die Hand ausstreckte, um sie von innen festzuhalten.

»Nein, nein«, widersprach ich. »Das kann ich nicht zulassen, so leid es mir tut. Sie müssen wissen, dass ich im Verlauf meiner Krankheit ... sehr hässlich geworden bin.«

»Hässlich?«, fragte er.

»Abgrundtief hässlich«, versicherte ich ihm. »Bleich wie ein Gespenst, hager wie eine Leiche. Ich bin der widerwärtigste, abstoßendste Mann, den Sie je gesehen haben, und das ist mir äußerst peinlich. Deshalb bin ich hier hereingehuscht, ohne mich blicken zu lassen, und deshalb muss ich ungesehen wieder aussteigen, sobald wir in London angekommen sind. Ich ertrüge es nicht, Ihr entsetztes Gesicht zu erblicken, und entsetzt wären Sie ganz gewiss.«

»Hässlich, ja?« Der Mann dachte einige Augenblicke lang nach und wälzte die Gedanken im Schädel hin und her. »Schlimme Sache, so was. Tut mir leid. Aber jetzt verstehe ich das – eine Kutsche mieten, die Sie nach Mitternacht irgendwo draußen abholt.« Er lachte, und an dem leichten Schaukeln der Kabine merkte ich, dass er endlich auf den Kutschbock stieg. »Ich hatte schon fast mit einem entsprungenen Häftling gerechnet – oder mit einem Vampir. Stellen Sie sich das mal vor. Es läuft mir kalt den Rücken runter, wenn ich nur daran denke. Na gut, dann fahren wir los.«

Er schnalzte, das Geschirr klingelte, und wir setzten uns mit einem Ruck in Bewegung. Gleich danach richtete ich mich für die lange Fahrt nach London gemütlich ein und beäugte beunruhigt den Mann, der mir gegenüber schlief. Ein Apotheker? Das kam mir völlig absurd vor. Ein Tierarzt mochte gelegentlich so schmutzig werden und so übel riechen, aber gewiss kein Apotheker, der etwas auf sich hielt. Ein Blick auf meine eigene Aufmachung, auf die groben Lumpen eines Gefangenen, reichte jedoch völlig aus, um mir jeden überheblichen Gedanken sogleich auszutreiben.

Ich grübelte eine Weile über meine missliche Lage nach und suchte einen Ausweg. Da ich immer noch wie ein Sträfling gekleidet war, konnte ich die Kutsche nicht verlassen, aber ich konnte auch nicht ewig hier sitzen bleiben. Wahrscheinlich musste ich sogar schon sehr bald aussteigen, denn der schlafende Mann, mein Reisegefährte, regte sich und erwachte – langsam und sehr dramatisch, als wäre jedes Recken und Gähnen ein gewaltiger Schritt zu einem letztendlichen Ergebnis, das viel mehr war als das bloße Aufwachen. Zuerst wälzte er sich auf die eine, dann auf die andere Seite, schob sich die Decken über das Gesicht, zerrte sie mit wackelnden Zehen wieder hinunter. Der ganze Vorgang zog sich derart in die Länge, dass ich schon zu hoffen wagte, wir würden London erreichen, ehe er ganz und gar wieder bei sich wäre. Und doch, mit der Unausweichlichkeit einer Naturkatastrophe erwachte er.

Der Fremde richtete sich unvermittelt auf und fegte die Decken beiseite, als wäre er viel zu beschäftigt, um sich mit ihnen abzugeben. Seine Kleidung war ärmlich und so wenig sauber, wie man es von einem Mann erwartet hätte, der in den Pferdedecken anderer Leute schlief. Weder sein Verhalten noch sein Äußeres legten die Vermutung nahe, er könne Apotheker sein. Erst heftete er den Blick auf den Boden, dann auf mich. Er lächelte breit, als sei er hocherfreut, einen anderen Menschen zur Gesellschaft zu haben. Wortlos lehnte er sich zurück und betrachtete mich, als wartete er auf irgendetwas. Allerdings hatte ich keine Ahnung, was dies sein mochte. Dennoch ergriff ich schließlich das Wort.

»Hallo«, sagte ich.

»Wie geht's denn so?« Wieder lächelte er, als hätte er etwas ungeheuer Kluges von sich gegeben.

»Wie es geht?« Seine Frage verblüffte mich, denn es war nicht die Art und Weise, wie man gewöhnlich jemanden begrüßt. Er runzelte leicht die Stirn und machte gleich weiter.

»Und wie es um Sie steht?«

»Wie es um mich steht?«

»Nein, nein, nein«, erwiderte er, schüttelte den Kopf und legte mir eine Hand aufs Knie. »Wenn Sie immer nur wiederholen, was ich sage, kommen wir keine Zeile weiter. Es muss heißen: *Und wie es um Sie steht? Es geht, es geht. Ein kalter Wind da draußen weht.* Und so weiter. Und jetzt«, sagte er und klopfte mir beruhigend aufs Knie, »beginnen wir noch einmal von vorn.«

Ich starrte ihn an.

»Was?«, fragte ich nach einer Weile.

»Damit kann man nicht viel anfangen«, antwortete er. »Es sei denn, ich soll mit *krass* antworten oder darauf Bezug nehmen, dass die Pferde vor Schweiß schon ganz *nass* sind. Eine gute Konversation erfordert von beiden Seiten ein wenig Anstrengung, also in diesem Fall von Ihnen und mir. Sie können doch nicht erwarten, dass ich alles ganz allein beisteuere.«

»Was ... oh, Entschuldigung. Ich ... wie geht es Ihnen so?« Er strahlte.

»Ganz ausgezeichnet, darüber bin ich froh.«

Ich betrachtete noch einmal mein Äußeres und fragte mich, welche Antwort er wohl erwartete. Schließlich hielt ich es für das Beste, es mit Ehrlichkeit zu versuchen, jedenfalls so weit wie möglich.

»Ich bin ein wenig durch den Wind, wie Sie zweifellos erkennen werden.«

»Durch den Wind vielleicht, aber sicher nicht bereit zu sterben.« Er strahlte mich an.

»Und was meinen Sie – stehe ich das durch wie ein tapferer Mann?«

»Sie tragen es als Ehrenmann und haben doch die Kleidung eines Sträflings an.«

»Tja, ja, ich erkläre es Ihnen gern ausführlich ...«

»Bitte sagen Sie es kurz und ungebührlich ...«

»Kurz und ungebührlich?«

»Da, Sie haben es schon wieder getan! Ich sagte Ihnen doch, es gelingt nicht, wenn Sie immer nur wiederholen, was ich sage.«

»Aber müsste es nicht *kurz und bündig* heißen?«

»Nimmt man es allzu genau, dann kann man nichts mehr reißen.«

»Darf ich fragen, warum wir überhaupt Lyrik von uns geben müssen?«

»Ah, da ist das infernalische Wort schon wieder.« Er schnitt eine Grimasse und warf die Hände hoch. »Lyrik!

Ich glaube, wenn ich das noch einmal höre, drehe ich durch.«

»Dann sind Sie kein Liebhaber der ... Lyrik?«

»Kein Liebhaber? Ganz im Gegenteil, ich bin von Haus aus ein Dichter. Die Schwierigkeit liegt nicht im Tun, sondern in dem Wort: Lyrik. Welch armselige Sprache, die auf *Lyrik* keinen guten Reim kennt! Das ist ... als könnte man das Wort *Lied* nicht singen oder als könnte man das Wort *sprechen* nicht über die Lippen bringen.«

»Wenn man es auf diese Weise betrachtet, haben Sie wohl recht.«

»Sie zeigen Einsicht, das ist nicht schlecht.«

»Strengt Sie das nicht furchtbar an?«

»Ich finde es erfrischend, guter Mann.«

»Wollen Sie den ganzen Weg bis London so weitermachen?«

»Wahrscheinlich nicht.«

»Oh«, sagte ich. »Der Kutscher erwähnte übrigens, Sie seien Apotheker.«

»Genau genommen bin ich Wundarzt. Warum, sind Sie krank?«

»Nein, aber Sie sagten doch gerade, Sie seien von Haus aus ein Dichter. Die Chirurgie scheint da nicht so recht ins Bild zu passen.«

»Sie passt überhaupt nicht, aber ich habe einige nette Reime auf *Leber* gefunden. Deshalb habe ich die Heilkunst schließlich an den Nagel gehängt. Leider wollte niemand die *Gesammelten ärztlichen Sonette* lesen, also habe ich keine mehr geschrieben. Ich mache mir jetzt einen Namen – und wenn es sein muss, für mich ganz allein –, oder ich werde bei dem Versuch sterben.«

»Und welchen Namen wollen Sie sich machen?«

»John Keats. Und wie heißen Sie?«

»Frederick Whithers.«

John gab mir die Hand, ich schlug ein.

»Freut mich, dich kennenzulernen, Frederick. Darf ich aufgrund deiner Kleidung annehmen, dass du ein entflohener Verbrecher bist?«

Seine unverblümte Art überraschte mich sehr.

»Stört dich das nicht?«

»Aber ganz und gar nicht! Ein Dichter muss sich die abscheulichsten Erfahrungen zumuten, will er das Wesen des Lebens wirklich einfangen. Sag mal, wie kam es denn dazu, dass man dich ins Gefängnis gesteckt hat, und wie war das?«

»Wie das war?«

»Du hast wirklich die Angewohnheit, ständig die Worte anderer Menschen zu wiederholen, was? Erzähl mir, wie es im Gefängnis war: War es finster und trübselig, voller Reue und erstickt von langsam tröpfelnder Verzweiflung?«

»Ganz genau weiß ich nicht, was eine langsam tröpfelnde Verzweiflung ist, aber trotzdem – möchtest du nicht lieber hören, wie ich geflohen bin?«

»Deine Flucht? Jeder kann fliehen. Das Drama liegt nicht in der Flucht, sondern in dem Leiden, das zur Flucht führt. Die wahre Größe menschlicher Gefühle vermag der Literat nur im tiefsten Leiden zu erfahren. Glücklich sein kann jeder.«

»Allmählich verstehe ich, warum du in Pferdedecken schläfst.«

»Ich wusste gleich, dass du es erkennst!«, rief er erfreut und pochte fröhlich mit der Faust auf die Decken. »Schon beim ersten Blick war mir klar, dass wir verwandte Seelen sind, geboren für das Leiden, das wir beglückt mit der Welt zu teilen wissen. Nun sag mir – was hat dich ins Gefängnis gebracht?«

»Ich fürchte, es war nichts Aufregendes. In Bath gibt es einen bestimmten Bankier, bei dem ich beschäftigt war. Er hatte eine Tochter, die ...«

»Sag nichts weiter! Ich weiß bereits mehr, als du mir je erzählen könntest, denn diese Geschichte habe ich schon tausendmal gehört, und viele Versionen kenne ich aus eigener Erfahrung. Die verbotene Liebe, Frederick, ist vielleicht der größte Kummer von allen, und die Grausamkeit eines unnachgiebigen Vaters ist die Folter, denen sich junge Liebende unterwerfen müssen.«

»Nun, eigentlich war es ganz anders, weil ...«

»Schäm dich nicht deiner Vergangenheit, mein Freund, denn sie hat dich zu dem Menschen gemacht, der du heute bist.«

Ich schüttelte den Kopf. »Heute bin ich ein entflohener Sträfling, der mit einem stinkenden ehemaligen Wundarzt in einer Kutsche sitzt. Wenn mich jemand sieht, werde ich sofort wieder ins Gefängnis gesteckt, und doch fahre ich schnurstracks und eilends in die größte und bevölkerungsreichste Stadt der Welt. Ich verstecke mich vor den Wachtmeistern und werde von einer Reihe ... ungenannter Personen verfolgt ... oder vielleicht von irgendwelchen Wesen. Und ganz allgemein muss ich sagen, dass meine Lage recht unangenehm ist. Ich bin dem Untergang nahe, John.«

»Welch ein Glück du doch hast, mein Freund! Alles, was du brauchst, vermag ich dir ohne Weiteres zu geben.«

»Ich wäre dir sehr dankbar, wenn du mir helfen könntest«, erklärte ich, »und sobald ich einige Besuche gemacht habe, werde ich dich großzügig entlohnen.«

»Deine Freundschaft, Frederick, ist die schönste Belohnung, die ich mir überhaupt vorstellen kann.«

»Verstehe. Nun denn, ich muss jedenfalls etliche Besuche machen, und vorher muss ich mich säubern.«

»Säubern?«

»Ich habe seit Tagen nicht mehr gebadet und sehe aus wie ...«

»Wie ich?«

»Ja, irgendwie schon.«

»Dann bleib bei mir, und niemand wird dich bemerken. Warst du schon einmal in London?«

»Nur einmal, als ich noch ganz klein war.«

»Das erklärt deine Befürchtungen. Ich kann dir versichern, dass du dir keinerlei Sorgen zu machen brauchst. Alle Einwohner sehen aus, als hätten sie seit Monaten nicht gebadet, und wenn die Stadt selbst einmal ordentlich abgeschrubbt würde, dann wäre die Hälfte der Gebäude nicht mehr vorhanden.«

»Was ist mit meiner Kleidung?«, fragte ich.

»Wir hüllen dich in Decken«, schlug John vor. »Bis wir dir bessere Sachen besorgen können.«

»Und Essen?«, fragte ich. Es war mir peinlich, doch ich war am Verhungern, weil ich lange nichts mehr zu mir genommen hatte.

»Wieder kann ich dich nur anflehen, dir keine Sorgen zu machen. Winston fährt uns zum *Krötenloch*, und so gut wie dort kann man sonst in ganz England nicht speisen, das verspreche ich dir.«

»Ist Winston der Kutscher?«

»Allerdings.«

»Da hätten wir schon die nächste Schwierigkeit. Ich erzählte ihm, ich litte an einer Krankheit und sei ungeheuer hässlich. Wenn er mich sieht, wie ich wirklich bin, erkennt er sofort, dass ich gelogen habe.«

»Keineswegs. Wir sagen ihm einfach, ich hätte dich geheilt. Er hält mich für den besten Arzt in ganz London.«

»So schnell sollst du mich geheilt haben? Welche Krankheit könnte man in sechs Stunden heilen?«

»Da gibt es sogar sehr viele. Die Menschen sollten meiner Meinung nach sowieso viel öfter krank werden. Das hilft ihnen, die Gesundheit zu schätzen.«

Ich nickte und schloss die Augen. »Ja, das verstehe ich zwar, aber erst einmal muss ich mich ausruhen. Ich fühle mich wie ein Toter.«

»Dann erhol dich gut, mein Freund, und erheb dich am Morgen aus diesem rollenden Sarg.«

»Es wäre mir lieb, wenn wir das Gleichnis vom Sarg vorerst auf sich beruhen ließen, John. Ich bin heute Nacht schon einmal aus einem Grab auferstanden, und einmal ist mehr als genug.«

London · *Früher Morgen*

Kurz nach dem Morgengrauen trafen wir in London ein. Ich zog die Vorhänge der Kutsche zur Seite und starrte hinaus, als wir an hohen Gebäuden und Schwärmen verzweifelter, frierender Menschen vorbeifuhren. Zerlumpte Männer und Frauen huschten stumm durch die Straßen, die Köpfe gesenkt, die Hände in den Taschen dicker Wollmäntel vergraben. Über allem lag wie eine Decke der Rauch aus den Fabriken. Auf den Gehwegen und Straßen mischte sich Asche mit Unrat und verhieß einen weiteren Winter voll schmutzigen schwarzen Schnees.

»Ist das nicht wundervoll trist?«, fragte John lächelnd, der zusammen mit mir die groteske Szene betrachtete.

»Trist vielleicht, aber ich kann nicht behaupten, einen solchen Anblick je vermisst zu haben.«

»Wäre der Erdboden eine Frau, ich wäre längst hinausgesprungen, um sie zu küssen.«

»Dabei könntest du dir wer weiß was einfangen.«

»Was zählt, ist einzig das Verlangen. Außerdem könnte ich mich im Handumdrehen heilen. Vergiss nicht, dass ich Wundarzt bin. Ein wenig Schmutz und Schmand am Straßenrand soll mich nicht schrecken. Das nennt man übrigens eine Alliteration: Schmutz und Schmand am Straßenrand.«

»Ja, du bist ein wahrer Meister«, räumte ich geistesabwesend ein und lehnte mich wieder zurück. »Wann erreichen wir diesen Pub, den du so gelobt hast? Ich werde umso unruhiger, je länger es dauert.«

»Man reist nicht schneller, wenn man ewig auf das Ziel nur lauert.«

Ich grunzte nur und zog mir eine der Pferdedecken enger um die Schultern. In der Stadt war es viel kälter als draußen auf dem Land. Vielleicht lag es daran, dass der Rauch das Sonnenlicht trübte. Es dauerte nicht lange, da hielt die Kutsche an, und durch die Scheibe erblickte ich einen schmierigen alten Pub. Auf dem großen Schild am Giebel stand tatsächlich *Krötenloch*, und aus der dunklen, offenen Tür schlug uns ein bedrückendes, lastendes Schweigen entgegen.

»Ich dachte, wir seien noch längst nicht da.«

»Weil du nichts gesagt hast, worauf sich der Satz *Wir sind gleich da* gereimt hätte.«

John beugte sich vor und entriegelte die Tür, stieß sie auf und sprang mit einer einzigen raschen Bewegung hinaus. Ich zuckte zurück, aus Angst, einen verirrten Stiefel ins Gesicht zu bekommen. Sobald er auf dem Gehweg stand, streckte er sich ausgiebig, und da kein Wind wehte, hing seine zerlumpte Kleidung schlaff an ihm hinunter. Er war viel kleiner, als ich vermutet hätte, denn bisher hatte ich ihn nur sitzend gesehen. Durch die offene Tür der Kutsche wehte ein übler Gestank von Rauch herein. Angewidert runzelte ich die Stirn.

»Was denkst du dir dabei, einfach so die Tür zu öffnen?«, flüsterte ich aufgeregt und raffte eilig die Decken zusammen. »Wenn mich nun jemand gesehen hätte? Wenn ein Wachtmeister vorbeigekommen wäre? Und sollte dieser Pub nicht der beste in ganz England sein? Ich habe stattdessen das Gefühl, als sollte ich den Bau der größten menschenfressenden Spinne betreten.«

Noch während ich sprach, wehte mir jedoch ein Duft von Bratwürsten entgegen, und ich hielt erstaunt inne. Es war der köstliche, aber höchst flüchtige Duft jener Sorte von Würstchen, von denen man nur träumt, die man aber nie aufgetischt bekommt. Wieder stieg mir der Geruch in die Nase, stärker als zuvor und in Begleitung beliebter Beilagen: pochierter Eier, warmer Butter, gestampfter Kartoffeln und gebratenen Specks. Ich entdeckte sogar einen Hauch von Starkbier und frischer, kalter Milch, obwohl ich schwören kann, dass ich solche Gerüche weder vorher noch nachher je auf solche Entfernung wahrgenommen habe.

»Du riechst es, nicht wahr?«, fragte John listig.

»Es riecht sehr gut.«

»Die Londoner Riesenspinnen speisen vortrefflich.«

»So kommt es mir vor.«

»Willst du nun aussteigen?«

»Mir bleibt wohl nichts anderes übrig, oder?«

»Richtig, es ist unvermeidlich.«

Ich wickelte mich fest in die Decke und stieg aus der Kutsche. Wieder nahm ich den üppigen und köstlichen Duft saftiger Würstchen wahr, der aus dem *Krötenloch* herüberwehte. Uns lief das Wasser im Mund zusammen, und wir freuten uns auf das reichhaltige Frühstück. John rief dem Wirt zu, er solle zwei große Teller füllen, und bugsierte mich im hinteren Teil des Schankraums zu einem Tisch, an dem schon jemand saß.

»Wie wollen wir dafür bezahlen?«, fragte ich. »Ich habe kein Geld.«

»Ich auch nicht, aber dieser stattliche Mann mit der Wollweste ist mir etwas schuldig.«

»Wirklich?«

»Eigentlich bin eher ich ihm etwas schuldig, aber wenn wir es richtig anpacken, bemerkt er den Unterschied vielleicht gar nicht. Mein allerwertester Mister Washpole!«

Der korpulente Mann wandte sich um, und das gerötete Gesicht erstrahlte im schwachen Licht, als er breit lächelte.

»Johnny, mein Junge! Willkommen daheim!« Dann verflog das Lächeln, er runzelte die Stirn und zielte mit einer Gabel, auf der noch ein Stück Wurst stak, wütend auf John. »Sie schulden mir Geld.«

»Vielen Dank für die freundliche Begrüßung, allerwertester Mister Washpole. Darf ich Ihnen meinen guten Freund Frederick vorstellen?«

Washpole betrachtete mich von oben bis unten, so gut es in der dunklen Schankstube möglich war, und legte den Kopf misstrauisch zur Seite.

»Der ist aber ziemlich stark behaart, was?«, flüsterte er gar nicht so leise.

Nun runzelte ich meinerseits die Stirn, doch nach einem raschen Blick erkannte ich, dass die dicke Decke, die ich mir umgelegt hatte, tatsächlich den Eindruck eines pelzartigen Bewuchses erweckte.

»Und hungrig ist er obendrein, allerwertester Mister«, sagte John fröhlich. »Wie schmecken heute Morgen die Würstchen?«

»Wechseln Sie nicht das Thema, wenn ich Schulden eintreiben will«, erwiderte Washpole und zielte abermals mit der wurstbestückten Gabel auf sein Gegenüber. »Wenn ich mich recht entsinne«, fuhr er mit Nachdruck fort, als wäre dies eine überaus ernste Erkenntnis, »schulden Sie mir sogar eine sehr große Summe Geldes. Mehrere Pfund.«

»Genau das wollte ich mit Ihnen besprechen«, erklärte John. »Wie Sie schon sagten, schulde ich Ihnen Geld, aber verglichen mit Ihrem riesigen Bankguthaben ist dieser Betrag im Grunde so gut wie nichts. Wenn ich so weit bin, den Rückstand zu begleichen, werden Sie den Unterschied kaum bemerken.«

»Das mag zwar sein, Johnny, aber Sie müssen trotzdem zahlen, so oder so.«

»Das will ich gern tun, allerwertester Mister. Aber wäre es Ihnen nicht lieb, wenn ich sogar noch mehr bezahlen würde?«

»Mehr?«

»Mehr. Ich bezahle Ihnen mit Freuden mehr als verlangt, wenn Sie mir einen kleinen Gefallen erweisen.«

»Mehr zu bekommen als notwendig, das wäre mir sehr recht. Um welchen Gefallen handelt es sich?«

»Bestellen Sie für meinen Freund und mich ein Frühstück.«

»Sie geben mir mehr Geld, als Sie mir schulden? Und ich muss Ihnen beiden nur ein Frühstück bestellen?« Er dachte eine Weile über den Vorschlag nach und forschte einstweilen mit der Zunge zwischen den Zähnen nach Essensresten. Nicht lange, und das strahlende Lächeln kehrte in sein Antlitz zurück. Entschlossen legte er die Gabel auf den Tisch, wobei der Bissen Wurst heruntersprang und quer durch den Schankraum flog. »Ist das alles? Dann setzt euch hin und esst! Foxbury!«, rief er nach dem Wirt. »Geben Sie den jungen Männern etwas zu essen, und beeilen Sie sich! Tischen Sie ihnen auf, was Ihr Haus an Köstlichkeiten zu bieten hat!«

Das Mahl war bereits angerichtet. Foxbury trat zu einem freien Tisch im Hintergrund, stellte zwei dampfende Teller mit Würstchen und Stampfkartoffeln ab und brachte gleich darauf noch zwei große Krüge, einen mit Bier und einen mit Milch. Wir setzten uns, und ich fiel sogleich über das Mahl her, während Washpole Foxbury zu sich rief und ihm einen ausführlichen Vortrag über die neue Einnahmequelle hielt, die sich ihm soeben erschlossen habe, denn fortan wolle er den Leuten zu essen geben und dafür Geld verlangen.

»Ein reizender Kerl, findest du nicht auch?« John schenkte sich einen großen Becher Milch ein.

»Hm-hm«, machte ich, denn mein Mund war voll mit fettiger Wurst und Stampfkartoffeln.

»Ich will gar nicht erst versuchen, mir darauf einen Reim zu machen«, erklärte John und nahm die Gabel in die Hand. »Mahlzeit!« Damit stach er in den Essensberg auf seinem Teller, hob eine ordentliche Fuhre hoch und betrachtete sie eine Weile begeistert.

»Willst du denn nicht essen?«, fragte ich ihn, sobald ich hinuntergeschluckt hatte.

»Aber natürlich nicht! Sei nicht albern, Frederick. Wenn ich es esse, ist doch alles weg.«

»Kommt es denn nicht gerade darauf an?«

»Käme es darauf an, das Essen verschwinden zu lassen, könnten wir es auch zum Fenster hinauswerfen. Nein, ich ziehe es vor, die Mahlzeit zu genießen.«

»Das ist eine bedenkenswerte Betrachtungsweise, aber wenn man es macht wie ich, verhungert man wenigstens nicht.«

»Die Gefahr des Verhungerns vertieft nur das Hungergefühl, verstärkt die Sehnsucht, versüßt die Vorfreude.«

»Außerdem bringt es dich um, das darfst du nicht vergessen.«

»Alles bringt dich um, Frederick – es ist ohnehin sinnlos, dies vermeiden zu wollen. Was zählt, ist nur die Frage, wie sehr wir das Leben genießen, und ich wage zu behaupten, dass ich das Leben in diesem Moment weitaus intensiver genieße als du.«

»Das liegt nur daran, dass du nicht mit einem Verrückten redest.«

»Die meisten Menschen glauben, der erste Bissen eines Mahls sei immer der beste – dieser allererste Augenblick, wenn das Essen den Gaumen berührt, sich um Zähne und Zunge schmiegt und den Hunger auf köstlichste Art und Weise stillt. Ich hingegen bin fest davon überzeugt, dass die Vorfreude auf den ersten Bissen das Allerbeste ist – der Magen schreit vor Hunger, die Sinne kribbeln im Duft des Essens und in der Vorahnung des Geschmacks. Wundervoll. Doch sobald du zubeißt, ist dieser Augenblick vorbei, und alles ist verloren. Die Erregung hat sich aufs Höchste gesteigert, und dann endet sie jäh, und du tust nichts weiter, als dich zu ernähren – ein höchst technischer Vorgang, den ich dir aus medizinischer Sicht ausführlich schildern könnte – und glaub mir, das ist alles andere als romantisch. Nein, Frederick, ich verderbe nie ein gutes Mahl, indem ich es verzehre.«

»Hm-hm?«, machte ich, denn mein Mund war schon wieder zum Platzen gefüllt. Es war der fünfte Happen, seit John mit seiner Ansprache begonnen hatte.

»Und dich dabei zu beobachten, wie du das Essen genießt, verstärkt nur meine Vorfreude darauf, wie gut mir das meine munden wird.«

»Aber«, wandte ich ein, sobald ich hinuntergeschluckt hatte und wieder sprechen konnte, »wenn du es nie isst, woher kommt dann die Vorfreude?«

»Es nicht zu essen, verstärkt die Vorfreude sogar noch.«

»Ich dachte, es geht um die Vorfreude auf das Essen und nicht darauf, überhaupt nicht zu essen. Sobald du dich entschlossen hast, den Bissen nicht zu dir zu nehmen, ist die Enttäuschung für den Körper doch noch viel größer.«

»Das wäre der Fall, wenn ich jemals einen Bissen zu mir nähme. Deshalb gehe ich nicht so weit – ich bleibe ewig in einem Zustand des Bereitseins, wobei ich mich weder zum Essen noch zum Nichtessen entschließe.«

»Ich glaube, so etwas nennt man den Tod. Jedenfalls nach einigen Wochen, wenn du die Folgen zu spüren bekommst.«

»Ja, der Tod – das absolute Ende von allem. Eine sehr poetische Art zu sterben, musst du wissen. Genau so will ich aus dieser Welt scheiden.«

»Was denn – du willst verhungern?«

»Nein, einfach nur sterben.«

»Du willst sterben, indem du einfach stirbst? Soweit ich weiß, gibt es sowieso keine andere Möglichkeit.«

»Aber natürlich gibt es die! Man nennt sie auch eine lange, sinnlose Existenz, und das ist der wichtigste Grund dafür, dass die Menschen nicht lebendig sind. Fast alle Londoner leiden an dieser Krankheit, und sie greift rasch um sich. Es gibt kein Ende und keinen feierlichen Abschied, nur ein unendliches Sichhinziehen, während man rein gar nichts tut, nichts sagt und nichts ist. Entsetzlich.«

»Im Moment scheinst du heftig damit beschäftigt zu sein, rein gar nichts zu tun«, sagte ich, denn die unberührte Gabel voll Essen schwebte noch immer vor seinem Gesicht.

Er starrte den Happen eine Weile an und schien das Ganze aufs Höchste zu genießen, dann streifte er ihn von der Gabel und fuhrwerkte auf dem Teller herum.

»Was ist denn los?«, fragte ich.

»Ich habe genug von Würstchen und Stampfkartoffeln. Mich gelüstet nach Ei.« Er fand ein Stückchen Spiegelei unter den Kartoffeln und zog es hervor, hielt es sich vor den Mund und lächelte wieder.

Ich aß weiter und beobachtete fassungslos meinen neuen Freund. So seltsam er auch war, ich musste doch immer wieder an die Ereignisse der vergangenen Nacht denken, die – wie ich mir sagte – wohl doch kein völliger Fehlschlag gewesen waren. Ich war den Wachtmeistern entkommen und vor den Vampiren geflohen, sofern es sich tatsächlich um echte Vampire gehandelt hatte. Inzwischen befand ich mich in London, nahm eine kräftige Mahlzeit zu mir und erfreute mich der Gesellschaft eines unerschrockenen, wenngleich seltsamen Freunds. Allein den Umstand, dass ich mich immer noch nicht umgezogen hatte, empfand ich als echten Makel.

Nun schob John das Ei beiseite und starrte den Milchkrug an. Ich kaute unterdessen an der Wurst, spülte sie mit etwas Milch hinunter und stach mit der Gabel auf meinen Teller ein.

»Kennst du zufällig eine Bank namens Plumb und Gaddie hier in der Stadt?«

»Ich glaube schon.« Seine Nasenspitze näherte sich dem Rand des Krugs, den Blick hatte er starr auf die glatte weiße Oberfläche des unberührten Getränks geheftet.

»Könntest du mir vielleicht den Weg zeigen?«

»Aber natürlich, mein Freund – das ist doch das Mindeste, was ich für einen so angenehmen Zeitgenossen wie dich tun kann.«

»Das ist sehr nett von dir.« Ich schob mir den letzten Bissen des Frühstücks in den Mund, schluckte hinunter und wischte mir den Mund und die Hände mit einer Serviette ab. »Ich muss mich dringend um Geschäfte kümmern, die dort auf ihre Erledigung warten.«

»In diesem Aufzug wird das aber kaum möglich sein.« John lehnte sich sichtlich zufrieden zurück, nachdem er an der Milch gerochen hatte.

»Das ist wahr«, räumte ich mit gerunzelter Stirn ein. »Könntest du den alten Washpole vielleicht überzeugen, deine Schulden zu erhöhen und etwas Geld auszugeben, damit wir neue Sachen bekommen? Ich erstatte es dir natürlich, sobald wir auf der Bank sind – ich bin sogar bereit, deine gesamten Schulden zu begleichen.«

»Daran zweifle ich keine Sekunde lang«, erwiderte John mit einem boshaften Lächeln. »Aber mach dir meinetwegen keine Gedanken – es bleibt sowieso alles an Washpole hängen. Übrigens, wie hat dir denn das spendierte Essen geschmeckt?«

»Erstklassig«, entgegnete ich. »Und dir?«

»Die Eier waren ein bisschen labberig, aber man kann nicht alles haben, nicht wahr?« Er stand auf und wandte sich in bester Laune an unseren beleibten Gönner. »Mein allerwertester Mister Washpole!«

Sobald er sich ein paar Schritte entfernt hatte, kam der Kutscher Winston herein, schüttelte den Kopf und pfiff leise. Er setzte sich zu mir und strahlte mich an.

»Das hier ist doch Johnnys Tisch, oder?«

Ich versuchte das Gesicht hinter der Hand zu verbergen, doch Winston schien sich weder an meiner Gegenwart noch an meinem Äußeren zu stören.

»Ja, richtig. Wir wollten gerade aufbrechen. Er hat übrigens sein Essen nicht angerührt, falls Sie Appetit haben.«

»Aber gern. Danke. Sind Sie ein Freund von ihm?«

Er schien mich nicht zu erkennen, und ich wollte schon aufstehen und es dabei belassen, ehe er sich an meine Stimme erinnerte, doch in diesem Augenblick erschien ein neuer Gast im Eingang – ein großer Mann, der einen langen dunklen Mantel trug. Der Kopf war von dünnen Haaren eingerahmt. Augenblicklich erkannte ich den Vampir Schwarz vom Friedhof. Ich fiel sogleich auf meinen Sitz zurück, riss Winston den Bierkrug aus der Hand und hob ihn, um damit das Gesicht zu verdecken.

»Könnte ich den haben, wenn Sie fertig sind?«, fragte Winston freundlich.

»Ich ... ja, sicher. Nein. Ich verstecke mich. Trinken Sie Milch.«

»Sie verstecken sich?« Er wandte sich zu der Gestalt an der Tür um, nickte weise und beugte sich vertraulich zu mir herüber. »Ist er nicht hässlich? Der hässlichste Mann, den ich je gesehen habe. Frederick Whithers heißt er. Ich habe ihn letzte Nacht von Bath hierher kutschiert.«

Beinahe hätte ich den Bierkrug fallen gelassen.

»Das ist nicht Frederick Whithers! Was reden Sie da?«

»Ich hab ihn mit eigenen Augen aus der Kutsche steigen sehen. Ich dachte, er und Johnny seien schon weg. Sie können mir glauben, dass mir leicht mulmig wurde, als auf einmal wieder jemand eingestiegen ist, aber als ich sein Gesicht sah, wurde mir klar, dass es Mister Whithers sein musste, so hager und farblos, wie er war. Hässlich wie die Sünde, wie er mir selbst letzte Nacht sagte. Anscheinend hatte er etwas vergessen und kehrte zurück, um es zu holen.« Er nahm den Krug mit der Milch und schenkte sich einen Becher voll.

»Nein«, flüsterte ich aufgeregt, »das ist ein Vampir!«

»Ein Vampir?«, fragte Winston laut und ließ fast den Krug fallen.

»Still!«, drängte ich ihn.

Eine weitere Gestalt trat ein, während die erste durch die Gaststube wanderte. Ich nahm den Milchkrug, um auch die andere Seite des Gesichts zu verdecken.

»Nun ist es aber gut«, sagte Winston. »Sie können doch nicht beides haben. Geben Sie mir was ab, ja?«

»Ich habe das Geld, Frederick«, sagte John hinter mir und klopfte mir auf die Schulter.

»Frederick ist ein Vampir.« Winston ließ seinen Becher stehen und nahm den von John.

»Wirklich?«, fragte John ungläubig.

»Natürlich nicht«, widersprach ich. »Setz dich!«

John nahm Platz, und Winston genehmigte sich einen herzhaften Bissen Würstchen und Ei.

»Mbehr Bmampir impha drühm«, nuschelte er mit vollem Mund und nickte in die Richtung der dunklen Gestalt, die den Pub absuchte.

»Wir müssen gehen«, drängte ich leise und blickte John an, so gut es zwischen zwei Krügen möglich war.

»Lassen Sie wenigstens das Bier da«, verlangte Winston, nachdem er hinuntergeschluckt hatte. »Ich bin die ganze Nacht gefahren, Johnny kann's bestätigen.«

»Das weiß er selbst so gut wie ich«, erwiderte John. »Er war ja bei uns.«

»Wirklich?«

Ich nickte.

»Wenn Sie Frederick sind ...«, begann er verwirrt. »Das bedeutet doch, dass ...« Die Verwirrung wich der Überraschung, als ihm etwas einfiel. Er riss vor Schreck den Mund auf. »Dann sind Sie ein Vampir?«

»Natürlich bin ich kein Vampir, Sie Trottel!. *Er* ist es.« Ich deutete auf Schwarz, und nun blieb mir der Mund offen stehen, weil just in diesem Augenblick ein weiterer Vampir hereinkam. »Ich meine, sie ... jetzt sind sie alle fünf hier.« Ich versteckte mich weiter zwischen den Krügen, während die Vampire ausschwärmten und langsam im Pub herumgingen, um sich alle Gäste genau anzusehen. Unvermittelt stand ich auf und eilte zur Tür, wobei ich mir beharrlich die Krüge vor das Gesicht hielt und den Kopf hin und her drehte, damit mich niemand genau sehen konnte. John folgte mir sogleich, Winston kam dicht hinter ihm und verlangte unablässig sein Bier. Als ich die Tür erreicht hatte, holte Winston mich ein und packte den Krug. Er rang mit mir, um ihn mir wegzunehmen, worauf ich bestialisch knurrte. Ich wollte nicht sprechen, denn einer der Vampire stand nur zwei Tische entfernt. Er hätte mich an der Stimme erkannt. Trotz meines Widerstands trug Winston den Sieg davon und riss mir den einen Krug so heftig aus der Hand, dass ich den zweiten fallen ließ. Aufgebracht und voller Missmut knurrte ich.

Es wurde still im Pub, alle Blicke richteten sich auf mich. Noch einmal grunzte ich, zumal ich mich plötzlich wie ein gehetztes Tier fühlte, das die Jäger gestellt haben. Ich zog die zerlumpte Decke enger um mich, bückte mich und machte mich zur Flucht bereit.

»Kannst du dich etwa auch in einen Wolf verwandeln?«, rief der Vampir, der mir am nächsten stand. »Oh, das ist aber gemein!«

»Was meint er damit?«, fragte John.

»Lauft!«, flüsterte ich und rannte zur Tür hinaus. Die Vampire fielen auf die Knie. »Erhabener, Erhabener!«, riefen sie, doch sie hatten die Tür noch nicht erreicht, da waren wir schon um die Ecke gebogen und verschwanden in der Stadt.

Zwei Stunden später standen wir vor Plumb & Gaddie Banking Associates und machten in unserer neuen Kleidung eine ausnehmend gute Figur. John zupfte gelegentlich an seinem Hemd herum – der gestärkte hohe Kragen war ihm sichtlich unbequem. Doch jedes Mal, wenn er die Hand hob, um den steifen Stoff zurechtzurücken, kitzelte ihn der Rüschenärmel an der Nase, und er ließ die Hand sinken. Dabei kräuselte er die Oberlippe wie ein Kaninchen, das Unheil wittert. Wir trugen elegante Zylinder, was unsere Anzüge vervollständigte und in Johns Fall half, seine ungeschnittene Mähne zu verbergen.

Noch wichtiger – wir hatten sogar eine Gelegenheit gefunden, uns zu waschen. Im Hinterzimmer des Schneiders hatten wir eine Pumpe benutzen können, die sehr kaltes Wasser gespendet hatte. Auf diese Weise erfrischt und bereit, den Tag in Angriff zu nehmen, vergaß ich fast alle meine Sorgen und betrat die Bank. John folgte mir ein wenig geistesabwesend.

Das Foyer entpuppte sich als außerordentlich schäbiger Flur mit einer großen Holzbank auf der einen und der in vergoldeten Lettern ausgeführten Inschrift *PLUMB GADDIE* auf der anderen Seite. Wir saßen direkt unter der Inschrift, und so füllten die Buchstaben *UMBGA* mein ganzes Gesichtsfeld aus. Ein schmächtiger Sekretär, dessen Haar so eng am Kopf klebte, als hätte man ihn in einen Eimer getaucht, erfragte unsere Namen und murmelte etwas Belangloses, ehe er hinter einer mächtigen Holztür verschwand.

»Die Umgebung gefällt mir nicht«, murrte John, der schon wieder nach dem Kragen tastete. »Und ich glaube, ich gefalle ihr auch nicht.«

»Warum nicht? *UMBGA* klingt doch ganz freundlich.«

»Du hast *UMBGA*? Ich habe nur *DIE*, und ich finde es äußerst beunruhigend, wenn einem eine Wand sagt, man solle sterben. Da ich nicht einmal weiß, wie eine Wand eine solche Drohung in die Tat umsetzen würde, kommt mir das Wort umso gefährlicher vor.«

»Rutsch doch zur Seite und nimm *PLUM*. Eine Pflaume hilft die Wartezeit bis zum Abendessen zu überbrücken.«

»Erklär mir doch noch einmal, was wir hier wollen. Eigentlich sollte ich nicht *noch einmal* sagen, denn du hast es mir überhaupt noch nicht erklärt. Du hast mir auch nicht verraten, wer die Burschen im Pub waren. Bist du wirklich ein Vampir?«

»Nun mach mal halblang! Wie sollte ich auf einmal ein Vampir geworden sein?«

»Gewöhnlich vollzieht sich das auf traditionelle Weise, indem man gebissen wird.«

»Tja, mich hat niemand gebissen. Es war ein Missverständnis, weiter nichts. Wir sind übrigens hier, um eine Erbschaft anzutreten.«

»Wirklich? Ich versuche schon mein Leben lang, eine zu ergattern. Wie willst du das angehen?«

»Ich habe die Absicht, hineinzugehen und Anspruch darauf zu erheben. Genauer gesagt hinterlässt der Verstorbene keine lebenden Verwandten, aber die Erschaffung eines gewissen Oliver Beard war einer meiner größten Triumphe im Bereich des schöpferischen Bankwesens.«

»Schöpferisches Bankwesen?«

»Fälschungen.«

»Verstehe. Also trittst du als Oliver Beard auf? Wer ist denn gestorben? Ein Vater oder Großvater?«

»Ein Onkel.«

»Du Glückspilz.«

»Warum denn das?«

»Oder der glückliche Oliver.« John stand auf. »Wart mal. Ich rutsche zu *PLUM* hinüber.«

»Vorsichtig!«, mahnte ich, als er mit dem Ellbogen gegen die Wand prallte.

»Ich passe schon auf«, versicherte er mir und rempelte mit der Schulter das *D* an.

»Ich sagte, pass auf.«

»Das *D* haben sie doppelt.« Er trat mir auf den Fuß. »Da macht es doch nichts aus, wenn eins ein wenig angeschlagen ist.«

»Autsch!«

»Und du hast zwei Füße.«

»Die ich beide noch brauche.«

»Bin doch fast da.« Prompt stolperte er über meinen anderen Fuß, stürzte zu Boden und riss mich mit. Als ich auf ihm lag, zog ich ängstlich den Kopf ein, doch es fiel kein Buchstabe herab, um uns Gesellschaft zu leisten. »Da wären wir.« Er rappelte sich auf und setzte sich auf die Bank. »Jetzt habe ich *PLUM*.«

Ich kam nicht mehr zum Antworten, denn der Bursche mit dem angepappten Haar öffnete die Tür und kehrte ins Foyer zurück, gefolgt von einem sehr schmalen älteren Mann mit langer, spitzer Nase und einem Büschel dünner weißer Haare auf dem Kopf. Rasch richtete ich mich auf und staubte mir die Knie ab.

»Ist die Inspektion unseres Fußbodens zu Ihrer Zufriedenheit ausgefallen?«, fragte mich der Mann gereizt.

»Falls nicht, hat er sich gewiss eine Infektion zugezogen«, erwiderte John lächelnd.

»Natürlich bin ich zufrieden, verzeihen Sie.« Ich warf John einen bösen Blick zu. »Bitte, zeigen Sie uns den Weg!«

»Folgen Sie mir«, sagte der Mann. Wir reihten uns hinter ihm ein. Der pomadisierte Bursche schloss hinter uns die Flügeltür, sobald wir in einem ähnlich schmalen Gang standen, der notdürftig von Kerzen beleuchtet wurde.

»Nun denn«, wandte John sich fröhlich an unseren Führer, »sind Sie Plumb oder Gaddie?«

»Mumford«, antwortete der Mann stockend und sichtlich verstört.

»Ich furchte, darauf fällt mir kein Reim ein«, gab John zu. »Aber für Gaddie hätte ich etwas Großartiges gehabt.«

»Ich würde Ihnen raten, es für sich zu behalten«, warnte Mumford ihn trocken. »Mister Gaddie neigt nicht zu humorvollem Zeitvertreib.«

»Ich dachte, wir sollten bei Plumb vorsprechen«, warf ich rasch ein und eilte nach vorn, um Mumford einzuholen. »Wir haben dem Mann am Empfang gesagt, wir müssten zu Plumb.«

»Mister Plumb wurde leider aufgehalten«, erklärte der Weißhaarige. »Mister Gaddie kann Ihnen Ihre Wünsche sicherlich ebenso gut erfüllen.«

»Was stimmt denn nicht mit Gaddie?«, flüsterte John.

»Ist es Colin oder Bartholomew?«, fragte ich. Mit jedem Schritt, der mich der hohen dunklen Tür näher brachte, wurde mir mulmiger zumute.

»Colin, Sir«, erklärte Mumford. »Bartholomew Gaddie arbeitet in der Zweigstelle in Bath. Dies ist sein Bruder.«

Ich ließ mich zurückfallen und erklärte es John im Flüsterton. »Uns dürfte demnach nichts passieren. Bartholomew Gaddie war mein Boss. Er ließ mich verhaften. Colin bin ich noch nie begegnet, also müsste ich als Oliver durchgehen.«

»Du bist Oliver Beard«, sagte John nickend. »Ich hab's kapiert.«

»Und der alte Mann hat recht«, fügte ich hinzu. »Keine Reime.«

»Hier wäre Mister Gaddies Büro.« Mumford blieb vor einer imposanten Tür stehen, öffnete und enthüllte uns die größte Ansammlung von Dokumenten, die ich je gesehen hatte. Sie waren in dem abgedunkelten Raum zu solchen Haufen und Stapeln aufgetürmt, dass die Möbel dazwischen zwergenhaft wirkten. Angesichts der apokalyptischen Aura des Büros stockte mir fast der Fuß in den polierten neuen Schuhen. Ein Mann mit strengem

Gesicht und kurzem grauem Bart stand hinter aufge-
schichteten Papieren, die in etwa der Form eines Schreib-
tischs zu folgen schienen, und hinter ihm starrten drei
Männer, die einander erstaunlich ähnlich sahen, wie
stämmige, bärtige Geier von ihren Porträts herab. Auf
dem Schreibtisch stand eine Schale mit Pfefferminzbon-
bons.

»Nun stehen Sie nicht herum!«, blaffte Mister Gaddie.
»Kommen Sie herein! Ich habe nicht den ganzen Tag
Zeit für Sie.«

»Vielleicht sollten wir einfach wieder gehen«, murmelte John verunsichert, doch ich schritt in den Raum
hinein und reichte dem Mann die Hand.

»Mister Gaddie, sehr erfreut«, sagte ich. In Bath hatte
ich für den anderen Mister Gaddie gearbeitet, und dies
war tatsächlich der Bruder, dem ich nie begegnet war.
Noch wichtiger war die Tatsache, dass er mich ebenfalls
nicht kannte.

»Sie kommen bestimmt von der Leichenhalle«, antwortete er knapp. »Setzen Sie sich.«

»Ich fürchte, ich ...«

»Schreckliche Sache, das mit Oliver«, fuhr Mister Gaddie fort.

»Gar nicht so schrecklich«, warf John ein. »Ich würde
mich über den Tod meines Onkels freuen.«.

»War Oliver denn Ihr Onkel?«, fragte Mister Gaddie
streng, da wir seinen Gedankengang unterbrochen hatten und er möglichst schnell wieder zu ihm zurückkehren wollte.

»Nein«, antwortete John mit gerunzelter Stirn, »aber
mein Onkel hält mein Erbe fest, was mich in eine ähnliche Lage versetzt wie meinen Freund Oliver ...«

»Genau über dieses Erbe wünsche ich zu sprechen«, sagte ich, doch Gaddie unterbrach mich abermals.

»Gut, gut«, bellte er. »Das Erbe. Neunzigtausend Pfund?«

»Neunzigtausend?«, staunte John.

»Gibt es damit irgendwelche Schwierigkeiten, Mister Keats?«, fragte ich gereizt.

»Neunzigtausend Pfund erweisen sich selten als Schwierigkeiten«, antwortete er.

»Sie waren für Oliver Beard bestimmt«, fuhr Mister Gaddie fort, »aber nun wird er keinen Penny erhalten.«

»Warum denn nicht?«, fragte ich besorgt.

»Weil er tot ist, darum«, erklärte Mister Gaddie. »Sie sind doch deshalb hier, oder?«

»Ich ...« Mir fiel nichts mehr ein. »Tot?«

»Seine Schwester überbrachte uns heute Morgen die Nachricht«, fuhr der Bankier fort. »Sie hatte einen Totenschein dabei, den der Leichenbeschauer persönlich ausgefüllt hatte. Nun ist sie die letzte Überlebende der Beards, wie ich befürchte. Morgen früh um diese Zeit werden alle Dokumente unterzeichnet sein, und das Geld gehört ihr. Ich habe sie nicht selbst empfangen, doch Mister Plumb versicherte mir, die Papiere seien völlig in Ordnung.«

»Habe ich denn eine Schwester?«, rief ich.

»Offensichtlich hat Mister Beard tatsächlich eine Schwester«, erklärte mir John.

»Natürlich«, bekräftigte Mister Gaddie. »Wenn ich mich recht entsinne, starb Oliver in Bath an der Schwindsucht oder einer ähnlichen Erkrankung. Mister Plumb erzählte mir, das Mädchen sei völlig niedergeschlagen, nachdem sie so plötzlich ihre beiden einzigen lebenden Anverwandten verloren hat. Sie bemerkte, wenn ihr

Bruder nur wieder dem Grab entsteigen könnte, so wäre sie das glücklichste Mädchen auf der Welt.«

»Tja«, murmelte ich, »die wird sich wundern.« Es musste Gwen sein. Kein Mensch wusste sonst von meinem Plan, und niemand außer ihr hätte so schnell gehandelt und alles zum eigenen Vorteil gewendet. Unter den gegebenen Umständen sah ich mich gezwungen, meine Rolle als Oliver Beard sofort aufzugeben.

»Nun«, sagte Mister Gaddie, »haben wir genug geplaudert? Ich bin ein viel beschäftigter Mann. Haben Sie Neuigkeiten vom Bestattungsunternehmen?«

»Ja«, sagte ich rasch. »Ich komme vom Bestattungsunternehmen.«

»Das weiß ich bereits«, erwiderte Mister Gaddie. »Das sagte ich doch schon.«

»Ich bestätige es nur, um weitere Verwirrung zu vermeiden«, wandte ich ein.

»Ich kann Ihnen versichern, dass es meinerseits keinerlei Verwirrung gibt«, erklärte mir Mister Gaddie, »da ich dies bereits dreimal bekräftigt habe.«

»Ich mache mir nicht Ihretwegen Sorgen«, sagte ich mit einem Seitenblick auf John. »Da ich aber nun vom Beerdigungsinstitut komme …«

»Ich auch«, erklärte John.

»… würde ich mich gern nach dem Erbe erkundigen. Wissen Sie zufällig, wo das Mädchen wohnt? Wir möchten sie gern an den Vorbereitungen für die Bestattung beteiligen, sofern sich herausstellt, dass sie tatsächlich die Erbin von Mister Beards Vermögen ist.«

»Glauben Sie etwa, sie lügt?«, fragte Mister Gaddie.

»Das weiß ich nicht«, erwiderte ich. »Ich kann Menschen schlecht einschätzen.«

»Da wir vom Beerdigungsinstitut kommen, haben wir keine große Erfahrung mit noch nicht dahingeschiedenen Menschen«, sprang mir John bei.

»Nun«, sagte Mister Gaddie, »es scheint mir angemessen, die Schwester bei den Vorkehrungen für das Begräbnis hinzuzuziehen, aber ich weiß nicht, wo sie sich aufhält. Fragen Sie meinen Neffen Percy. Er erledigt den größten Teil der Verwaltungsarbeit für Beard.«

»Danke«, sagte ich und stand auf. Vor meinem inneren Auge zeichnete sich bereits ein neuer Plan ab. »Wir verabschieden uns hiermit. Es war sehr freundlich von Ihnen, uns zu empfangen. Falls Sie der jungen Dame begegnen, Mister Gaddie, richten Sie ihr doch bitte aus, dass wir sie suchen. Beerdigungen sind heikle Angelegenheiten, und wir besprechen sie vorher, wann immer möglich, gern persönlich mit den Hinterbliebenen.«

»Wir nehmen unsere Aufgabe sehr ernst«, fügte John hinzu.

»Ich lasse kein Wort verlauten«, versicherte uns Mister Gaddie. »Wenn ich Sie jetzt bitten dürfte? Ich habe wirklich viel zu tun. Guten Tag.«

London · *Vormittag*

Erbost und mit gesenktem Kopf vor mich hin brütend marschierte ich aus der Bank hinaus. Verrat! Ich konnte es kaum glauben. Natürlich hatte Gwen von meinem angeblichen Tod gehört, aber hätte sie nicht etwas länger warten und die Trauerzeit einhalten können, ehe sie mir mein Vermögen stahl? Ich trampelte über die schmutzige Pflasterstraße, starrte die Passanten böse an und blieb schließlich im Schatten eines aus Stein erbauten alten Pubs stehen, um weiter nachzugrübeln.

»Na, so was, Oliver Beard«, sagte John, »du hast mir noch gar nicht verraten, dass du eine Schwester hast.« Er hatte den hohen Kragen geöffnet, darunter kam ein großer Teil des Halses zum Vorschein.

»Ich bin nicht Oliver Beard, sondern Frederick.«

»Ah, richtig, der Vampir.«

»Ich bin auch kein Vampir! Ich bin ein entflohener Sträfling.«

Eine alte Frau, die gerade vorbeiging, blieb unvermittelt stehen und gaffte mich an. Ich schnitt eine böse Grimasse, und sie humpelte weiter.

»Es ist doch gar nichts dabei, ein Vampir zu sein«, beruhigte mich John.

»Man hat mich gerade um neunzigtausend Pfund betrogen, und du redest bloß davon, dass ich wohl doch ein Vampir sei, was aber keinesfalls zutrifft.«

»Etwas Besseres kann einem doch gar nicht widerfahren!«, rief er, ohne auf meine Einwände zu achten. »Die Angst, der Schrecken, die dunkle Kleidung! Du könntest den Vampirberuf in ein ganz neues Licht rücken. Stell ihn attraktiver dar – und vor allem romantischer.«

»Was redest du da?«

»Das einsame Leben des Vampirs! Tagsüber kannst du nicht hinaus, weil du im Licht vergehst. Freunde hast du auch nicht, weil du deren Blut saugst ...«

»Bisher habe ich dein Blut noch nicht gesaugt, du Trottel, und um Himmels willen, es ist fast Mittag! Die Sonne scheint auf mich herab, und es geht mir gut. Da, siehst du?« Ich nahm den Hut ab. »Keine Auflösung.«

»Wir sind hier in London, Frederick. Das bisschen Sonnenlicht, das den Rauch durchdringt, reicht nicht einmal aus, einen Vampir zu erwärmen, geschweige denn, ihn zu vernichten.«

»Warum kannst du nicht einfach die Tatsache hinnehmen, dass ich gar keiner bin?«, gab ich zurück. »Ich habe keine Reißzähne, ich kann mich in keine Fledermaus verwandeln, und ich kann ganz bestimmt niemanden gedanklich steuern oder was Vampire sonst angeblich noch tun.«

»Übung macht den Meister, da bin ich ganz sicher«, versicherte mir John.

»Aber ... ach, gleichgültig.«

»Was ist denn los?«

»Nichts«, sagte ich. »Lass uns einfach gehen.«

»Gut«, stimmte John lächelnd zu. »Und wohin gehen wir?«

»Meine Schwester suchen.«

»Fein.« Er rückte sich das Hemd zurecht und versuchte vergeblich, sein Haar in Ordnung zu bringen. »Das wird spannend.«

»Erst jetzt? Wo warst du eigentlich die ganze Zeit?«

»Warum glaubst du, sie habe dich betrogen?«, wollte John wissen.

»Sie will sich die neunzigtausend Pfund unter den Nagel reißen, die sonst niemand als Erbe beansprucht«, erklärte ich ihm.

»Neunzigtausend Pfund«, wiederholte John langsam. »Und wie heißt der tote Gentleman?«

»Harry Beard.«

»Das ist alles nur ein Witz, oder?«

»Harry Beard starb und hinterließ weder lebende Verwandte noch ein Testament. Der Wert seines Erbes beläuft sich auf neunzigtausend Pfund, und niemand hätte es beanspruchen können. Deshalb ist es genau genommen auch kein Diebstahl, weil es eigentlich niemandem gehört.«

»Das ist ein schlagendes Argument.«

»Danke, ich bin ganz deiner Meinung. Gwendolyn anscheinend auch.«

»Deine Schwester«, sagte John.

»Die Frau, die behauptet, die Schwester des Mannes zu sein, der zu sein ich behauptet habe«, erwiderte ich. »In Wirklichkeit – ich weiß, damit hast du nicht viel am Hut, aber übe Nachsicht mit mir – heißt sie Gwendolyn Gaddie und ist die Tochter des Bartholomew Gaddie, des Partners von Plumb und Gaddie Bank Associates und des Bruders des Colin Gaddie, mit dem wir gerade gesprochen haben. Letzterer verwaltet den Nachlass des Harold Beard.«

»Ich ahne, wie sie ins Spiel kommt.«

»Das bezweifle ich, aber fahr nur fort.«

»Spät am Abend, du kletterst leise durchs Fenster deiner leidenschaftlichen Geliebten Gwendolyn, da hörst du zufällig, wie ihr Vater den unmittelbar bevorstehenden Tod des einsamen Harry Beard erwähnt. So kommt dir der Gedanke, das Geld für dich zu beanspruchen und damit der schönen Gwendolyn ein behagliches Leben zu bieten, nachdem ihr gemeinsam durchgebrannt seid.«

»Das trifft es wohl recht gut, aber ersetz bitte das Fenster durch das Büro eines Sekretärs und eine leidenschaftliche durch eine unglaublich gierige Geliebte. Dann passt es.«

»Köstlich! Frederick, was gäbe ich darum, dein Leben führen zu dürfen: ein entflohener Sträfling, ein Vampir und zu alledem auch noch ein betrogener Liebhaber! Dir fehlt nur noch eine tödliche Krankheit zu einem wahrhaft erfüllten Leben, obschon es dann natürlich nicht mehr lange währen würde.«

»Wie steht es um den Verlust meiner Erbschaft?«, fragte ich. »Den kannst du ruhig mit einbeziehen.«

»Aber die Erbschaft gehört dir doch gar nicht«, wandte John ein. »Ich weiß nicht, ob das zählt.«

»Sie gehört überhaupt niemandem«, erwiderte ich. »Also kann man auch sagen, sie gehört mir. Es gibt eigentlich nur eine Erklärung dafür, wie Gwendolyn die Papiere fälschen und sich als Harrys Nichte ausgeben konnte: Ihr Bruder Percy, ihr echter Bruder, arbeitet ebenfalls in dieser Bank, wie Mister Gaddie schon sagte, und da ich nicht mehr dort war, um gefälschte Papiere herzustellen, hat sie sich wohl an ihn gewandt.«

»Welch vielschichtige Intrige! Der Stoff für ein monumentales Epos.« John griff in die Westentasche und zückte einen bis zum Stummel abgenutzten Kohlestift, den er mit einem winzigen Messer schärfte.

»Ist das ein ...«

»Das Skalpell eines Chirurgen«, bestätigte John, während er die Spitze des Stifts begutachtete. Er ließ das Messer wieder verschwinden. »Wo waren wir stehen geblieben? *Im Dunkel der Nacht, im wilden, gefährlichen Land, kam Frederick zu meiner Kutsche gerannt. Die Augen loderten vor Zorn, das Antlitz war im Grimm verzerrt ...*« Er kritzelte die Worte auf den Hemdsärmel, während er sprach. Schnell und ohne erkennbare Mühe formte er die Reime.

Ich ließ ihn dichten und betrat den Pub, vor dem wir standen. Es war ein großes Wirtshaus, das dem Schild nach *Crown and Anchor* hieß. Da wir noch ein wenig von Washpoles Geld besaßen, bestellte ich beim Wirt einen Teller gebratenen Fisch und setzte mich an einen leeren Tisch. John, der sich völlig auf den Ärmel konzentrierte und wie wild schrieb, folgte mir langsam und setzte sich mir gegenüber hin, ohne auch nur einmal innezuhalten.

»*Frederick, vor Wut entbrannt, beschloss ...* Was hast du eigentlich beschlossen?«

»Zu Mittag zu essen.«

»*Vor Wut entbrannt, ging darauf in ein Restaurant.* Das klingt aber nicht sehr episch.«

»Wir warten hier und behalten die Bank im Auge«, sagte ich. »Wenn Percy Feierabend macht, folgen wir ihm. Wahrscheinlich geht er nach Hause, und dort finden wir sicher auch Gwendolyn.«

»*Nachdem die Wut ist voll entfacht, sucht Frederick sein Glück in gruslig kalter Nacht!*«, rief John triumphierend, kritzelte sich die Worte auf den Ärmel und setzte einen eleganten Schnörkel darunter. »Autsch! Jetzt habe ich mich in den Arm gestochen.«

»*In gruslig kalter Nacht?*«, fragte ich. »Geht das nicht etwas zu weit?«

»Nicht für einen Vampir. Ihr schwärmt doch des Nachts aus, oder?«

»Ich will mich nicht weiter mit dir darüber streiten«, erwiderte ich. »Es ist ermüdend.«

»Sehr gut!«, rief John fröhlich und schnappte sich ein Stück Fisch vom Teller. »Ich hasse Streitigkeiten. Wenn wir den ganzen Tag damit verbringen wollen, im Pub zu sitzen und Fisch zu essen, fallen mir nur zwei angenehme Möglichkeiten ein, uns die Zeit zu vertreiben, aber das Streiten gehört gewiss nicht dazu.« Er biss herzhaft in den Fisch und stopfte sich fast die Hälfte davon auf einmal in den Mund.

»Ich dachte, du isst nicht?«

»Hmmpfffff«, machte er und schaffte es, völlig harmlos dreinzuschauen, obwohl er vor Fisch und Panade kaum den Mund schließen konnte.

»Was ist denn aus der Vorfreude und dem ganzen Gefasel geworden, mit dem du mir heute Morgen zugesetzt hast?«

»Die beiden Beschäftigungen, denen ich mich gern widmen würde«, erklärte John, sobald er gekaut und hinuntergeschluckt hatte, »hängen sogar eng miteinander zusammen. Die erste: hier zu sitzen. Die zweite: dabei zu reimen.«

»Das tust du doch immer, ganz gleich, wo wir sind.«

»Der Fisch schmeckt köstlich, ist wohl ein Stint.«

»Nun fang nicht wieder damit an!«

»Ich kann nicht anders, guter Mann.«

Ich blickte aus dem Fenster und betrachtete die Bank auf der anderen Straßenseite.

»Wenn du zwischen den Reimen Gelegenheit dazu findest, könntest du vielleicht etwas schneller essen«, schlug ich vor. »Da drüben neben der Bank gibt es eine Gasse. Möglicherweise kommt unser Percy gar nicht zur Vordertür heraus, wenn er Feierabend hat. Um beide Türen im Auge zu behalten, sollten wir in der Gasse warten.«

»Mein Freund verlangt's, so lass ich denn beim Essen Eile walten.«

Ich wandte mich an ihn. »Hast du jetzt nicht geschummelt?«

»Geschummelt?«

»Du hast gerade *über* mich, aber nicht mehr *mit* mir gesprochen.«

»Es ließ sich nicht vermeiden, sonst hätte das Versmaß nicht gestimmt.«

»Das meine ich doch. Wenn du die Worte verdrehen musst, damit es passt, ist es kein guter Reim.«

»Aber natürlich ist es ein guter Reim – behalten, walten, was ist daran nicht gut?«

»Der Zusammenhang stimmt nicht. Erst sprichst du mich an, dann wechselst du den Standpunkt, damit es sich reimt. Das nenne ich schummeln.«

»Ich musste aber über dich oder Percy sprechen, und *er* hat mich nicht gebeten, schnell zu essen.«

»Es musste ja auch nicht *walten* sein. Auch *veranstalten* bot sich an. *Wir müssen die Tür im Auge behalten, um zu sehen, was sie dort veranstalten.*«

»Findet da drüben eine Veranstaltung statt? Davon sieht man aber nichts, weil die Tür geschlossen ist. Es reimt sich zwar, aber es ist sinnlos.«

»Ich meine, was er veranstaltet, wenn er aus der Tür herauskommt, und wir wissen nicht einmal, welche er nimmt.«

»Wird er nicht einfach die nächstgelegene benutzen?« John lehnte sich zurück und deutete auf die Tür des *Crown and Anchor*. »Wenn wir gehen«, sagte er, »dann benutzen wir wohl jene Tür dort, aber das heißt noch lange nicht, dass hier eine Veranstaltung stattfindet. Es ist einfach nur der einzige Ausgang.«

»Zugegeben – *veranstalten* ist nicht der beste Reim. Immerhin bist du der Dichter ...«

»Warte!«, flüsterte John plötzlich und beugte sich vor. »Dreh dich nicht um.«

»Das hatte ich auch nicht vor.«

»Ich wollte damit sagen, dass uns ein Mann beobachtet, also dreh dich nicht zu ihm um.«

»Uns beobachtet jemand?«

»Er ist kurz nach uns hereingekommen und hat sich hinter dir in die Ecke gesetzt. Seitdem starrt er zu uns herüber.«

»Ist er nahe genug, um zu lauschen?«

»Wahrscheinlich nicht.«

»Ein Glück. Wie sieht er aus? Ist er ein Wachtmeister?«

»Nicht dass ich wüsste, aber du bist ein Sträfling.«

»Hm.« Ich sah mich im Pub um, ohne dabei den Kopf zu wenden. Auf den ersten Blick war nichts Verdächtiges zu entdecken, aber andererseits wusste ich auch nicht recht, was es zu entdecken geben sollte, da der fragliche Mann für mich unerreichbar hinter mir saß. »Isst er etwas?«

»Ein kleines Gebäckstück mit Zimt, würde ich sagen. Auf jeden Fall süß. Ich erkenne den Zuckerguss.«

»Danke, aber die genaue Art des Gebäcks spielt in diesem Fall keine Rolle.«

»Warum hast du dann gefragt?«

»Weiß ich auch nicht. Sieht er immer noch herüber, obwohl wir kein lautes, geistloses Gespräch mehr führen?«

»Das tut er. Ich glaube sogar, er weiß mittlerweile, dass wir uns von ihm beobachtet fühlen.«

»Hm.« Wieder ließ ich den Blick durch den Pub wandern, entdeckte abermals nichts und erinnerte mich, dass ich ein paar Sekunden zuvor schon einmal das Gleiche ebenso ergebnislos versucht hatte. Da mir nichts Besseres einfiel, geriet ich in Versuchung, mich ein drittes Mal umzusehen, doch nun fiel mein Blick zufällig auf die Gasse neben der Bank. Ich nahm das letzte Stück Fisch an mich, wickelte es in eine Serviette und stand rasch auf. »Wir müssen aufbrechen.«

John erhob sich ebenfalls, legte ein paar Pence auf den Tisch, und dann gingen wir langsam und ganz unverdächtig hinaus.

»Wir warten in der Gasse«, erklärte ich. »Dort können wir uns ebenso gut verstecken wie anderswo, und wenn Percy kommt, bemerken wir ihn sofort.«

»Und der Mann im Pub?«

»Da wir nicht in die Gasse blicken konnten, konnte er es auch nicht. Falls er uns folgt, wissen wir es genau ... dass er uns verfolgt. Und wenn nicht, war er nur ein neugieriger Mann in einem Pub.«

Wir umrundeten das Bankgebäude und stellten fest, dass es außer der Vordertür und der Seitentür in der Gasse keine weiteren Ausgänge gab. Die Gasse zwischen der Bank und dem Nachbarhaus war eng und stank, da dort gleich zwei Abzugsschächte endeten. Eine Ansammlung von Müllbehältern verstärkte die Gerüche noch, und eine dünne Schicht Ruß aus einem Schornstein in der Nähe verlieh der Gegend ein hinreichend trostloses Aussehen. Wir verharrten in einer kleinen Nische, von der aus wir die Gasse und einen großen Teil der Straße überblicken konnten.

»Natürlich kommt er durch diese Tür«, überlegte John, während er sich zufrieden in der Gasse umsah. »Die andere könnte man ebenso gut vernageln. Jeder, der sie kennt, benutzt viel lieber diesen Ausgang.«

»Die Gasse ist jedenfalls einigermaßen schrecklich.«

»Dann hast du es auch bemerkt? Ausgesprochen garstig, würde ich meinen. Wer durch eine solche Tür heraustritt, weiß den Heimweg umso mehr zu schätzen.«

»Verbring einen Nachmittag in einer Gasse wie dieser, und du weißt den Tod zu schätzen.«

»Das ist die richtige Einstellung«, sagte John fröhlich. »Was hältst du davon, wenn wir uns den Fisch teilen, den du eingesteckt hast? Ich habe immer noch großen Hunger.«

»Kein Wunder, du hast das Frühstück ausgelassen«, entgegnete ich und zog den fettigen Fisch hervor, um ihn etwas ungeschickt in zwei Teile zu zerbrechen. »Wenn dir das nächste Mal jemand einen Teller mit Würstchen und Stampfkartoffeln ausgibt, solltest du ihn wenigstens leer essen.«

»Und damit alles verderben?«, erwiderte John entsetzt. »Hast du heute Morgen gar nicht zugehört?«

Es war später Abend, ich war schon wieder sehr hungrig, als endlich ein Strom von Schreibern und Sekretären die Bank verließ. Bestürzt musste John feststellen, dass nur wenige den Ausgang in der Gasse benutzten, und Percy ließ sich überhaupt nicht blicken. Schließlich wurde es dunkel und sehr kalt. Ich zog mir die Jacke enger um die Schultern, John hatte seine über den Arm gelegt, sich sogar die Weste und den Kragen aufgeknöpft und war schutzlos der Witterung ausgesetzt. Der Hut, den er erst am Morgen für eine erkleckliche Summe erstanden hatte, lag vor seinen Füßen wie ein vergessener Hund.

»Hast du dich schon einmal gefragt, warum wir bei Gebäuden von Stockwerken reden? Das klingt fast so, als würden die Bauarbeiter Stöcke benutzen, um an den Häusern herumzuwerkeln.«

Ich schwieg dazu. Er wollte mich sicher nur wieder dazu verleiten, irgendetwas zu sagen und ihm so Anlass zu neuen Reimen zu geben. So standen wir noch eine Weile schweigend herum und beobachteten die Bank. Auf einmal aber hörte ich Schritte.

»Was war das bloß?«, flüsterte ich aufgeregt.

»Gewiss kein Reiter hoch zu Ross«, entgegnete John grinsend. Dann war ein weiterer Schritt zu hören, und nun wurde auch mein Freund unruhig.

»Es kommt aus der Gasse«, raunte ich, während ich mich umsah. »Aber an der Tür zur Bank entdecke ich niemanden.«

»Weiter hinten«, flüsterte John. »Jemand betritt die Gasse am anderen Ende.«

»Siehst du, wer es ist?«

Die Schritte näherten sich einem Flecken Mondlicht am Rand der Häuserzeile. John japste erschrocken auf, als die ferne Gestalt vorübergehend ins Helle trat. Er packte mich und zerrte mich in die Mauernische.

»Es ist der Mann aus dem Pub.«

»Der Wachtmeister?«

»Wir wissen nicht, wer er ist.«

»Richtig, er war ja auch nicht wie ein Wachtmeister bekleidet.«

»Er trägt einen braunen Übermantel«, erklärte John. »Und es ist kalt. Welche Farbe haben die Mäntel, die Wachtmeister tragen, wenn es kalt ist?«

»Ich glaube, sie dürfen die Farbe frei wählen. Aber sehe ich so aus, als müsste ich das wissen?«

»Du warst im Gefängnis.«

»Ich habe auch schon im Grab gelegen und weiß trotzdem nicht, welche Farbe die Mäntel in …«

»Da bist du ja, Erhabener!«

Ich schrie auf und fuhr herum. Fünf kniende Gestalten versperrten uns den Weg zum Vordereingang der Bank.

»Wir haben lange nach dir gesucht, Erhabener, doch du Weiser verbirgst dich vor uns. Warum?«

»Seid ihr die Vampire?« John grinste breit. »Wie schön, euch kennenzulernen! Ehrlich.« Er lief auf sie zu, schüttelte ihnen kraftvoll die Hände und stellte sich vor. »Ich bin John, und ich freue mich wirklich, dass wir uns endlich einmal begegnen.«

»Hast du auch ihn deinem Willen unterworfen, Erhabener?« Ich erkannte die heisere Stimme des Anführers Schwarz.

»Nun kommt schon, steht auf!«, drängte John sie. »Es bringt doch nichts, in diesem Unrat niederzuknien.«

»Vielleicht ist er der Sprecher des Erhabenen«, meinte ein anderer Vampir.

»Er spricht für den Erhabenen«, bekräftigte Schwarz. »Wir müssen tun, was er sagt.« Die fünf Vampire standen langsam auf und erweckten den Eindruck, als wüssten sie nun nicht recht weiter. Nach einer Pause trat Schwarz vor und verneigte sich vor John.

»Sag dem Erhabenen, dass wir demütig um eine Erklärung bitten.«

»Ihr bittet um eine Erklärung?«, rief ich. »Ich bin derjenige, der eine Erklärung verlangt. Was hat es mit diesem *Erhabenen*, mit euch Vampiren und allem anderen auf sich? Warum folgt ihr mir?«

»Du bist der Erhabene, Erhabener. Der mächtigste Vampir aller Zeiten. Dein Kommen wurde uns prophezeit, und nun wirst du uns zum Ruhm führen.«

»Sprecht leise!« Ich trat näher zu ihnen. »Ich weiß nicht, wie es geschehen konnte, aber ihr habt euch den Falschen ausgesucht. Leider ist es nun einmal so, dass ich kein Vampir bin, und ich bin gewiss nicht der Erhabene.«

»Aber wir sahen dich dem Grab entsteigen.«

»Das war eine Täuschung. Ich habe nur so getan, als wäre ich tot.«

»Ah«, machte der Anführer der Vampire. »Ich verstehe. Das war sehr schlau von dir, Erhabener.«

»Nein, begreift es doch endlich: Ich bin kein Vampir. Ich bin Bankangestellter und habe ein ganz gewöhnliches Leben geführt, und nachts gehe ich so gut wie nie vor die Tür. Wie könnte ich da zum Vampir geworden sein?«

»Gewöhnlich erreicht man das, indem man sich beißen lässt«, erklärte John.

»Ja.« Schwarz nickte. »Der Biss des Nichtlebens.«

»Aber ich wurde nie gebissen«, erwiderte ich verzweifelt. Ich zerrte den Kragen beiseite und zeigte ihnen meinen Hals. »Da, seht ihr? Keine Bissspuren, keine Narben, gar nichts.«

»Die Narben verheilen schnell«, widersprach ein anderer Vampir. »Dank einer unserer zahlreichen Fähigkeiten.«

»Und viele Opfer erinnern sich nicht an den Biss des Nichtlebens«, ergänzte Schwarz. »Wir ... wir beißen nämlich nur schlafende Menschen. Die sind nicht so schwer zu unterwerfen.«

»Wirklich?«, fragte John begeistert. »Das habe ich noch nie gehört. Andererseits weiß ich auch wenig über Vampire.« Er lächelte unsicher. »Wäre es zu viel verlangt, wenn ich darum bitte, einen von euch untersuchen zu dürfen? Nur eine rasche äußerliche Untersuchung – Puls, Temperatur und ähnliche Messungen. Daran wäre nichts Unerlaubtes, ich habe eine Lizenz.«

»Welche Lizenz?«, ertönte eine tiefe Stimme hinter uns. Ich zuckte vor Schreck zusammen, und als ich mich umwandte, entdeckte ich den Beobachter aus dem Pub, den ich mittlerweile völlig vergessen hatte. Nun stand er neben uns, und ich erkannte einen älteren Mann, dessen Gesicht sich im Schatten einer breiten Hutkrempe verbarg. Der Körperbau blieb unter dem dicken Übermantel verborgen.

»Was?« Auch John schien erschrocken. »Meine Lizenz? Ich bin Apotheker – ich bin zugelassener Apotheker, wie es dem Gesetz entspricht. John Keats, zu Ihren Diensten. Und wer sind Sie?«

»Inspector Herring im Dienste König Georgs des Dritten, Spezialagent des Prinzregenten.«

»Ein Wachtmeister?«, fragte ich beunruhigt.

»Nein«, antwortete er und erwiderte meinen Blick. »Vampirjäger.«

London · *Abend*

Ich starrte den Mann an und ließ den Mund fest geschlossen, um einen ganzen Schwall höchst unpassen-
der Worte zurückzuhalten. Aus den Augenwinkeln sah
ich, dass John und die fünf Vampire nicht minder verblüfft waren und beunruhigte Blicke wechselten. Obwohl praktisch alle, denen ich begegnete, das Gegenteil behaupteten, war ich nach wie vor fest davon überzeugt, kein Vampir zu sein. Trotzdem schien es mir
wenig ratsam, dieses Thema in Gegenwart eines haupt-
beruflichen Vampirjägers zur Sprache zu bringen. Nachdem ich keinen allzu großen Erfolg damit gehabt
hatte, andere von meiner Menschlichkeit zu überzeugen, zog ich es vor, mich zu dieser Frage vorläufig
auszuschweigen. Nach einer langen Weile und vielen
verstohlenen Blickwechseln ergriff ich schließlich das
Wort.

»Ein Vampirjäger? Ich ... ich wusste gar nicht, dass es
diesen Beruf überhaupt gibt.«

»Und ob«, erklärte der Polizist und musterte mich
durchdringend. »Da ich mich Ihnen vorgestellt habe,
wüsste ich nun auch gern Ihren Namen.«

»Beard«, antwortete ich, denn es schien mir angebracht, ihm meine wahre Identität zu verheimlichen. Frederick Whithers galt immerhin als tot. »Oliver Beard.«

»Aber Sie dürfen auch Frederick zu ihm sagen«, warf John ein. »So nennen ihn alle seine Freunde.« Ich warf ihm einen vernichtenden Blick zu.

»Ich habe nicht die Absicht, dem elitären Zirkel beizutreten, der sich als Ihr Freundeskreis zu bezeichnen die Ehre hat«, entgegnete Inspector Herring würdevoll. »Hingegen erführe ich wirklich gern, was sieben Männer veranlasst, sich in einer dunklen Gasse zu treffen.«

»Das hat ganz bestimmt nichts mit Vampiren zu tun«, warf Schwarz erregt und mit schriller Stimme ein. Er lächelte und hielt sich dabei die Hand vor den Mund, wodurch das Lächeln gleich wieder sinnlos wurde. Die anderen vier folgten seinem Beispiel, einer kicherte sogar aufgeregt.

»Wir tun hier überhaupt nichts.« Ich legte den Arm um den nächsten Vampir und schüttelte ihn kräftig. »Nur ein Treffen alter Freunde, die sich zufällig im Unrat einer schmutzigen Londoner Gasse begegnet sind. Nichts weiter.«

»Alte Freunde?«, fragte der Beamte. »Vielleicht sogar alte Schulkameraden?«

»Genau.«

»Könnten Sie mir sagen, wo Sie zur Schule gegangen sind?«

»In Bath«, erklärte John mit verzerrtem Lächeln. »Wir kommen gerade von dort.«

»Bath?« Der Polizist zog die Augenbrauen hoch. »In Bath kommt es derzeit zu seltsamen Ereignissen, haben

Sie noch nicht davon gehört? Aus Gräbern verschwinden die Leichen.«

In diesem Moment wollte mein Körper erschrocken aufkeuchen, doch ich schaffte es, den Mund fest zu schließen, ehe mir das verräterische Geräusch entschlüpfte, was im Endeffekt verdächtig nach einem Schluckauf klang.

»Ist Ihnen nicht gut?«

»Nur das Mittagessen«, erklärte ich hastig. »Viel zu fett, überhaupt nicht wohlschmeckend.«

»Ich fand es sehr bekömmlich«, erwiderte der Inspector.

»Dann waren *Sie* es!«, rief John und deutete mit einem langen Finger auf den Mann. »Sie verfolgen uns schon den ganzen Tag.«

»So ist es.« Der Beamte nickte bedächtig. »Und ich beabsichtige, damit fortzufahren, bis ich herausgefunden habe, was ich wissen muss.«

»Und was wäre das?«, fragte ich.

»Ich suche nach einem leckeren Feigenpudding«, antwortete er, während er die Lippen zu einem völlig humorlosen Lächeln verzog. »Ich bin ein Vampirjäger, Sie Dummkopf. Und wonach suche ich dann wohl? Nach den Kindern der Nacht, die im Schatten lauern und das Blut Unschuldiger trinken ...«

Da öffnete sich plötzlich hinten in der Gasse die Seitentür der Bank, und in dem winzigen Augenblick, als das Licht herausfiel, erkannte ich Gwens Bruder Percy. Sogleich wandte ich mich wieder an den Inspector und zermarterte mir das Hirn, wie ich der vertrackten Situation entkäme.

Ich trat auf den Polizisten zu und lächelte. »Die Vampire, die das Blut Unschuldiger trinken? Sie meinen, Sie jagen Vampire, die tatsächlich Blut trinken? Oh!« Ich schüttelte den Kopf, als hätte ich einen schrecklichen Fehler begangen. »Ich dachte, Sie meinten es metaphorisch, also jenen Menschenschlag, der ... nun ja, Sie wissen schon.«

»Jenen Menschenschlag, welcher die Massen unterdrückt«, sprang mir John bei. »Industriebarone und so weiter, die von der Arbeit der unterprivilegierten Fabrikarbeiter leben.«

»Genau.« Ich nickte eifrig. »Ich dachte, Sie meinten diese Art von Vampiren. Wenn Sie wirklich nach echten blutsaugenden Vampiren suchen, dann werden Sie feststellen, dass die Beschreibung ganz gut auf jene fünf Herren dort passt.« Ich deutete auf die Vampire hinter mir, die ungläubig die Münder aufsperrten.

»Warum hast du ihm das verraten?«, fragte einer und hielt sich sofort den Mund zu. Die vier anderen starrten ihn böse an, dann wandten sie sich voller Entsetzen dem Inspector zu. Der Polizist hingegen musterte sie mit stählernem Blick und griff entschlossen in die Außentasche des Übermantels, um einen Holzpflock herauszuziehen.

»Lauft!«, rief Schwarz, und die fünf machten kehrt und rannten auf die Straße hinaus. Inspector Herring folgte ihnen auf dem Fuß.

»Komm mit!« Ich lief in die andere Richtung, um Percy zu verfolgen.

»Das war knapp.« John schnappte sich Hut und Mantel und folgte mir. »Nur gut, dass du ihnen nichts über dich selbst erzählt hast.«

»Warum hätte ich das tun sollen?«

»Nun ja, es gibt ja tatsächlich keinen triftigen Grund dafür, und deshalb musst du besonders vorsichtig sein.

Ein kleiner Ausrutscher, und er hetzt mit dem Pflock hinter dir her. Ein Glück, dass ich bei dir bin.«

»Was redest du von Glück? Du hast ihm meinen richtigen Namen genannt, verdammt!«

»Ich hatte Angst, ich würde dich versehentlich Freddy nennen. Dann wärst du erst recht in Verdacht geraten, weil er doch denkt, du heißt Oliver.«

»Wir haben ihn mit Sicherheit misstrauisch gemacht«, erklärte ich. »Aber jetzt müssen wir uns beeilen. Percy ist gerade gegangen, und wir dürfen ihn nicht aus den Augen verlieren.«

Als wir das Ende der Gasse erreichten, sahen wir Percy gerade noch um die nächste Ecke biegen. Es war schon recht dunkel, und die Straßen lagen mehr oder weniger verlassen vor uns. So konnten wir Percy in seiner sandfarbenen Hose und der dazu passenden Jacke mühelos im Auge behalten. Wir blieben ein gutes Stück hinter ihm, wahrscheinlich sogar weiter als unbedingt nötig, und hätten ihn deshalb zweimal fast verloren.

Percy pfiff im Gehen, es war ein beliebtes Lied über eine Katze aus Edinburgh, und nach ein oder zwei Strophen stimmte John ein und pfiff mit. Ich schlug ihm auf den Arm.

»Ruhig!«, flüsterte ich.

»Entschuldigung«, murmelte er nach kurzem Schweigen. »Er kam nur gerade zu meiner Lieblingsstelle, wo der Kater sich um die Katze bemüht und ...«

»Still!«, unterbrach ich ihn und hielt inne. »Ich glaube, auch wir werden verfolgt.« John blieb wie angewurzelt stehen, und tatsächlich hörten wir leise Schritte hinter uns.

»Ach«, flüsterte John mit weit aufgerissenen Augen, »doch nicht etwa der Vampirjäger?«

»Wer sonst?« Wir schritten ein wenig rascher aus, um Percy weiterhin im Auge zu behalten.

»Wissen wir überhaupt, ob er nach Hause zurückkehrt?«, flüsterte John.

»Ich kann mir nicht vorstellen, was er um diese Abendstunde anderes tun sollte«, flüsterte ich zurück und starrte wie gebannt auf Percys Rücken. Als ich abermals zögernde, vorsichtige Schritte vernahm, wandte ich mich blitzschnell um und sah hinter uns gerade noch einen dunklen Schatten in eine Nische huschen. »Allmählich frage ich mich selbst, was wir um diese Zeit hier zu suchen haben.«

»Folgt uns immer noch jemand?«

»Allerdings, und er kommt näher. Ob es nun ein Vampirjäger ist oder sonst jemand – er darf uns keinesfalls einholen.«

»Einverstanden«, stimmte mir John zu. »Welches Ziel Percy auch hat, hoffen wir, dass er es bald erreicht ...«

Auf einmal bog Percy ab und stieg die Treppe zu einem imposanten Gebäude hinauf. Blinzelnd wollte ich das Schild über der Tür lesen, doch wir waren noch zu weit entfernt, um es im Dunkeln richtig zu erkennen. Wir beschleunigten unsere Schritte, als Percy anklopfte.

»*Bestattungsinstitut Spilsbury und Beard*«, las John von dem Schild ab. »Was hat er da bloß zu suchen?«

Ein Riegel klickte, wir eilten über die Straße, die Treppe hinauf und standen just in dem Augenblick, als die Tür geöffnet wurde, links und rechts neben Percy und legten ihm die Arme um die vor Schreck bebenden

Schultern. Der Mann, der öffnete, war ungeheuer dick und sprach so langsam, dass sich mein Atem nach dem Dauerlauf längst wieder beruhigt hatte, während er noch redete.

»Mister Percival Gaddie«, brachte er schwerfällig hervor, »willkommen in unserem Institut. Sind dies Ihre Kollegen?«

Nun war es an mir, etwas zu erwidern. »Ja«, bestätigte ich rasch und reichte dem Bestatter die freie Hand. »Wir können doch nicht zulassen, dass unser guter Percy die ganze Mühe allein auf sich nimmt.«

Percy war ein junger Mann mit widerspenstigem blondem Haar und einem hohen Seidenzylinder. Er wandte sich zu mir um und riss den Mund auf, als wollte er in einer Sprache, die er nicht beherrschte, etwas Wichtiges sagen.

»Was führt Sie so spät noch zu mir?«, fragte der dicke Bestatter. Während er den Satz in epische Länge dehnte, sah ich mich rasch um, doch von unserem Verfolger war weit und breit nichts zu sehen.

»Wie immer der Beruf«, seufzte ich und kam Percy zuvor, der gerade Luft geholt hatte. »Wichtige Angelegenheiten – aber wir sind eher Beobachter als alles andere.« John und ich betrachteten Percy lächelnd. Trotz seiner wachsenden Verwirrung setzte er ebenfalls ein Lächeln auf. »Sie wissen doch, warum wir hier sind, oder?«, ermunterte ich ihn.

»Gewiss«, antwortete er unsicher. »Wir wollen Mister Beard sprechen.«

»Mister Beard ist schon nach Hause gegangen«, erklärte der dicke Mann.

»Ich dachte, er sei tot«, wandte John ein.

»Mister Beard ist tot?«, fragte der Bestatter entsetzt, wich zurück und legte eine Hand auf die Brust.

»Nicht dieser Mister Beard«, schaltete sich Percy rasch ein. »Harold Beard. Er ist vor zwei Tagen in Bath gestorben, und wie wir erfahren haben, ist er inzwischen hier.«

»Mister Beard ist hier?«, fragte ich erstaunt.

»Nein, er hat für heute Feierabend gemacht, ich bin Mister Spilsbury«, leierte der Bestatter herunter und fasste sich allmählich wieder.

»Nicht dieser Beard«, berichtigte John ihn. »Der Tote. Harry Beard.«

»Harold Beard ist heute Nachmittag eingetroffen«, bestätigte der Bestatter kopfnickend. »Wir sind aber noch nicht dazu gekommen, ihn ordentlich herzurichten. Die notwendigen Arbeiten wollen wir morgen vornehmen.«

»Verstehe.« Wenn ich es recht bedachte, war mir der Grund unseres Hierseins immer noch nicht klar, also wandte ich mich an den ängstlichen jungen Mann neben mir. »Percy?«

»Ja«, erwiderte er und stotterte fast. »Ich bin hier ...«

»*Wir* sind hier«, berichtigte ich ihn.

»... im Auftrag von Mister Gaddie. Er hat mich – uns – geschickt, um alles zu überprüfen und um sicherzustellen, dass die Beerdigung morgen Abend stattfinden kann.«

»Morgen Abend?«, überlegte Spilsbury und massierte sich mit dicken Fingern das wabblige Kinn. »Das wird schwierig, aber ich hoffe, wir schaffen es. Soweit ich weiß, hinterlässt der Verstorbene keinerlei Angehörige.«

»Nur einen gewissen Oliver Beard«, warf John ein. »Einen Neffen, wie man uns mitgeteilt hat.«

»Aber der könnte unter Umständen ebenfalls tot sein«, widersprach ich.

»Ich wüsste es sehr zu schätzen, wenn dies der Fall wäre«, erklärte Percy beunruhigt und warf mir einen raschen Blick zu.

»Ich sehe zu, was ich tun kann«, versprach ich ihm.

»Es gibt auch noch eine Nichte«, erklärte Percy dem dicken Bestatter. »Wir haben erst heute Morgen von ihrer Existenz erfahren. Sie heißt Beatrice Beard.«

»Hübscher Name«, bemerkte John. »Obwohl ich finde, sie hätte sich besser für Anne entschieden.«

»Zwei Angehörige, vielleicht auch nur einer«, führte Spilsbury aus, als arbeitete er im Geist eine Liste ab. »Ein Vertreter von Plumb und Gaddie – ich nehme an, das sind Sie – und fünf Begleiter aus unserem Haus. Morgen Abend.« Ich sah mich rasch wieder zur Straße um und bemerkte zu meinem Schrecken eine dunkle Gestalt, die sich im Schatten heranpirschte. »Wir werden dies entsprechend vorbereiten«, versprach der Bestatter. »Möchten Sie den Toten auch sehen?«

»Ich dachte schon, Sie würden nie danach fragen.« Damit zog ich John und Percy mit mir und trat über die Schwelle. Mister Spilsbury wich überrascht zur Seite und schloss die Tür hinter uns.

»Was hat dies zu bedeuten?«

»Wir möchten den Toten sehen«, erwiderte ich, während ich durch den Vorhang spähte. »Wie Sie es uns angeboten haben.«

»Ich meinte doch nicht sofort, sondern morgen während der Trauerfeier.«

»Ebenfalls ein exzellenter Vorschlag.« Ich klopfte dem Bestatter leicht auf die fleischige Schulter. »Aber wenn es Ihnen recht ist, möchten wir ihn auch heute Abend schon sehen, nur um uns zu vergewissern, dass alles in bester Ordnung ist.«

»Es ist ein Toter«, sagte John. »In welcher Ordnung sollte er denn wohl sein?«

»In keiner besonderen.« Spilsbury zückte ein Taschentuch und wischte sich die Stirn trocken. »Wir haben noch nicht einmal den Sarg geöffnet, also ist rein gar nichts vorbereitet. Wenn Sie bis morgen Abend warten wollen, wird der Tote gereinigt, angekleidet und ordentlich hergerichtet sein.«

»Ich fürchte, wir müssen ihn heute Abend schon sehen«, erwiderte ich. »Mister Gaddie hat es angeordnet.«

»Nun gut«, gab Spilsbury nach. »Ich führe Sie in den Arbeitsraum.« Er wandte sich um und ging den Flur entlang, blieb unterwegs stehen und drehte eine Lampe hoch, die er mitnahm, damit wir Licht hatten. Der Korridor war dunkel und edel geschmückt, voller Bilder in schweren Rahmen und teuren Blumengestecken. Wir kamen an zwei Türen links und zwei anderen rechts vorbei, bis wir endlich scharf nach rechts in einen kleinen Gang abbogen und eine verschlossene Tür erreichten. Er schloss auf, und wir folgten ihm in den Raum dahinter, wo uns ein starker Verwesungsgeruch empfing, der von einem schweren Parfüm nur unzureichend überdeckt wurde. Hinten lagerte eine Reihe polierter vergoldeter Särge in einem Regal, auf Tischen in der Mitte des Raums befanden sich drei schlichte, aber vernagelte Holzkisten. Einige Stühle standen herum. Die Gerüche waren so stark, dass ich husten und mich an der Wand abstützen musste.

»Mister Beard wird gleich hier sein«, erklärte Spilsbury, trat schweren Schritts vor den nächsten Sarg und nahm eine Brechstange zur Hand.

»Schon gut!«, rief ich, richtete mich vor dem Bestatter auf und nahm ihm das Werkzeug ab. »Wir kommen gut allein zurecht, vielen Dank.« Ich schob ihn zur Tür. »Sie haben doch sicher viel Wichtigeres zu tun, als mit uns zusammen einen Toten anzusehen. Wir rufen Sie, wenn wir fertig sind.« Ich schob ihn zur Tür hinaus, ehe er etwas erwidern konnte, und sperrte sie hinter ihm zu. Dann lehnte ich mich von innen gegen das Holz und schnaufte erleichtert durch.

»Warum willst du den Toten sehen?«, fragte John.

»Will ich gar nicht«, erwiderte ich und legte die Brechstange beiseite. »Aber mir ist nichts Besseres eingefallen. Draußen hat uns doch jemand verfolgt.«

»Einer von den … äh …« John warf einen raschen Blick zu Percy hinüber und wandte sich wieder an mich. »Du weißt schon.«

»Kann sein. Vielleicht war es auch der Inspector. Oder der peruanische Papageiengott. Nach allem, was ich in den letzten paar Tagen erlebt habe, wundert mich rein gar nichts mehr.«

»Sind Sie nicht Frederick?« Percy riss die Augen weit auf.

»Natürlich bin ich Frederick«, bestätigte ich mit einer bekräftigenden Geste. »Dies ist John. John, das ist Percival Gaddie.«

»Freut mich, mein lieber Junge«, sagte John.

»Sie sind doch tot«, staunte Percy. »Gwendolyn sagte …«

»Sie sagte, ich sei im Gefängnis gestorben?«

»Ja, an der Schwindsucht.«

»Das wäre ihr recht gewesen, aber ich bin völlig lebendig, und Sie, Percy, haben etwas sehr Schlimmes angestellt.«

Er zog den Kopf ein wie ein Hund, der genau weiß, aus welchem Grund er gleich verprügelt wird.

»Wirklich?«, fragte er trotzdem und spielte den Unschuldigen.

»Sie haben Ihrer betrügerischen Schwester geholfen, Ausweispapiere für Beatrice Beard zu fälschen – für die angeblich verloren geglaubte Nichte des Toten.« Ich pochte auf den Sarg. »Sie hat Ihnen wohl alles über Oliver Beard und unseren Plan erzählt, was?«

Percy nickte und blickte ziemlich betreten drein.

»Dann müssen Sie auch gewusst haben, dass es mein Plan und mein Geld war – oder jedenfalls mein Anspruch auf Harrys Geld. Jedenfalls mussten Sie davon ausgehen, bis ich gestern erfreulicherweise verstarb.«

»Aber sie sagte, Sie seien bereits vor …« Percy hielt sich die Hände vor den Mund und riss die Augen vor Angst weit auf.

»Was?« Ich wollte ihn anspringen, doch er rannte schon um den Tisch herum, ohne die Hände vom Mund zu nehmen. Ich scheuchte ihn zwischen den Särgen umher, erwischte ihn endlich und riss ihm die Hände vom Gesicht. »Wie war das? Wann soll ich gestorben sein?«

Percy lächelte so verzerrt, dass ich schon befürchtete, er werde sich gleich die Hose nässen, doch er stieß nur ein dünnes, pfeifendes Lachen aus. Ernst blickte ich ihn an.

»Sagen Sie es mir, Percy, sonst muss ich Ihnen wehtun.«

»Vor drei Wochen.« Er lächelte immer noch wie ein schuldbewusster großer Hund. »Sie sagte, Sie seien im Gefängnis gestorben, und zeigte mir eines der ersten Dokumente, mit denen Sie geübt haben, damit ich alles richtig mache.«

»Vor drei Wochen! Da saß ich noch nicht einmal im Gefängnis, und tot war ich erst recht nicht. Sie hatte also von Anfang an vor, mich um meinen Anteil zu betrügen.«

»Das wusste ich doch nicht!«, rief Percy. »Ich schwöre, ich wusste es nicht!«

»Aus welchem anderen Grund sollte sie sonst Dokumente fälschen?«, fragte ich. »So etwas hängt man sich doch nicht an die Wand, um es Besuchern zu zeigen.«

»Man könnte sie als Zielscheiben benutzen und mit Büchern danach werfen«, schlug John fröhlich vor.

»Sie ist nicht lange genug geblieben, um mich in ihre Pläne einzuweihen«, erklärte Percy. »Sie zeigte mir ein Übungsdokument, nahm das andere wieder mit und kehrte noch am gleichen Tag nach Bath zurück. Erst als sie gestern eintraf und mir erzählte, Mister Beard sei tot, wurde mir klar, was sie plante.«

Ich erstarrte. »Was meinen Sie mit dem anderen Übungsdokument?«

»Sie hatte noch ein weiteres Ihrer Dokumente dabei ... Es ging dabei wohl um Schweine. Das hat sie mit nach Hause genommen. Ist das wichtig?«

Ich ließ Percy los und taumelte entsetzt zurück.

»Schon wieder betrogen! Doppelt betrogen!«

»Ist es inzwischen nicht schon dreifacher Betrug?«, wollte John wissen.

»Sie hat Sie vor drei Wochen um falsche Papiere gebeten, weil sie wusste, dass ich das Geld nicht selbst abholen konnte. Und warum war ich dazu nicht in der Lage?«

»Weil du im Gefängnis gesessen hast.« John fand offenbar großen Gefallen an der Intrige.

»Und warum saß ich im Gefängnis?«

»Weil du ...« John unterbrach sich, der erhobene Zeigefinger verharrte in der Luft. »Oh, das hast du mir noch nicht verraten! Vermutlich war es der eifersüchtige Vater der jungen Dame oder sonst jemand aus ihrer Familie.«

»Nein, er war nicht eifersüchtig, sondern aufmerksam.« Ich wies auf Percy. »Ihr Vater hat vor etwas mehr als zwei Wochen eines meiner Übungsdokumente in der Bank gefunden. Ihre unvorstellbar gemeine Schwester, Percy, ließ es absichtlich dort liegen, damit ich verhaftet werde. Diese hinterhältige Dämonin!«

»Das musst gerade du sagen«, entgegnete John und lehnte sich an einen Sarg. »Immerhin bist du ein Vampir.«

»Sie sind ein Vampir?«, kreischte Percy.

»Natürlich bin ich kein Vampir, und ich wäre dir dankbar, wenn du das nicht immer wieder behaupten würdest, John.«

»Er verstellt sich nur«, erklärte John dem jungen Mann. »Er hatte es gerade mit einem Vampirjäger zu tun. Das war eine brenzlige Situation, wie Sie sich sicher vorstellen können.«

»Ein Vampir«, stieß Percy entsetzt und erstaunt zugleich hervor. »Als ich die Geschichte hörte, hielt ich sie für eine Übertreibung.«

»Welche Geschichte?«

»Wissen Sie das nicht? Sie sind aus dem Grab auferstanden und haben sich einem Vampirzirkel angeschlossen. Ein Totengräber in Bath schwört, er habe alles genau beobachtet.«

»Gustav.« Ich rieb mir seufzend die Schläfen. »Das hat mir gerade noch gefehlt.«

»Wahrscheinlich hat Inspector Herring deshalb nach dir gesucht«, meinte John.

»Ja, aber die Wachtmeister werden das gewiss durchschauen«, sagte ich. »Sie werden erkennen, dass ich die Sache nur inszeniert habe, und nach mir suchen.«

»Vampire.« Percy war noch immer fassungslos. »Gab es dort tatsächlich einen Zirkel von Vampiren?« Ängstlich wich er einen Schritt zurück. »Haben Sie sich denen wirklich angeschlossen?«

»Er ist im Grunde sogar der Anführer«, erklärte John.

»Würdest du bitte damit aufhören?«, rief ich. »Ich bin kein Anführer irgendwelcher Zirkel.«

»Und ich dachte die ganze Zeit, er habe nur Ihre Leiche gestohlen«, sagte Percy.

»Der Totengräber?«, fragte ich.

»Nein, der Ghul von Bath. So nennt man ihn. Seit mehr als einer Woche stiehlt er Leichen und Körperteile. Sie müssen doch davon gehört haben.«

»Hauptwachtmeister Barrow erwähnte etwas in der Richtung, aber ich saß zwei Wochen lang im Gefängnis, und später lag ich im Sarg. Und so kamen mir nicht allzu viele Gerüchte aus dem Ort zu Ohren.«

»Mir scheint, dass ein Sarg der beste Platz überhaupt ist, um etwas über einen Ghul herauszufinden«, überlegte John. »Früher oder später wirst du ihm begegnen.«

»Ja, aber bisher ist es offenbar noch nicht dazu gekommen.«

»Alle anderen haben das aber geglaubt«, berichtete Percy. »Niemand hat die Vampirgeschichte für wahr gehalten. Wer glaubt denn so etwas? Wir dachten, der Ghul habe Sie geholt. Wenn ich denen erzähle, dass die Vampirversion der Wahrheit entspricht ...«

»Ich bin kein Vampir!«

Jemand klopfte höflich an die Tür.

»Sind Sie da drinnen fertig?«, fragte der Bestatter gedehnt.

»Beinahe!«, rief John zurück und griff nach der Brechstange. »Lass uns die Kiste öffnen und verschwinden.«

»Ich sagte doch bereits, dass ich den Toten nicht sehen muss.«

»Schon recht, aber wenn wir uns die ganze Zeit hier aufhalten und der Bestatter merkt, dass wir den Toten gar nicht in Augenschein genommen haben, wird er uns die eine oder andere verfängliche Frage stellen.«

»Vielleicht gefällt es uns einfach, ein Bestattungsunternehmen zu besuchen.«

»Widerlich.« Percy schnitt eine Grimasse.

»Nun gut«, lenkte ich ein. »Dann öffnen wir den Sarg und gehen.« Ich griff nach der Brechstange und setzte sie unter dem Sargdeckel an. »Seltsam, als ich das letzte Mal eine ähnliche Kiste aufbrach, befand ich mich im Innern des Behältnisses.«

Percy stöhnte und sank auf einen der Stühle.

»Warum sind Sie eigentlich hergekommen?«, fragte ich ihn, während ich keuchend vor Anstrengung weiterarbeitete.

»Das Londoner Büro von Plumb und Gaddie erledigt alle Angelegenheiten des verstorbenen Mister Beard«, erklärte Percy. »Was wohl Ihrer illegalen Einmischung zu verdanken ist. Mein Onkel ist der Testamentsvollstrecker, hat jedoch Einzelheiten wie die Beerdigung mir übertragen. So war es für ihn wohl einfacher.«

»Ja, es war einfacher so.« Ich hebelte den Deckel auf. »Harrys sterbliche Überreste sind das einzig Einfache bei dieser ganzen ...« Ich unterbrach mich. »Aber er liegt nicht in dieser Kiste.«

»Wie das?« Percy sprang auf.

Der Sarg war etwa zur Hälfte mit Erde gefüllt, sonst war er leer. Ich stieß mit der Hand hinein und wühlte, fand jedoch nichts.

»Wo ist Harry?«, fragte John.

»Das ist wirklich übel«, murmelte ich vor mich hin.

»Du meine Güte!« Percy setzte sich wieder und wurde fast ohnmächtig.

»Er ist weg«, sagte John. »Der Ghul von Bath muss Harry gestohlen haben, ehe er hierher überführt wurde! Der Ghul hat den Sarg mit Erde gefüllt, damit er schwer genug ist und niemand misstrauisch wird.«

»Tja, was tun wir jetzt?«, flüsterte ich. Ich blickte zur Tür.

»Wir müssen es dem Bestatter sagen«, schlug John vor.

»Du hattest Angst, was er denken könnte, wenn wir uns den Toten nicht ansehen. Und nun willst du sagen, wir hätten zehn Minuten mit ihm verbracht, aber inzwischen sei er verschwunden?«

»Wenn du es so ausdrückst, klingt es tatsächlich höchst verdächtig.«

»Was wird nur mein Onkel dazu sagen?«, jammerte Percy.

»Er wird sagen: *Wie schön, mein lieber Percy, dass du dich endlich zu dem Diebstahl der Leichen in der schönen Stadt Bath bekennst.*« Ich ahmte Mister Gaddies Tonfall nach. »*Da du offensichtlich diese Leiche gestohlen hast, gehen die anderen Fälle folgerichtig ebenfalls auf dein Konto und das deiner Freunde.*« Ich hielt inne. »Noch schlimmer. Er wird sagen, ohne Leiche gebe es keinen Beweis dafür, dass der Mann überhaupt tot sei. Also gibt es auch kein Erbe.«

»Das wäre eine gute Lektion für Gwendolyn«, warf John ein.

»Nein!«, rief Percy. »Ich bin kein Ghul und kein Grabräuber! Ich stecke hier schon viel zu tief mit drin – ich muss alles aufklären und aus der Sache herauskommen!« Er schoss zur Tür, doch ich sprang vor, hielt ihn auf und rang ihn nieder.

»Percy! Nehmen Sie sich zusammen!«

»... oder gehen Sie lebenslänglich ins Gefängnis«, fügte John hinzu.

»Gibt es da drinnen irgendwelche Komplikationen?«, rief der Bestatter vom Flur herein.

»Hören Sie zu«, flüsterte ich. Ich zog Percy auf die Füße und blickte zu John hinüber. »Wir brauchen einen Plan, und zwar in null Komma nichts.«

»Wir benutzen eine der anderen Leichen«, schlug John vor. »Wir kippen die Erde aus, werfen einen anderen Toten in den Sarg, und die Sache ist geritzt.«

»Wir können die Leichen umsortieren, solange wir wollen«, widersprach ich. »Wir haben immer noch einen Sarg zu viel. Was ungefähr das Gleiche bedeutet wie die

Annahme, zwischen unserem Eintreffen und dem Verlassen des Raums sei eine Leiche verschwunden.«

»Dann nehmen wir den Sarg eben mit«, schlug John vor.

»Bist du verrückt?«

»Wir sagen dem Bestatter, es gebe ein Problem mit dem Toten«, fuhr John fort. »Wir müssten den Sarg mit in die Bank nehmen. Ganz einfach.«

»Dann reicht es dir nicht, wegen Leichenräuberei verdächtigt zu werden? Der Bestatter soll auch noch zusehen, wie wir mit einem Sarg hinausmarschieren?«

»Gibt es eine andere Möglichkeit?«, fragte John.

»Was will die Bank mit einer Leiche?«

»Keine Ahnung. Den Tod bestätigen zum Beispiel. Aus juristischen Gründen. Was auch immer, Hauptsache, wir kommen hier hinaus. Dann nehmen wir den Sarg wieder mit nach Bath, finden den Ghul, stecken Harrys Leichnam in den Sarg, kehren zurück und beanspruchen das Erbe.«

»Das ist der lächerlichste Plan, von dem ich je gehört habe«, widersprach ich.

»Hast du einen besseren?«

»Nein, und das ist das Niederschmetternde daran.«

»Das kann doch nicht Ihr Ernst sein!«, rief Percy.

»Und ob!« Ich legte den Deckel wieder auf die Kiste. »Wir bringen den Sarg zu Ihnen nach Hause. Sie wohnen doch hoffentlich in der Nähe.«

London · *Abend*

Mister Spilsbury beäugte uns finster, runzelte die Stirn und schob misstrauisch die dicke Unterlippe vor. »Sie wollen ihn mitnehmen?«

Ich nickte und hielt Percy eisern am Arm fest. John lächelte strahlend.

»In einem solchen Fall müssen gewisse Formulare ausgefüllt werden.« John redete lebhaft auf den schwerfälligen Bestatter ein. »Wenn ein Mann von seinem Stand stirbt, ohne ein Testament und Erben zu hinterlassen, ist die Lage höchst kompliziert. Haben Sie sich schon einmal mit einer ähnlichen Sachlage befasst?«

»Also, ich weiß nicht ...«

»Eben«, fuhr John fort. »Wir müssen seinen Totenschein mit der Geburtsurkunde gegenprüfen und die Auflösungspapiere in dreifacher Ausfertigung bei der königlichen Registratur einreichen, und vor allem müssen wir den Toten ordentlich identifizieren und seine Identität durch notariell beurkundete Aussagen von mindestens vier persönlichen Bekannten bestätigen lassen, von denen sich aber kein Einziger in diesem Raum befindet, es sei denn, Sie möchten in den königlichen

Akten als Person vermerkt werden, die versichert, dieser Tote sei derjenige, der er zu sein behauptet, und kein Betrüger.«

»Betrüger?«

»Ich würde nicht sagen, dass so etwas nicht manchmal vorkommt«, meinte John wehmütig. »Aber das ist nun einmal unsere Aufgabe. Wir müssen sicherstellen, dass derjenige, der so etwas tut, nicht so einfach davonkommt.«

»Sicherstellen ... was?«

»Ich habe keine Zeit, Ihnen das alles noch einmal darzulegen«, erklärte John kurz angebunden und wandte sich wieder an uns. »Wollen wir dann?«

Ich klopfte Percy ein letztes Mal auf die Schulter, ehe ich den Sarg an einer Ecke hochhob. John und Percy packten an anderen Stellen zu, und dann gingen wir zur Hintertür. Mister Spilsbury, der eher erstaunt als alles andere war und immer noch über Johns Erklärung nachdachte, trat zur Seite.

»Wir kommen morgen oder in den nächsten Tagen mit den entsprechenden Freigabepapieren wieder vorbei!«, rief John. »Ich fürchte, dies wird die Bestattung ein wenig verzögern, aber alles zu seiner Zeit.« Fast hätten wir den Sarg fallen gelassen, als wir ihn durch die offene Tür bugsierten, doch gleich darauf traten wir auf das dunkle Sträßchen hinter dem Bestattungsunternehmen hinaus und schlossen die Tür hinter uns.

»Das ist ja entsetzlich!« Percy biss sich auf die Unterlippe, während wir schwer beladen durch die Schatten schlurften. »Wir haben doch gar kein Formular für die Freigabe einer Leiche. Was soll ich dem Bestatter da vorlegen?«

»Das dürfen Sie mich nicht fragen.« John wäre fast über einen losen Pflasterstein gestolpert. »Zwei Bankiers sind anwesend, und Sie wollen die Täuschung einem Dichter überlassen?«

»Wir können schon von Glück reden, dass du es ihm nicht mithilfe gereimter Zweizeiler erklärt hast.«

»Ich kann es nicht fassen, dass wir so etwas tun«, klagte Percy. »Was wird Mister Gaddie dazu sagen? Oder Mister Plumb?«

»Sie werden überhaupt nichts sagen, solange sie es nicht erfahren«, erinnerte ich ihn. »Sie müssen ihnen nur erklären, dass der Tote noch nicht bereit ist und die Beerdigung später im Lauf der Woche stattfindet. Solange sie nicht mit dem Bestatter persönlich reden, kann uns nichts passieren.«

»Das tun sie sicher nicht«, erwiderte Percy. »Das haben sie alles mir überlassen.«

»Und Sie werden weitermachen wie bisher, bis John und ich mit dem Toten zurückkehren. Wir fahren gleich morgen früh nach Bath und kommen wieder her, sobald wir den Leichendieb gefunden haben.«

»Wenn Sie das so sagen, klingt es ganz einfach«, meinte Percy und grunzte vor Anstrengung unter dem Gewicht des Sargs. »Aber wenn es tatsächlich ein Ghul ist, dann ... Sie wissen doch, was Ghule mit Toten anstellen.«

»Essen sie Leichen?«

»Mein schwacher Magen hält dieser Unterhaltung nicht länger stand«, stöhnte Percy mit aschfahlem Gesicht.

»Dann wollen wir hoffen, dass der Magen des Ghuls unserem Harry auch nicht standgehalten hat.«

»Ich finde dieses Gespräch wirklich unerträglich.« Percy ließ den Sarg los. »Ich will nichts mehr mit der ganzen Sache zu tun haben.«

John und ich strauchelten fast, als das Gewicht schlagartig zunahm, und hätten beinahe die Kiste fallen gelassen. Inzwischen waren die Straßen glücklicherweise menschenleer, und bisher hatte sich auch unser geheimnisvoller Verfolger nicht mehr blicken lassen. Als John und ich den Sarg wieder ins Gleichgewicht gebracht hatten, stellten wir ihn keuchend ab und ließen uns auf dem Deckel nieder, um ein wenig auszuruhen.

»Wie weit ist es noch bis zu Ihrem Haus, Percy?«

»Nicht mehr weit. Aber ich sage es Ihnen – ich will das Ding nicht daheim haben!«

»Sollen wir den Sarg lieber auf der Vordertreppe abstellen, damit die Nachbarn ihn sehen?«, fragte ich.

»Er bleibt sowieso nicht lange bei Ihnen«, beruhigte John ihn. »Wir nehmen ihn mit nach Bath, da wir den Toten sonst nicht nach London transportieren können.«

»Na schön.« Percy rang die Hände. »Lassen Sie ihn über Nacht bei mir stehen, aber morgen früh verschwindet er – und Sie auch.«

»Also los«, sagte ich. »Allerdings schlage ich vor, endlich die Erde auszukippen. Sie ist schwer, und es wäre doch sinnlos, sie weiter mit herumzuschleppen.«

»Der Fluss ist nicht weit«, erklärte John. »Dort lässt sich die Erde beseitigen, ohne auf der Straße verdächtige Spuren zu hinterlassen.«

»Ein guter Plan.«

Wir wuchteten uns den Sarg wieder auf die Schultern und trugen ihn die Straße hinunter bis zum Flussufer, doch als wir gerade dabei waren, den Deckel abzuheben, hörten wir hinter uns Schritte, und ein Wachtmeister ging vorbei. Ich verbarg sofort mein Gesicht.

»Was ist das?«, fragte der Polizist.

»Ein Sarg«, antwortete Percy mit klappernden Zähnen.

»Wir ruhen uns nur aus.« John lächelte wie immer. »Es ist doch eine arge Plackerei, so ein Ding herumzuschleppen. Ach, hätte ich doch die Schule besucht, wie Mum es immer verlangt hat, dann ginge ich heute einer anständigen Arbeit nach.«

»Warum öffnen Sie ihn denn?«

»Wir öffnen ihn gar nicht«, widersprach John. »Ich habe ihn jedenfalls nicht geöffnet.«

»Ich auch nicht«, murmelte ich. »Haben Sie ihn geöffnet, Percy?«

»Warum sollte ich einen Sarg öffnen?«, rief er über die Maßen entsetzt.

»Tja«, sagte John zu dem Wachtmeister, »da haben Sie es. Wir gehen dann mal weiter.«

Wir hoben den Sarg wieder hoch und stolperten weiter. Verstohlen sahen wir uns um, ob der Wachtmeister uns folgte. Er beobachtete uns, bis wir hinter der Ecke verschwanden, machte aber keinen Versuch, uns aufzuhalten.

»Hier entlang«, sagte Percy. »Ich wohne gleich dort drüben.«

Percys Haus war gar kein Haus, sondern eine recht kleine Wohnung in einer ruhigen Seitenstraße, die nur trübe von Laternen erhellt wurde. Wir schritten, so schnell wir konnten, und so unauffällig, wie es mit einem Sarg auf den Schultern möglich ist, die Straße entlang. Percy klingelte.

»Haben Sie keinen Schlüssel?«

»Klingeln ist einfacher – ich muss doch den Sarg halten. Gwen wird öffnen.«

»Gwen ist hier?«, fragte ich fassungslos, doch es war schon zu spät. Drinnen waren Schritte zu hören, dann klapperte der Riegel, und die Tür schwang auf. Mit einem Nachthemd bekleidet, stand Gwendolyn im Licht der Laterne unter dem Vordach, das blonde Haar bereits gelöst und lächelnd.

»Percy!« Dann wich das Lächeln einem Ausdruck von Verwirrung, als sie den Sarg sah, und schließlich nacktem Entsetzen, als sie mich erkannte. »Frederick!« Sie wollte die Tür zuwerfen, doch inzwischen schoben wir uns schon weiter, und so klemmte sie lediglich Percys Finger im Türrahmen ein.

»Au!«, schrie er, zog die Hand heraus und wich zurück. Dabei rempelte er John an. Der Sarg fiel mit lautem Gepolter auf den Boden. Percy drängte zur Tür und stieß sich die Nase an, weil Gwendolyn sie von innen schon wieder zuschlagen wollte. Ich flankte über die Länge des Sargs hinweg und kam auf der Türschwelle taumelnd zum Stehen. Gwendolyns Gesicht war kaum mehr als einen halben Schritt von meinem entfernt. Sie starrte mich entsetzt an, rang sich aber schließlich doch ein Lächeln ab.

»Hallo, Freddy – ich dachte, du bist tot.«

»Sagten Sie nicht, klingeln sei einfacher, Percy?«, fragte ich. »Wenn ich mir ausmale, was Ihnen widerfahren mag, wenn Sie den Schlüssel benutzen …«

In diesem Moment stolperte Percy, der immer noch vor Schmerzen japste, gegen mich und stürzte durch die Tür ins Haus. John hatte ihn gestoßen und schob den Sarg hinterher.

»Der Kerl auf der anderen Seite schielt durch den Vorhang so merkwürdig herüber«, erklärte John. »Lasst uns von der Straße verschwinden!«

Ich half ihm, den Sarg nach drinnen zu schieben. Allerdings mussten wir ihn an einem Ende anheben, um ihn in den Flur zu befördern und die Tür zu schließen. Percy ging, um sich am Eiskasten zu bedienen. John schüttelte die Haare frei und verbeugte sich vor Gwen. Unsicher lächelnd stand sie da, doch John schwieg.

»Ich heiße Sie im Heim meines Bruders willkommen«, sagte sie und knickste.

»Wären Sie nicht da, dann wäre ihm viel weggenommen«, entgegnete John.

Gwen runzelte die Stirn, als sei sie nicht sicher, ob sie ihn recht verstanden hatte. Ich seufzte und stellte die beiden einander vor.

»John, das ist Gwendolyn Gaddie.«

»Ja ... nun, wir sind ja auch verwandt«, antwortete sie verwirrt.

»Bruder und Schwester, immer Hand in Hand.«

Gwen betrachtete John lächelnd, richtete die Frage aber an mich.

»Freddy, was ist hier los?«

»Wir sollten uns setzen, das wäre famos«, schlug John vor.

Ich seufzte. »Gwen, das ist John Keats. Dürfen wir vielleicht ganz hereinkommen?«, fragte ich. »Es ist eine sehr lange Geschichte, die wir einander erzählen müssen, und ich möchte dies nicht neben einem hochkant eingeklemmten Sarg tun.«

»Natürlich.« Gwendolyn machte kehrt, entfernte sich einige Schritte und wandte sich wieder um. Sie deutete auf den Sarg. »Ist das ...«

»Nein«, antwortete ich. »Der gehört mir nicht.«

»Dann bist du gar nicht tot?«

»Genau genommen nicht«, erklärte John. »Er ist ein Vampir – also untot.«

Ich verdrehte die Augen. »Gwen, ich sagte ja schon, es ist eine sehr lange Geschichte.«

Gwen führte uns ins Wohnzimmer und eilte davon, um sich etwas schicklicher anzukleiden. Percy kehrte zurück. Er hatte ein Stück Eis in ein Handtuch gewickelt und presste es auf die pochende Hand. »Haben Sie es ihr schon erklärt?«

»Ich wollte ihr einen kurzen Überblick geben und dann hören, was sie für die Wahrheit hält.«

»Welche Wahrheit gibt es da zu hören, die du nicht schon kennst?« Gwen war zurückgekehrt und ließ sich auf einem großen Schaukelstuhl nieder. »Ich habe erfahren, dass du im Gefängnis gestorben bist, und sah mich deshalb gezwungen, das Geld für mich selbst zu beanspruchen. So viel hast du inzwischen gewiss herausgefunden, und du hättest ganz bestimmt das Gleiche getan, wenn ich im Gefängnis gestorben wäre.«

»Aber wie konntest du schon vor drei Wochen wissen, dass ich sterben oder im Gefängnis landen würde?«

»Vor drei Wochen?«

»Percy hat mir von den Papieren erzählt, die er aufgesetzt hat – und von meiner Fälschung, die du in der Bank deines Vaters deponiert hast.«

Gwendolyn schoss einen giftigen Blick auf Percy ab, der sofort den Kopf einzog.

»Es … es ist nicht so, wie es scheint«, stotterte Gwendolyn verlegen. »Mir ist klar, dass es so aussieht, als hätte ich eine Intrige gegen dich gesponnen, aber …«

»Sie lesen den neuen Roman der Lady!«, rief John, der am Ende des Tischs ein Buch entdeckt hatte. Er griff danach. »Wüsste ich doch nur ihren richtigen Namen! Aber ich nehme an, Frauen müssen wohl ein Pseudonym wählen, wenn sie einen Roman veröffentlichen wollen. Wie heißt der hier? *Emma*. Ist er gut?«

»Oh, er ist wundervoll.« Gwens Augen wurden weich, und sie lächelte sogar. »Der beste bisher. Kennen Sie auch ihre anderen Werke? Sie sind so schön, ich kann gar nicht genug davon bekommen. *Mansfield Park* habe ich schon viermal gelesen.«

»Mir sagen sie nicht sonderlich zu.« John blätterte den Band mit größerer Aufmerksamkeit durch, als seine Bemerkung verriet. »Ihre Geschichten haben etwas Blutleeres. Sehr einfach und hübsch, aber … es gibt keine Verzweiflung, kein Entsetzen.«

»Da muss ich widersprechen«, protestierte Gwen. »Was gibt es Schlimmeres, als den reichen Mann zu verlieren, den man liebt?«

»Langsam an einer tödlichen Krankheit sterben«, erklärte John begeistert. »Ich war ganz aufgeregt, als Jane Bennet eine schreckliche Erkältung bekam, aber dann genas sie wieder, und es ist nichts Bemerkenswertes mehr geschehen.«

»Unfug. Sie musste im Haus eines Herrn bleiben, er sorgte für sie, und daher kam sie ihm und seinem Vermögen näher. Ich hielt das für einen genialen Plan.«

»In deinem Fall liefe es darauf hinaus, dass du ihn mit einer Erkältung ansteckst, dich weigerst, für ihn zu sorgen, und sein Geld beanspruchst, sobald er tot ist.«

»Du missverstehst meine Absichten ganz und gar, lieber Freddy!«, flehte sie. »Ich wollte dich nicht um deinen

Anteil am Geld betrügen und dich auch nicht ins Gefängnis schicken.«

»Du hattest die Beweise so offen hingelegt, dass ich hinter Schloss und Riegel landen musste«, erwiderte ich. »Hätte ich meinen eigenen Tod nicht inszeniert, dann wäre dir bestimmt eine Methode eingefallen, mich aus dem Weg zu räumen. Als du gestern ins Gefängnis kamst, warst du noch völlig von meinem Ableben überzeugt. Wolltest du dafür sorgen, dass ich sterbe, und hat es dabei versehentlich den Blutigen Toby erwischt?«

»Aber nein, welch abscheulicher Gedanke!«, protestierte Gwen.

»Nun spiel hier nicht die Unschuldige!«, rief ich. »Das glaubt dir sowieso niemand. Du würdest bereits auf meinem Grab tanzen, wenn ich nicht herausgekrochen wäre.«

»O ja«, sagte sie mit niedergeschlagenen Augen, »du bist ja ein Vampir. Das hatte ich vergessen.«

»Ich bin kein Vampir«, knirschte ich. »Aber anscheinend will mir das niemand glauben. Vergiss es! Sag mir lieber, warum du mich hintergangen hast.«

»Oh, es tut mir so leid, Frederick!«, rief sie. »Ich konnte einfach nicht anders. Neunzigtausend Pfund, das ist heutzutage nicht viel Geld, und wenn man es noch teilen muss ...«

»Neunzigtausend Pfund sollen wenig sein?«, fragte ich ungläubig. »Damit hätten wir uns einen Hof kaufen können. Percy, sagen Sie ihr, was man mit neunzigtausend Pfund alles erwerben kann.«

»Eine Menge«, antwortete er gereizt. »Man kann sagen, was man will, trotz Rezession und Kriegsende – und unser Onkel hat einiges darüber zu sagen, das können

Sie mir glauben – sind neunzigtausend Pfund immer noch eine unglaublich große Summe Geld.«

»Genau.« Ich breitete die Arme aus. »Ob wir es nun zusammen behalten oder es aufteilen und uns nie wieder sehen, es ist so oder so genug Geld, um dir alles zu kaufen, was du begehrst.«

»Aber nein«, rief Gwen, »damit wäre es um mich geschehen! Wenn du nur die Bücher der Lady gelesen hättest, dann müsstest du es einsehen. Mit der Hälfte von neunzigtausend Pfund wäre ich ein bedauernswertes Geschöpf. Mit den vollen neunzigtausend hätte ich wenigstens Aussichten, einen Mann zu heiraten, der noch reicher ist.«

»Und wofür willst du das ganze Geld ausgeben?«, fragte ich. »Wie lange dauert es, bis du des Vermögens des Mannes müde bist und ihn beseitigst, damit du einen anderen heiraten kannst?«

»An so etwas denke ich nicht im Traum.« Nachdenklich legte sie eine Hand ans Kinn. »Aber ... aber das soll nicht heißen, dass ich mich lange sträuben würde, einen Greis zu heiraten, wenn er sehr reich wäre und ich an sein Vermögen gelangen könnte, ehe er dahinscheidet.«

»Es ist doch nicht zu fassen, was ich da höre!« Percy sprang auf und schritt hin und her. »Wann bin ich eigentlich in deine heimtückische, dunkle Welt voller Diebe, Ränke und leerer Särge hineingeraten?«

»Ist das nicht wundervoll?« Fieberhaft schärfte John den Kohlestift. »Ich komme kaum noch mit.«

»Ich fühle mich nicht mehr sicher«, fuhr Percy fort. Er blieb stehen und musterte mich. »Und Sie sind ein Vampir! Was fange ich mit einem Vampir in meinem Haus an? Soll ich Ihnen eine Pfeife und eine gekühlte Jungfrau reichen? Wenigstens haben Sie Ihren Sarg schon mitgebracht, denn ich hätte sonst keinen Schlafplatz für Sie. Wissen Sie, was man über Vampire sagt? Lass einen herein, und sie erwarten alle die gleiche Gastfreundschaft. Bald wird ein ganzes Rudel an meine Tür hämmern und mich fragen, wo ich die wehrlosen Jungfern eingesperrt habe ...«

Percys Tirade brach jäh ab, als die Haustür laut krachend aufflog. Eine dunkle Gestalt stürmte herein. Das Gesicht war unter einer breiten Hutkrempe verborgen, ein großer Übermantel wallte hinter ihm her wie ein Umhang. Gwen schrie auf und brachte sich mit einem Sprung hinter dem Stuhl in Sicherheit, während Percy kreischend und wie angewurzelt dastand. Der Eindringling stieß ihn zur Seite und drängte sich an ihm vorbei.

»Ein Sarg!«, brüllte der Mann und zog einen langen Holzpflock aus den Tiefen seines Übermantels. »Dann habe ich dich endlich gefunden, du Kind der Nacht!« Er rannte mit erhobenem Pflock auf mich zu und wollte zustoßen. Ich warf mich zur Seite und ließ mich zu Boden fallen, worauf der Vampirjäger das Holz tief in das Polster des Sessels trieb, genau dorthin, wo sich mein Oberkörper gerade noch angelehnt hatte.

»Du entkommst mir nicht, Vampir!«, rief der Jäger, ließ den Pflock stecken und zog eine Ampulle mit Wasser hervor. »Du schleppst nicht unbemerkt deinen Sarg mitten durch London.«

»Dann waren Sie es beim Bestattungsunternehmen!«, rief John.

»Welches Bestattungsunternehmen?«, fragte der Fremde. Ich stand auf, der Mann öffnete die Ampulle und spritzte mir den Inhalt ins Gesicht. »Hinfort mit dir, Dämon!«

113

Seufzend wischte ich mir mit dem Ärmel das Wasser aus dem Gesicht. Im Licht der Öllampe erkannte ich den Vampirjäger, dem wir schon einmal begegnet waren.

»Nicht Sie schon wieder!«

»Wie das?« Vor Überraschung riss er die Augen weit auf. »Das ist Weihwasser! Warum winden Sie sich nicht vor Pein?«

»Weil ich kein Vampir bin, Sie Trottel.«

»Kein Vampir? Und warum fürchten Sie sich dann vor dem Holzpflock?«

»Sind Sie verrückt?« Ich zog das Holz aus dem Polster. »Das ist ein zugespitzter Stock. Davor hätte jeder Angst, wenn ihn ein Verrückter damit angreift.« Ich stieß ihm damit gegen den Arm.

»Autsch!«

»Da – sind Sie ein Vampir?«

»Natürlich nicht!«

Ich stieß wieder zu.

»Hören Sie auf damit!«

»Wenn Sie kein Vampir sind, dürfte Ihnen das doch eigentlich nichts ausmachen, oder?«

Er zückte ein Kreuz, hielt es wie einen Schutzschild vor den Körper und trat langsam zurück.

»Weiche von mir, Vampir! Vielleicht kannst du Weihwasser widerstehen, aber nicht dem heiligen Kreuz!«

»Wie oft muss ich Ihnen noch sagen, dass ich kein Vampir bin?« Inzwischen kochte ich vor Wut. »Reicht Ihnen dies als Beweis?« Ich entriss ihm das Kreuz und bewies ihm damit, dass ich es gefahrlos berühren konnte. Dann schlug ich es mir auf den Kopf wie einen Hammer. »Sehen Sie? Nichts.«

Der Vampirjäger keuchte.

»Es ist wahr – Sie sind der Erhabene.«

»Was?«

»Die anderen ...«, stammelte er und wich einen weiteren Schritt zurück, wobei er John fast auf die Füße trat. »Als ich sie überrumpelte, flehten sie um ihr Leben und sagten, Sie seien der Erhabene und eine viel bessere Beute als sie selbst.«

»Das ist ja eine schöne Gefolgstreue!«, rief John verächtlich.

»Ich habe die Prophezeiungen von dem Erhabenen gehört«, fuhr der Inspector fort. »Er ist immun gegen die Kräfte des Weihwassers und des Kreuzes, Knoblauch macht ihm nichts aus, und das Tageslicht stört ihn nicht. Wie ich sehe, haben Sie hier schon drei Unschuldige Ihrem Bann unterworfen, die Ihre gottlosen Befehle ausführen. Und wer weiß, wie viele andere Sklaven Sie schon um sich geschart haben ...«

»Gottlose Befehle?«, antwortete Gwen erzürnt. »Frederick, wie kannst du es wagen? Das dulde ich nicht!«

»Ich habe dich nicht einmal gebeten, mir ein Glas Wasser zu holen«, verteidigte ich mich. »Ganz zu schweigen davon, eine Kirche zu schänden oder Schlimmeres.«

»Und eine von ihnen ist eine unschuldige Maid!«, rief der Inspector, als bemerke er Gwendolyn erst jetzt. Er trat auf sie zu, blieb jedoch beunruhigt dicht vor ihr stehen. »Sind Sie ... stehen Sie unter seiner Macht?«

»Ganz sicher nicht!«, gab sie zurück und kehrte mir den Rücken zu. »Schon die Vorstellung, dass du mich mit deinen Gedanken beherrschen könntest, Frederick ...«

»Ich habe doch gar nichts getan!«

»Wenn ich Ihnen meinen Schutz anbieten darf, Madam.« Der Inspector verneigte sich leicht. »Ich bin Tristan Her-

ring, Inspector am Gericht Seiner Majestät des Prinzregenten.«

»Ein Heringsinspekteur?«, fragte Gwen mit gerunzelter Stirn. »Wie wollen Sie mich vor einem Vampir be-
schützen?«

»Nein«, entgegnete er verblüfft, »ich meinte damit,
dass ich Herring heiße und Inspector am königlichen
Gericht des Prinzregenten bin. Ich meine, die Richter
haben mich eingesetzt, weil Vampire ...«

»Hör nicht auf ihn, Gwen!« Ich legte den Pflock beiseite. »Ob ich nun ein Vampir bin oder nicht – ich bin
übrigens keiner –, du benötigst immer noch meine
Hilfe.«

»Ich benötige deine Hilfe ganz gewiss nicht.« Sie wandte
sich zu mir um. »Vergiss nicht, dass du tot bist. Jetzt
kommt es nur noch auf Beatrice an.«

»Ich glaube nicht.« Ich deutete auf den Sarg. »Das ist
Harrys Sarg, aber er liegt nicht darin.«

»Was?«, fragte sie verblüfft. »Wer denn dann?«

»Niemand«, antwortete ich. »Und ich glaube, du weißt,
was das bedeutet.«

Gwendolyn dachte nach, und als es ihr dämmerte,
riss sie Augen und Mund weit auf.

»Also gut.« Sie wandte sich um und stieß Herring zur
Tür. »Hier ist alles in Ordnung, er ist kein Vampir, vielen
Dank, dass Sie vorbeigeschaut haben, beehren Sie uns
bald mal wieder.« Der Inspector protestierte schwach,
ließ sich aber in seiner Verwirrung hinausbugsieren
und stand bald wieder unter dem Vordach.

»Ich komme wieder, Dämon!«, rief er, während er noch
um Fassung rang. »Und dann wünschst du dir, du wärst
nicht ... nicht auferstanden ... weil ich ...«

Gwen warf ihm die Tür vor der Nase zu, auch wenn der Inspector das Schloss zerbrochen hatte, als er hereingestürzt war. Sicherheitshalber hievte sie noch den Sarg davor, damit sie geschlossen blieb.

»Ein schrecklicher Abgang.« John hatte alles auf dem Aufschlag seiner Weste notiert. »Das muss ich später noch gründlich überarbeiten.«

»Heute Abend bist du mir entwischt!«, rief der Beamte von draußen herein. »Aber ich werde meine Kräfte sammeln und zurückkehren, und zwar eher, als du erwartest. Dann sollst du den zugespitzten Pfahl der Gerechtigkeit schmecken!«

»Das ist gar nicht so schlecht«, räumte John ein und tippte sich mit dem Stift an die Lippen. »Jetzt brauche ich nur noch einen Reim auf Gerechtigkeit. Schlechtigkeit? Gebrechlichkeit?«

»Nun sag schon«, drängte Gwen und stemmte die Hände in die Hüften, »was hast du mit Harry Beards Leichnam angestellt?«

»Nichts.« Ich stellte den Tisch wieder auf, der während des Handgemenges umgekippt war. »Als wir den Sarg fanden, war der Tote schon verschwunden. Vermutlich hat ihn der Ghul von Bath geholt, bevor der Sarg nach London gebracht wurde.«

»Der Ghul von Bath?«, überlegte sie. »Was sollen wir dann tun? Ohne Toten gibt es kein Erbe.«

»Deshalb brauchst du mich noch«, sagte ich und trat vor Percys Schrank. »John und ich brechen morgen nach Bath auf, um die Leiche zu suchen und ins Bestattungsunternehmen zu bringen. Dafür benötigen wir eine Verkleidung – zumindest ich brauche eine. Falls mich jemand in Bath erkennt, bin ich schneller wieder im Gefängnis, als du blinzeln kannst, und ich bezweifle, ob ich in ein und demselben Gefängnis zweimal meinen Tod inszenieren kann.« Ich nahm einen dicken Wintermantel aus dem Schrank, zog ihn an und klappte den Kragen hoch, um das Gesicht zu verbergen. »Jetzt noch ein anständiger Hut, und ich bin nicht mehr zu erkennen.«

»Ich komme mit«, erklärte Gwen. »Zu dritt finden wir die Leiche schneller als zu zweit.«

»Nein, du bleibst hier.«

»Das ist zu gefährlich«, pflichtete mir John bei. »Und eine schöne Dame wie Sie muss doch beschützt werden.« Er lächelte galant, doch Gwen stöhnte nur.

»Was soll ich denn tun?«, fragte sie. »Wozu braucht ihr mich überhaupt noch?«

»Ich bin tot, wie du schon erwähnt hast«, erklärte ich ihr. »Sogar beide Versionen von mir. Ich brauche dich, damit du das Geld beanspruchst, sobald es verfügbar ist, und du musst Percy helfen.« Ich deutete auf den jungen Mann, der bewusstlos hinter einem Stuhl lag. »Er soll die Hälfte von Beatrices Erbe als Stiftung zu Ehren ihres lieben verstorbenen Bruders Oliver einsetzen, und zwar ohne jemals seinen Vorgesetzten gegenüber durchblicken zu lassen, dass Harry Beards Leichnam verschwunden ist. Sorg dafür, dass er ruhig bleibt, sonst bekommt keiner auch nur einen Penny.«

»Wie kannst du sicher sein, dass ich dich nicht ein weiteres Mal hintergehe, wenn ich allein hierbleibe?«

»Die Leiche wird vermisst bleiben, solange ich nicht einen gründlichen Blick auf die Vorkehrungen der Bank geworfen habe.«

»Guter Plan«, räumte sie ein.

»Und du, John, hast heute Abend noch etwas zu erledigen.«

»Eine Kutsche«, sagte er sofort. »Wenn nötig, zerre ich Winston aus dem Bett, und wir sind unterwegs nach Bath, ehe Inspector Herring einen neuen Pfahl zuspitzen kann.« Er stand auf und ging zur Tür.

»Sei vorsichtig!«, warnte ich ihn. »Falls Herring nicht die geheimnisvolle Gestalt am Bestattungsunternehmen war, gibt es noch einen zweiten Verfolger.«

»Verfolgt uns überhaupt jemand *nicht*?« John schob den Sarg fröhlich zur Seite und schlüpfte in die Nacht hinaus.

TAG 3

22. JANUAR 1817

*Ich helfe dir –
und wär's auch nicht
zu unserm Frommen*

Bath · *Nachmittag*

Am Nachmittag des folgenden Tags trafen wir in Bath ein. John und ich waren halb verhungert, weil wir noch nichts gegessen hatten. Winston, unser Kutscher, führte uns in einen schmierigen kleinen Pub, wollte aber nicht mit uns speisen. Als wir nach dem Essen das Lokal verließen, war die Kutsche fort, und der Sarg, hübsch verkleidet mit einem gemusterten Vorhang, lag in der Gasse hinter dem Lokal neben den Mülleimern.

»Sieht aus, als hätte er uns verlassen.« John setzte sich auf den Sarg und lehnte sich an die Außenwand des Pubs. »Was jetzt?«

»Ich glaube, wir sollten zuerst einmal Gustav aufsuchen«, antwortete ich. »Er bestattet die meisten Toten in Bath und wollte sogar mich begraben, obwohl das nicht so abgesprochen war. Wenn jemand den Ghul von Bath kennt, dann er.«

»Das leuchtet mir ein«, stimmte John zu. »Und was ist mit dem hier?« Er tippte auf den unter Blumenmotiven verborgenen Sarg. »Wir können doch nicht am helllichten Tage damit durch die Stadt spazieren.«

»Lassen wir ihn doch vorerst einmal hier«, schlug ich nach einem Blick in die Gasse vor. »Selbst wenn jemand allzu neugierig ist und den Sarg auspackt, stößt er bloß auf eine Kiste voller Erde.«

»Und wenn ihn jemand stiehlt?«

»Wer stiehlt schon eine Kiste mit Erde? Erde gibt es überall.«

»Aber zu dieser Erde gehört eine schöne Kiste.«

In diesem Moment ging ein Wachtmeister vorbei, ließ den Schlagstock kreisen und pfiff fröhlich vor sich hin. Ich senkte den Kopf und versetzte John einen Tritt, als der Wachtmeister durch die Gasse auf uns zuschlenderte.

»Stell dich betrunken!«, flüsterte John. »Ich wimmle ihn schon ab.«

»Guten Tag«, grüßte der Wachtmeister. »Na, wie geht's uns denn heute so?«

»Eine milde Gabe stimmt uns froh«, erwiderte John.

Ich versetzte ihm einen weiteren Tritt.

»Seid ihr Bettler? Macht hier nur keinen Ärger, verstanden?«

»Bettler, Sir? Da kommt mir jeglicher Humor abhanden.«

»Humor? Was für ein Humor?«

»Dafür haben Sie wohl kein Ohr.«

»Jetzt hör mal zu, Bürschchen!«, sagte der Wachtmeister. »So darf niemand mit mir reden.«

»Verzeihung, Sir, dann war das wohl daneben.«

»Ähm ... meinetwegen, na gut.«

»Jawohl, allzeit ruhig Blut.«

Der Wachtmeister runzelte die Stirn. »Du da.« Er deutete auf mich. »Warum spricht der dauernd in Reimen?«

Ich sackte weiter in mich zusammen und gab mir Mühe, betrunken zu wirken, ohne dabei das Gesicht zu zeigen.

»Wir wollen damit bestimmt niemanden leimen«, versicherte John ihm.

Der Wachtmeister warf einen Blick zu John hinüber und nickte in meine Richtung. »Ist er besoffen?«

»Sehr, und das macht mich betroffen«, antwortete John.

»Also gut, das reicht jetzt. Hören Sie zu reimen auf!«

»Das will ich tun, und es passt haargenau da drauf.«

»Wo drauf?«

»Ich hör jetzt auf.«

»Sie hören ja gar nicht auf«, widersprach der Wachtmeister.

»Hör'n Sie nicht drauf, denn irgendwann im Lauf des Abends hör ich auf.«

»Neville!«, rief jemand von der Straße herüber. John und der Wachtmeister wandten sich um. »Neville, bist du's?« Ich spähte vorsichtig aus dem Mantel hervor und entdeckte drei weitere Wachtmeister auf der Straße, die uns beobachteten.

»Es war schön, mit Ihnen zu sprechen«, sagte der Wachtmeister zu John. »Aber nun habe ich zu tun und muss leider unterbrechen.«

»Das war bestechend.« John lächelte und verneigte sich leicht im Sitzen, während der Wachtmeister zur Straße zurückkehrte. »Toller Bursche.«

»Sch-scht!«, machte ich aufgeregt. Die vier Wachtmeister standen beisammen und unterhielten sich, und ich strengte mein Gehör an, um sie zu belauschen.

»Neville, was war denn da drüben los?«, fragte der Erste.

»Nur ein Betrunkener und sein Freund, ganz tadellos – oh, verdammt. Jetzt fang ich auch schon damit an.«

»Womit?«

»Wir haben Sonderbefehle bekommen«, erinnerte der Dritte die Kollegen. »Von einem königlichen Inspector.«

»Lautet sein Name Hector? Dann geh ich lieber gleich nach Hause.«

»Er heißt Herring.«

Ich keuchte, und John und ich schlichen zum anderen Ende der Gasse.

»Wisst ihr noch – der Sträfling, der gestern gestorben ist?«, fragte der dritte Wachtmeister.

»Frederick Whithers?«, erkundigte sich Neville. Auf einmal schien es, als hätte er Angst. »Derjenige, der sich in einen Vampir verwandelt hat?«

»Sei kein Trottel!«, schaltete sich der Vierte ein. »So was gibt es nicht. Wahrscheinlich hat er nur so getan, weil er fliehen wollte.«

Sie haben mich entdeckt, dachte ich. Wir zogen uns noch weiter zurück.

»Keine vorschnellen Schlüsse!«, warnte der Dritte. »Der Inspector glaubt wohl, der Flüchtige sei sehr gefährlich. Er ist in Begleitung einer Frau, einer Miss Gwendolyn Gaddie. Alle Wachtmeister in Bath wurden angewiesen, nach dem Mann zu suchen.« Er hob den Schlagstock. »Wir sollen uns entsprechend bewaffnen.«

Auf einmal hielt John inne, packte mich am Arm und deutete auf den Sarg. Ich knurrte, verdrehte die Augen und folgte ihm vorsichtig, um die Kiste zu holen. Langsam, damit wir die Aufmerksamkeit der Polizisten nicht erregten, hoben wir den Sarg auf.

»Wurde auch etwas über diesen Vampir gesagt?«, fragte Neville. »Beispielsweise, welche Kleidung er trägt?«

»Einen langen schwarzen Mantel«, erklärte der andere Wachtmeister. »Wahrscheinlich hat er auch einen Sarg dabei, was in der Tat naheliegend wäre. Und es spräche dafür, dass er wirklich ein Vampir ist.«

Wir hoben den umhüllten Kasten hoch und schlichen zum anderen Ende der Gasse.

»Wir sollten wirklich die Erde auskippen«, schnaufte John.

»Ruhig!«, zischte ich.

»Wenn er tatsächlich ein Vampir ist«, überlegte Neville, »dann sollten wir vielleicht die Schlagstöcke anspitzen, damit wir Pflöcke haben.«

»Und – oh!« Dem dritten Wachtmeister, den ich inzwischen kaum noch verstehen konnte, fiel noch etwas ein. »Ehe ich's vergesse – angeblich hat er einen Freund, der dauernd in Reimen spricht.«

»Wirklich?«, antwortete Neville. »Der Bursche, mit dem ich mich gerade unterhalten habe, hat auf alles, was ich gesagt habe, mit einem Reim geantwortet.« Er deutete in die Gasse, und die vier Polizisten sahen uns an.

»Wir sollten weglaufen«, schlug ich vor.

»Du hast gut reden«, wandte John ein. »Du gehst ja nicht rückwärts.«

Die Wachtmeister riefen, wir sollten stehen bleiben. Ich drängte schneller zum Ende der Gasse. John stolperte, konnte aber gerade noch mithalten. Als wir die Ecke erreichten, schob ich, bis er rückwärts rannte.

»Wir müssen wechseln!«, rief er.

»Keine Zeit!«

»Dann müssen wir uns drehen.« Er rannte nach links. Ich hatte Mühe, ihm zu folgen, doch er bewegte sich weiterhin nach links, bis wir einen großen Kreis beschrieben. Der Vorhang mit dem Blumenmuster verfing sich an einem Stein, riss ab, und der Sarg kam zum Vorschein.

»Du darfst mir nicht folgen!«, jammerte John. »Ich will doch nur umdrehen!«

»Wie willst du umdrehen, wenn ich dir nicht folge?«

»Wir nähern uns wieder den Wachtmeistern!«

»Du führst doch«, rief ich, »nicht ich!«

»Wie kann ich führen, wenn ich rückwärts laufe?«

»Dann weißt du jetzt, dass wir uns im Kreis drehen.«

»Halt!«, rief Neville. Die anderen folgten ihm bereits.

»Wir laufen parallel«, schlug John vor. »Dann blicken wir beide nach vorn.«

»Meinst du seitlich?«

»Soll mir auch recht sein.« Die Polizisten holten rasch auf, sie hatten schon die Schlagstöcke gehoben und bliesen in ihre Pfeifen. Wir eilten seitwärts durch die Gasse. »Kannst du nicht irgendetwas tun? Du bist doch der verdammte Erhabene.«

»Nein, der bin ich nicht!«

»Das wissen sie aber nicht.«

»Halt, sagte ich!« Neville hatte uns fast erreicht.

»Ich kann's nicht glauben«, murmelte ich. »Dreh um!«, rief ich gleich darauf.

»Umkehren?«

»Umkehren und brüllen!« Wir blieben stehen, wandten uns zu den Polizisten um und rannten mit wildem Kampfgeschrei auf sie zu. »Blut!«, rief ich. »Blut für den Herrn der Nacht!«

»Blarg!«, machte John und knurrte böse. »Wir fressen eure Seelen!«

»Er meint natürlich euer Blut!«

»Wir trinken Blut und fressen Seelen.«

Die Wachtmeister schrien erschrocken auf, erbleichten und hielten inne, dann machten sie kehrt und flohen. Sie schossen in die Gasse hinein, und wir liefen weiter, knurrten und murmelten irgendeinen blutrünstigen Unfug, der uns gerade einfiel, bis wir in der Ferne weitere Trillerpfeifen hörten.

»Wir haben uns ein wenig Zeit verschafft«, schnaufte ich, »aber sie spüren uns bald wieder auf.«

»Da drüben«, sagte John, und ich sah mich um. Hinter uns winkte eine schwarz gekleidete Gestalt, die im Schatten einer anderen Gasse stand.

»Nein, bitte nicht!«, stöhnte ich, doch John war schon unterwegs und zog mich mit sich. Wenn ich nicht stürzen wollte, blieb mir nichts anderes übrig, als ihm zu folgen. So stolperten wir in die Schatten hinein, wo die dunkle Gestalt auf eine offene Tür wies.

»Dort hinein, Erhabener«, flüsterte der Dunkle. Da die Rufe und die Pfiffe der Polizei hinter uns immer lauter wurden, seufzte ich ergeben und eilte mit John durch die Tür. Der geheimnisvolle Mann schloss sie hinter uns und legte einen schweren Riegel vor. Im Kerzenschein führte er uns durch einen finsteren Flur in einen Raum, der mir wie das Lager einer Speisewirtschaft vorkam. Er passierte eine große Tür und bückte sich, um die Klappe zu einem Keller anzuheben, die sich hinter einem großen Mehlsack befand. Sie ließ sich leicht öffnen, doch wir mussten innehalten und eine Weile warten, während er an dem Mehlsack zerrte und schob. Hinter uns hämmerten die Polizisten gegen die Tür, ihre Rufe hallten schwach im Korridor wider.

»Soll ich helfen?«, bot ich dem Fremden an.

»Nein, danke.« Er stemmte den Rücken gegen den Sack und drückte. »Ich ... uff! Ich hab's gleich, danke.«

»Sie sind dicht hinter uns.« Ich stellte mein Ende des Sargs ab. »Ich helfe gern.«

»Nein, das ist wirklich nicht nötig«, erwiderte er fröhlich und winkte ab. »Ich schaffe das schon selbst.« Er grunzte und stemmte sich erneut gegen den Sack, der sich jedoch kaum bewegte.

»Wir haben es nämlich recht eilig«, erklärte ich.

»Der Sack ist gar nicht sonderlich groß«, bemerkte John, der den Sarg allein im Gleichgewicht hielt. »Enthält der wirklich nur Mehl?«

»Ganz ohne jeden Zweifel«, erwiderte der Mann lächelnd. »Mehl ist sehr schwer. Ich hab's aber gleich.«

»Der Sack hat sich doch kaum bewegt«, wandte ich ein. »Lass mich mal!« Ich trat zu ihm, schob ihn zur Seite und stemmte mich gegen den Sack. »Eins, zwei, drei!« Ich stieß, so fest ich konnte, und der Sack flog quer durch den Raum und landete mit lautem Krachen an der Wand. Dabei platzte er auf.

»Angeber«, meinte John.

Ich hustete inmitten einer Wolke aus Mehlstaub. »Ich hätte mit mehr Gewicht gerechnet. Der Kerl hat so getan, als wäre der Sack bleischwer.«

Der Fremde deutete mit verlegenem Grinsen auf die Geheimtür. »Bitte.«

»Vielen Dank.« Ich hob den Sarg wieder an und trat rückwärts durch die Öffnung. Der Durchgang war stockfinster, ich konnte rein gar nichts erkennen. John folgte mir und schob am anderen Ende des Sargs, während der Fremde das Mehl verteilte, damit die Fußabdrücke nicht mehr zu sehen waren.

»Es ist mir ein Vergnügen, Erhabener.«

»Ja, schon gut. Halt den Mund und schließ die Geheimtür!«

Der Vampir gehorchte, und sie fiel gerade in dem Moment zu, als die Tür zur Straße mit lautem Krachen nachgab. Dann hörte ich trampelnde Füße und laute Schreie, die in unserem Versteck etwas gedämpfter klangen. Wir schwiegen und lauschten, was die Wachtmeister auf der anderen Seite trieben. Einer von ihnen fluchte, der offene Mehlsack sei ein Hinweis, und sie müssten ihn durchsuchen. Die anderen wollten eine weitere Tür aufbrechen und anderswo nach uns fahnden. Soweit ich es beurteilen konnte, bemerkten sie den geheimen Zugang nicht. Schließlich gingen sie und ließen uns allein.

»Da entlang!«, drängte der Vampir. Langsam bewegten wir uns durch den Gang, bis wir eine weitere Tür erreichten. Ich entdeckte einen kleinen Riegel, stieß die Tür auf, und wir gelangten in einen schwach von Kerzen beleuchteten Raum, in dem zahlreiche Gestalten in dunklen Gewändern hockten. Seltsamerweise roch es nach Kaninchenkot.

»Willkommen, Erhabener«, sagte eine Stimme, die ich schon kannte. Der Vampir Schwarz trat ins Licht. »Willkommen im Reich der Untoten. Wir stellen deinen Sarg zu den anderen.«

»Lasst meinen Sarg los!« Ich wehrte die Vampire ab, die ihn übernehmen wollten. »Und um Himmels willen, lasst mich in Ruhe! Zuerst der Friedhof, dann der Pub, dann die Gasse – ihr habt dem Vampirjäger sogar verraten, wo er mich findet.«

»Wie war das?«, ließ sich eine zornige Stimme auf der anderen Seite des Raums vernehmen, was mit empörtem Gemurmel quittiert wurde. »Du hast den Erhabenen verraten?«

»Natürlich nicht«, erwiderte der Vampir verlegen. »Ich habe dem Jäger nur gesagt, er ... nun ja. Ich wusste doch, dass er untergeht, wenn er dem Erhabenen unter die Augen tritt. Kein gewöhnlicher Sterblicher zwingt ihn in die Knie. Und niemand unter uns traut dem Jäger zu, dass er unserem berühmten Anführer auch nur ein Haar zu krümmen vermag.«

»O nein, natürlich nicht!«, antworteten die anderen hastig. »Gelobt sei der Erhabene.«

»Ich bin nicht euer Anführer.«

»Ich bin sicher, der Erhabene hat den Jäger vernichtet«, fuhr Schwarz fort. »Der aufdringliche Narr wandelt mittlerweile gewiss versklavt auf Erden, um der Sache der Nacht zu dienen.«

»Eigentlich nicht«, entgegnete John. »Inspector Herring ist leider der Grund dafür, dass wir hierher fliehen mussten.«

»Wer ist das denn?«, wollte einer der Vampire wissen.

»Der Sprecher des Erhabenen. Wie es dem Erhabenen zusteht, teilt er sich überwiegend durch seinen Diener mit. Wir sind ihm in London begegnet.«

»Damit das ein für alle Male klar ist«, sagte ich. Mir riss nun endgültig der Geduldsfaden, und ich verlor jegliche Furcht vor den Vampiren. »Ich bin nicht der Erhabene, ich bin kein Vampir, und ich glaube, ihr seid verdammte Irre, die für den Rest ihres Lebens eingeloch gehören.«

»Vergib uns, Erhabener!«, rief Schwarz. »Sag uns, wie wir deine Gunst zurückgewinnen können!«

»Ich bin nicht der Erhabene. Seht her!« Ich zog die Oberlippe hoch. »Ich habe nicht mal Reißzähne.«

»Er kann sie einklappen«, raunte ein Vampir seinem Nachbarn zu.

»Außerdem trinke ich kein Blut.«

»Er braucht kein Blut«, flüsterte ein anderer aufgeregt. »Er ist noch viel stärker, als wir dachten.«

»Ich wurde Zeuge, wie er sich in einen Wolf verwandelte«, behauptete ein Dritter stolz.

»Davon wusste ich noch gar nichts«, sagte John beeindruckt.

»Du warst doch dabei«, erinnerte ich ihn. »Das war bloß die zerlumpte Decke aus der Kutsche.«

»Wenn du kein Blut trinkst, wie erklärst du dann den Bestatter?«, wollte Schwarz wissen.

»Welchen Bestatter meinst du?«

»Gestern Abend in London. Als der Vampirjäger fort war, folgten wir deiner Spur, weil wir dich finden und an deinem Sieg teilhaben wollten. So gelangten wir zu dem Bestattungsunternehmen Spilsbury und Beard. Wir trafen jedoch nur den Bestatter an. Er war ohnmächtig und trug die Spuren deiner Zähne am Hals.«

»Meine Zähne! Wie könnt ihr wissen, wie die Spuren meiner Zähne aussehen?«

»Wir nahmen einfach an, dass du es warst, Erhabener, denn keiner von uns ist stark genug, einen erwachsenen Menschen anzugreifen. Wer sonst sollte es gewesen sein?«

»Wenn ihr keine Erwachsenen angreift«, triumphierte ich, »wie soll ich dann zum Vampir geworden sein?«

»Du hast geschlafen.«

»Oh, richtig!«, höhnte ich. »Das hast du schon einmal behauptet. Wie bequem. Wenn es wirklich so simpel ist, dann beiß doch einfach den Prinzregenten im Schlaf, und ihr habt das ganze Königshaus auf eurer Seite.«

Die Vampire wechselten verdutzte Blicke.

»Das ist ein ausgezeichneter Plan, Erhabener. Deshalb bist du auch ...«

»Nein!«, protestierte ich. »So meinte ich das nicht. Hör zu, wie du auch heißt ...«

»Schwarz«, unterbrach er mich.

»Ja«, sagte ich. »Das ist auch so eine Sache. Findest du nicht, dass sich Schwarz für einen Vampir ein wenig pathetisch anhört?«

»Aber mein richtiger Name lautet ... Bernard. Das klingt einfach nicht furchtbar genug, da stimmst du mir sicher zu. Deshalb habe ich mich Schwarz genannt. Du wirst deinen Namen gewiss ebenfalls ändern. Frederick ist nicht sonderlich beängstigend. Fred der Beißer? Ich denke, du solltest dich Kevin nennen.«

»Ist Kevin denn weniger lächerlich als Frederick?«, fragte ein anderer Vampir.

»Das ist Jacke wie Hose«, schaltete ich mich ein. »Ich ändere meinen Namen sowieso nicht, nur weil ein armer Irrer behauptet, er habe mich im Schlaf gebissen.«

»Wir entschuldigen uns für unsere Schwäche, Erhabener«, fuhr Schwarz fort, »aber die Opfer wehren sich, wenn sie nicht schlafen, und das Leben eines Untoten gestaltet sich recht schwierig.«

»Sagtest du wirklich: das Leben eines Untoten?«, unterbrach John. »Das klingt ein bisschen widersprüchlich, wenn du mich fragst. Vielleicht sollte man vom Unleben der Untoten reden.«

»Aber wir sind doch gar nicht richtig tot«, entgegnete Schwarz.

»Ihr lebt aber auch nicht.«

»Hört doch mit diesem Unfug auf!«, fuhr ich ungeduldig dazwischen.

»Selbstverständlich, Erhabener.« Schwarz verneigte sich. »Wie ich schon sagte, das … das Unleben der Untoten ist recht schwierig.«

»Wundervoll«, meinte John.

»Wie dein Freund ganz richtig bemerkte«, fuhr Schwarz fort, »sind wir nicht völlig lebendig, und das ist unsere große Schwäche. Wir können nicht weit laufen und keine schweren Gegenstände heben. Wir ertragen nicht einmal das Sonnenlicht.«

»Scharf gewürzte Nahrung kommt ebenfalls nicht infrage«, ergänzte ein anderer. »Gemeinhin glaubt man, es sei der Knoblauch, aber in Wirklichkeit trifft es auf alles zu, was stark schmeckt und beißend riecht, auch auf Zimt und Lauge. Mich hat man einmal mit einem Stück altem Cheddar vertrieben.«

»Aber alle diese Geschichten!«, rief John. »Es gibt doch so viele wundervolle Legenden und Sagen über Vampire, die schon lange überliefert werden – wie sie wehrlose Jungfern überwältigen und so weiter. Allerdings muss ich einräumen, dass dies erst richtig bekannt wurde, als die neue Welle der Gruselromantik begann.«

»Genau das ist es ja«, bestätigte Schwarz traurig. »Nur wegen dieser Schauerromane konnten wir überhaupt gewisse Fortschritte machen. Das Mittelalter war grauenhaft – wenn man da in einer Gasse ein Mädchen anfallen wollte, hatte man schneller einen Milcheimer am Kopf, als man blinzeln konnte. Das war für uns die finsterste Zeit, aber leider nicht die Art von Dunkelheit, die wir bevorzugen.«

»Deshalb haben wir die Schauerromane erfunden«, pflichtete ihm ein anderer bei.

»Ihr habt die Schauerromane erfunden?«, wiederholte John voller Ehrfurcht.

»Das war die einzige Möglichkeit, die Menschen tatsächlich zu überwältigen«, erklärte Schwarz. »Wir besitzen keine echte Macht, deshalb haben wir das Bild des wehrlosen Opfers in den Mittelpunkt gerückt. Es hat Wunder gewirkt. Heutzutage stehen die Jungfern praktisch in den Gassen herum und warten nur auf uns. Die Vorstellung, sie seien nicht fähig zu fliehen, lähmt sie so sehr, dass sie es nicht einmal versuchen.«

»Das Unangenehme daran ist, dass wir nur noch Jungfern bekommen«, gab ein anderer Vampir zu bedenken. »Zwar will ich mich nicht über die Hälse beschweren, aber es ist … die ganze Einstellung dahinter. Wir verfolgen diesen Plan schon seit Jahren und haben Dutzende Jungfern mit glasigen Augen eingemeindet, die sich an ihrer schauerlichen Angst ergötzen. Leider sind sie völlig nutzlos.«

»Mit denen kann man nichts anfangen«, stimmte ein anderer Vampir zu, der weiter hinten stand. »Eine nennt sich die Herrin der Nacht. Das ist ja gut und schön, aber statt loszuziehen und ein paar Bauern zu ängstigen, hat sie einen Lesezirkel gegründet. Lauter traurige Gedichte über dunkle Sturmnächte, aber dabei kommt rein gar nichts heraus.«

»Wenn wir etwas erreichen wollen«, fuhr Schwarz fort, »dann brauchen wir frisches Blut. Das meine ich ganz wörtlich, und deshalb sind wir so abscheulich froh, dich bei uns zu haben, wenn du verstehst, was ich meine.«

Ich runzelte die Stirn. »Mich schaudert, wenn ich mir vorstelle, was ihr möglicherweise erreichen wollt.«

Ermutigt richtete er sich auf. »O Erhabener, wir fassen die erquicklichsten Schreckenstaten ins Auge! Da du nun hier bist, wirst du uns zum Ruhm führen und uns neue Kraft schenken.«

»Ich habe nicht die Absicht ...«

»Sie sind wieder da!«, zischelte ein Vampir an der Tür. Alle verstummten. Leise Stimmen, fern und gedämpft, drangen durch die Geheimtür und den Gang herüber. Wir lauschten aufmerksam, bis ich schließlich den Kopf schüttelte.

»Ich kann nicht verstehen, was da vor sich geht.«

»Wenn sie klug sind, sprechen sie ein Gebet.«

»Nicht jetzt, John!«

Niemand wagte auch nur zu atmen, doch die Polizisten – falls sie es waren – redeten zu leise, und wir bekamen nichts mit.

»Ich glaube, ich höre etwas«, hauchte John. »Ein Raunen.«

»Wir wissen doch schon, dass sie flüstern.«

»Nein, keine Stimmen. Etwas anderes.«

»Das Rauschen dunkler Schwingen?«, fragte ein Vampir hoffnungsvoll.

»Das ist nicht dein Ernst«, murmelte ich.

»Es ist etwas anderes«, erklärte John und legte den Kopf schief. Dabei runzelte er vor Anstrengung die Stirn. »Fast wie ein Pfeifen.«

»Vielleicht dieses neue Lied über die schottische Katze«, warf ein Vampir ein. »Es soll sehr beliebt sein.«

»Nein, das ist es auch nicht«, wehrte John ab. »Es hat keine richtige Melodie und klingt melancholisch – wie das Flüstern einer erlöschenden Kerze.«

»Mit ziemlicher Sicherheit ahnt niemand hier, wovon du redest«, stellte ich fest.

»Ich rede über den Wind«, flüsterte John entrüstet. »Das müsste doch ein eingängiges Bild sein.«

»Der Wind?«

»Eine Brise, die durch ein Loch pfeift.«

»Es gibt nur zwei Möglichkeiten, wie hier Wind hereinkommen kann«, erklärte Schwarz. »Die Haupttür und den Weg, auf dem ihr gekommen seid.«

Tatsächlich strich ein Lufthauch an mir vorbei, der einen Schleier aus wirbelndem Mehl mit sich trug. Mir wurde angst und bange.

»Der Wind führt sie zu uns«, gab ich eindringlich zu bedenken. »Er weht das Mehl, das dort drüben am Boden verstreut liegt, durch die Spalten der Geheimtür. Sobald die Polizisten das bemerken, entdecken sie auch den Gang.«

»Was sollen wir tun?«, ängstigte sich ein Vampir. »Wenn sie nun Pflöcke mitbringen?«

»Oder Fackeln!«, keuchte ein anderer.

»Wenn sie zum Abendessen Knoblauch gegessen haben?«, rief ein Dritter. »Sie werden uns fangen und töten!«

»Du sagtest, es gibt hier einen zweiten Ausgang.« Ich packte Schwarz am Arm. »Wohin führt er?«

»Durch einen Stall«, sagte er. »Wir kommen im zweiten Abteil von links heraus. Dort steht fast nie ein Pferd.«

»Und wenn doch?«

»Dort steht fast nie eins.«

Ich nickte. »Übernimm die Führung, und ihr anderen seid ruhig.«

Schwarz ging voraus, John und ich folgten mit dem Sarg, dahinter kamen die dunkel gekleideten Gestalten, die sich wie Gespenster an unsere Fersen hefteten. Wir durchquerten eine Reihe von Räumen voller Särge, dann ein Zimmer mit zahlreichen Kaninchenkäfigen. Aufgeregt sammelten die Vampire die Tiere ein.

»Kaninchen?«, fragte ich.

»Die sind einfacher einzufangen als Menschen«, entgegnete Schwarz. »Wenn man immer nur ein paar Schlucke trinkt, werden sie schnell wieder gesund.«

»Das ist ja widerlich.«

»Hier – die Tür.« Schwarz hob einen kleinen Riegel an, und die Wand klappte auf. Dahinter entdeckten wir einen mit Stroh ausgestreuten Stall, der bis auf einen Leckstein leer war. Draußen war es fast dunkel.

»Das überrascht mich wirklich«, sagte ich. »Nachdem so viel schiefgegangen ist, hätte ich damit gerechnet, dass hier ein Pferd steht.«

»Leise!«, warnte mich John. Wir schoben uns an Schwarz vorbei in den Stall. »Vielleicht versteckt sich jemand im Dunkel.«

»Wir erkunden die Gegend, ob alles sicher ist«, bot Schwarz an.

»Keine Zeit«, erwiderte ich ungeduldig. »Ihr helft uns am besten, indem ihr in die entgegengesetzte Richtung geht. Wenn wir in einer großen Gruppe unterwegs sind, entdecken sie uns umso leichter.«

»Genau«, stimmte John zu. Wir schlichen aus dem Stall hinaus, dann durch das rostige Tor und standen schließlich auf einer verlassenen Straße. In einiger Entfernung hörten wir Stimmengemurmel, und an den höheren Gebäuden waberte der Widerschein von Fackeln.

»Bewegt euch dort entlang!«, wies ich Schwarz an und deutete zu den flackernden Lichtern hinüber. »Wir nehmen den anderen Weg.«

Schwarz wurde noch bleicher, als er ohnehin schon war.

»Wie du willst, Erhabener. Wo treffen wir uns wieder?«

»Wenn ich Glück habe, nirgends mehr«, antwortete ich. »Wahrscheinlich sehen wir uns aber noch im Lauf der Nacht, gleichgültig, wohin wir gehen.«

»Viel Glück.« Schwarz und die anderen Vampire schlichen davon. Ich wandte mich zu John um und hob den Sarg an.

»Zum Friedhof.«

Bath · *Abenddämmerung*

Wir schlichen durch die Stadt, bewegten uns möglichst durch kleine Gassen und erreichten schließlich den Friedhof am Stadtrand – genau jenen Friedhof, auf dem ich fast beerdigt worden wäre und wo der ganze Ärger begonnen hatte. Unter einem alten Baum standen Trauergäste, deren Schatten im schwindenden Tageslicht in die Länge wuchsen. John und ich warteten in sicherer Entfernung, bis sie gingen. Da ich nicht sicher war, ob sich Bekannte darunter befanden, zog ich den Hut tief ins Gesicht und klappte den Mantelkragen hoch, bis nur noch die Augen frei waren. Als die Leute fort waren, näherten wir uns Gustav von hinten. Er ließ den Sarg gerade langsam in das Grab hinunter.

»Hallo, Gustav.«

»Hallo, Federico.« Er drehte sich um, dann erinnerte er sich an die Begleitumstände unserer letzten Begegnung. »Ah! Du bist ein Vampir!« Er wandte sich um und rannte davon. John und ich holten ihn ein, rissen ihn zu Boden und setzten uns auf ihn. Ich presste ihm eine Hand auf den Mund. Nach einer Weile wehrte er sich nicht mehr und starrte uns mit weit aufgerissenen, entsetzten Augen an.

»Wenn ich die Hand von deinem Mund nehme, Gustav, wirst du nicht schreien, ja?«

Er schüttelte den Kopf.

»Heißt das: Nein, du wirst nicht schreien?«, fragte John. »Oder heißt es: Nein, du bist mit unserer Bitte nicht einverstanden und willst schreien? Unsere Sprache ist manchmal recht zweideutig.«

Ich legte den Kopf schief. »Zählt das überhaupt als Sprache? Er hat doch nur mit dem Kopf gewackelt.«

»Tja, es ist nicht die gesprochene Sprache, aber man kann es Sprache nennen«, erklärte John. »Mehr kann er auch nicht tun, solange du ihm den Mund zuhältst.«

Gustav nickte.

»Warte.« Ich runzelte die Stirn. »Jetzt bin ich verwirrt. Hat er genickt, weil er einverstanden ist, nicht zu schreien, oder stimmt er zu, dass das Schütteln des Kopfs eine Art von Sprache ist?«

»Möglicherweise wollte er bekräftigen, dass er nicht richtig sprechen kann, solange du ihm die Hand auf den Mund presst.«

»Meinst du es so?« Ich blickte Gustav scharf an.

Er erwiderte meinen Blick, nickte einmal und schüttelte dann den Kopf.

»Das bringt uns nicht weiter«, sagte John. »Wir wissen nicht einmal, auf welche Frage er geantwortet hat.«

»Gustav.« Ich sah ihn wieder scharf an. »Versprichst du mir, nicht zu schreien, wenn ich die Hand von deinem Mund nehme?«

»Sehr gut formuliert«, lobte mich John.

Gustav dachte kurz nach, dann nickte er. Ich nahm die Hand weg, und er atmete tief ein. »Federico«, sagte er, und seine Augen waren immer noch weit aufgerissen und voller Angst, »warum bist du hier? Willst du mich auch zu einem Vampir machen?«

»Natürlich nicht, Gustav«, beruhigte ich ihn. »Ich brauche deine Hilfe. Ich suche eine Leiche.«

»Ja, natürlich, Federico.« Er lächelte verzerrt und zeigte mir eine Reihe schmutziger, krummer Zähne. »Du bist hungrig und verlangst nach einer Mahlzeit.«

»Er verzehrt keine Leichen«, erklärte John. »Er trinkt nur das Blut von Lebenden.«

»Nein, das stimmt nicht«, widersprach ich.

»Also willst du sie essen!«, rief Gustav.

»Hast du mich jemals Blut trinken sehen?«, fragte ich John.

»Nun ja, die ... die Würstchen gestern waren innen noch ziemlich blutig.«

»Ah!«, rief ich. »Wie kann ich ein Vampir sein, wenn ich noch nie Blut getrunken habe?«

»Ich habe doch mit eigenen Augen gesehen, wie sie dich geholt haben, Federico«, gab Gustav zu bedenken.

»Du hältst dich da heraus«, fauchte ich und legte ihm wieder die Hand auf den Mund.

»Vielleicht hast du Blut getrunken, ohne es zu merken«, überlegte John.

»Wie sollte das denn möglich sein?«

»Oder du hast Blut getrunken, ohne dass ich es bemerkt habe. Gestern Abend habe ich dich fast eine Stunde lang mit Gwendolyn allein gelassen.«

»Hatte sie Bisswunden am Hals, als du zurückkamst? Roch mein Atem nach Blut?«

Gustav entzog sich meiner Hand. »Ich dachte, ihr wollt mich befragen.«

»Genau«, stimmte ich zu. »Entschuldige. Wir brauchen eine Leiche.«

»Eine ganz bestimmte Leiche«, ergänzte John. »Harry Beard.«

Gustav runzelte die Stirn. »Wir haben keinen Heribert.«

»Nicht Heribert, sondern Mister Harry Beard«, erklärte ich. »Harold Beard, genauer gesagt.«

»Harold Beard!«, rief er, und seine Augen blickten verschreckter denn je.

»Ja.« Ich setzte mich noch fester auf ihn. »Kennst du ihn?«

»Er ist tot, Federico.«

»Deshalb wollen wir ja seine Leiche haben«, sagte John.

»Aber die Leiche ist weg«, erwiderte Gustav. »Sie wurde gestern nach London geschickt, und das wurde auch höchste Zeit.«

»Warum denn? Was ist passiert?«

»Dunkle Ereignisse – schreckliche Ereignisse«, murmelte Gustav. »Er ist am gleichen Tag gestorben wie du, und sein Sarg lag auf demselben Wagen. Als die Vampire dich geholt haben, bin ich weggelaufen ...«

»Ja, daran erinnere ich mich.«

»... und als ich ein paar Stunden später zurückkehrte, war Mister Beards Sarg offen, und eine dunkle Gestalt stand davor.«

»Der Ghul von Bath!«, rief John.

»Beschreib die Gestalt!«, verlangte ich.

»Oh, es war schrecklich«, stöhnte Gustav. »So schrecklich, dass ich es nicht beschreiben kann.«

»Versuch es trotzdem, sei so gut!«

»Nein, Federico, es war ...«

»Kannst du nicht sprechen?«

»Es war ... unaussprechlich.«

»Du hast keine Ahnung, wie er ausgesehen hat, was?«

»Nein, Federico.« Er ließ traurig die Schultern hängen. »Ich bin wieder weggelaufen und habe nichts gesehen.«

»Wundervoll.« Entmutigt schloss ich die Augen. »Nur ein einziger Mensch hat den Ghul von Bath gesehen, und der kann ihn nicht beschreiben.«

»Als ich am Morgen zurückgekehrt bin, war der Sarg wieder geschlossen, und ich habe ihn nach London geschickt und war froh, ihn loszuwerden.« Gustav beugte sich vor, so gut es eben ging, während zwei Männer auf ihm saßen, und senkte die Stimme zu einem verschwörerischen Flüstern. »Ich habe den Sarg nicht geöffnet, um mich zu vergewissern, aber ich glaube, der Ghul hat Körperteile entwendet. Seit fast zwei Wochen verschwinden Gliedmaßen von Leichen aus den Bestattungsunternehmen und von allen Friedhöfen in Bath.«

»Ausgezeichnete Arbeit, Wachtmeister Gustav.« Ich stand auf. »Aber du irrst dich. Der Ghul hat die ganze Leiche mitgenommen.«

»Aber ... der Sarg war doch so schwer.«

»Er hat Erde hineingeworfen, damit du es nicht bemerkst«, erklärte ich ihm. »Bei dir hätte er sich die Mühe allerdings sparen können. Ein Zettel mit der Aufschrift *Vertrau mir, die Leiche liegt immer noch drin* hätte es auch getan.«

John erhob sich ebenfalls und half dem Totengräber beim Aufstehen.

»Also ist es wahr?«, fragte Gustav. »Du wirst mich nicht essen?«

»Natürlich nicht.«

»Nun zier dich nicht so!«, ermunterte mich John. »Ich wollte schon immer zusehen, wie du das Blut eines Menschen trinkst.«

»Bist du verrückt?«

»Ja!« Gustav wich zurück. »Er ist völlig verrückt! Du willst doch nicht etwa mein Blut trinken?«

»Wir könnten ihm vorher den Hals waschen«, schlug John vor. »Falls der Dreck für dich ein Hindernis ist. Ein kräftiger Mann wie er, der hart arbeitet und sich viel bewegt – ich möchte wetten, er hat hervorragendes Blut.«

»Ganz und gar nicht!« Gustavs Knie zitterten so heftig, dass sie aneinanderschlugen. »Ich bin alt, und mein Blut ist zu dünn. Dich gelüstet doch sicher nach dem Blut einer Jungfer.«

»Tja, da hat er wohl recht«, gab John zu. »Jungfernblut wäre viel schmackhafter.«

»Darf ich jetzt gehen, Federico?«

»Ja«, sagte ich gereizt, »aber wenn du irgendjemandem verrätst, dass du mich hier gesehen hast – gleichgültig, wem –, dann stelle ich etwas so Schreckliches mit dir an, dass du dir wünschst, ich hätte nur dein Blut getrunken.«

Ohne ein weiteres Wort machte Gustav kehrt und rannte davon. John blickte ihm seufzend hinterher.

»Ich wäre wirklich gern Zeuge gewesen, wie du das Blut eines Menschen trinkst«, sagte er sehnsüchtig. »Aber man soll die Hoffnung nicht aufgeben. Es gibt noch so viele schöne junge Frauen auf der Welt.«

»Wir brauchen einen neuen Sarg«, erinnerte ich ihn.

»Das ist wahr«, stimmte John zu. »Wir haben einen für Harry, aber du hast seit gestern früh kein Auge zugetan.«

»Keinen Sarg für mich, sondern für dich.«

»Für mich?«, fragte John. »Ich ... daran habe ich noch gar nicht gedacht, aber ... ich weiß nicht, was ich sagen soll. Vielen Dank für das Angebot, ich weiß es durchaus zu schätzen ... aber ich bin nicht sicher, ob mir diese Vampirgeschichte wirklich liegt. Es ist eine Sache, darüber zu schreiben, aber selbst zur Tat zu schreiten ...«

»Das meinte ich nicht, John. Ich meinte, wir brauchen einen Sarg, in dem du dich verstecken kannst.«

»Verstecken?«

»Ich habe einen Plan. Der Ghul von Bath sucht Leichen, richtig? Also tun wir so, als wären wir Leichen, und wenn er uns holen will, überrumpeln wir ihn und zwingen ihn, uns den Aufenthaltsort von Harrys Leiche zu nennen.«

»Wundervoll!«, rief John aufgeregt. »Wir müssen den Ghul gar nicht suchen, weil er geradewegs zu uns kommt. Vorausgesetzt natürlich, er weiß, dass wir hier sind.«

»Wir befinden uns auf einem Friedhof. Er wird schon wissen, dass es hier immer etwas Leckeres gibt. Wir müssen nur dafür sorgen, dass wir die appetitlichsten Happen sind. Vielleicht wittert ein Ghul einen frischen Leichnam ...« Ich sah mich um, entdeckte das offene Grab und lächelte. »Wie denjenigen, den Gustav gerade beerdigen wollte.« Wir spähten in das Grab hinab und betrachteten den hölzernen Sarg. »Entweder wittert er Frischverstorbene, oder er beobachtet die Bestattungen.

So oder so kommt er heute Nacht, und wir erwarten ihn.«

»Tadelloser Plan«, lobte John. »Wir brauchen aber trotzdem noch einen Sarg zum Verstecken.« Wir starrten in das offene Grab hinunter. Auf einmal war uns nicht mehr wohl bei der Sache. »Sollten wir ihn ... du weißt schon. Nehmen wir den da?«

»Den da?« Ich schnitt eine Grimasse.

»Ja, den da.«

»Vielleicht sollten wir es wirklich tun. Ich meine, da liegt zwar jemand drin, aber eigentlich braucht er ihn nicht, oder? Ich meine, er hat es ja nicht so eilig.«

»Wir ...« John hielt inne. »Wir könnten ihn auch zurücklegen, sobald wir ...«

»Oh!«, machte ich. »Natürlich. Gewiss legen wir ihn zurück, sobald wir fertig sind. Sobald wir den Sarg nicht mehr brauchen. Dann kann er ihn wieder haben.«

Wir starrten weiter in die Grube hinab.

»Also«, sagte ich endlich, »wer ... wer erledigt es?«

»Mir ist komisch dabei, da hinabzuklettern und ihn herauszuholen«, gestand John. »Verstehst du das?«

»Ja«, sagte ich. »Das verstehe ich.«

»Es kommt mir irgendwie falsch vor, wenn ich es mir recht überlege.«

»Nein, falsch ist es nicht«, widersprach ich rasch. »Es ist bloß ... na ja, nicht richtig. Aber es ist nicht als Grabschändung gemeint. Auf keinen Fall.«

»Oh«, sagte John. »Nein, bestimmt nicht. Auch wenn wir in gewisser Weise, nun ...«

»Im Grunde tun wir ihm sogar einen Gefallen«, fuhr ich fort. »Denn wir verhindern, dass der Ghul von Bath den Toten ... dass er ihn irgendwie ...«

»Indem wir es vorher tun«, ergänzte John. »Aber eben nicht auf schändliche Weise.«

»Natürlich nicht.«

»Also, dann ...« John holte tief Luft. »Dann müssen wir es eben einfach tun.« Er stieg ins Grab hinab, stellte sich auf den Sarg und versuchte, in der weichen Erde einen festen Halt zu finden. »Heben wir ihn einfach heraus?«

»Ich glaube schon. Wenn du mir das Ende anreichen könntest?«

»Zu schwer«, ächzte John, der es schon an einer Ecke versucht hatte. »Einen gefüllten Sarg habe ich noch nie gehoben, und von hier aus kann man nicht richtig zupacken.«

»Vielleicht könnten wir ihn einfach ... auskippen.«

»Genau hier?«

»Und dann heben wir den leeren Sarg heraus. Nachdem er ... ausgeleert ist.«

»Also öffnen wir ihn?«

»Ja.«

»Fast wünschte ich, der Ghul wäre schon hier«, sagte John. »Er hat doch sicher mehr Erfahrung als wir.«

»Gustav hat sein Werkzeug vergessen, als er weglief«, sagte ich und reichte eine Brechstange nach unten. »Versuch's doch damit!«

John nahm sie und bearbeitete den Sarg. »Es tut uns sehr leid, dass wir dies tun müssen, sehr geehrter ... toter Herr, aber wir versprechen Ihnen, es ist auch zu Ihrem Besten.« Er setzte die Brechstange unter den Sargdeckel und hob ihn an. Dann zuckte er zusammen. »Grundgütiger. Es ist eine alte Frau.«

»Oje.« Ich rieb mir die Schläfen. »Na ja, daran lässt sich nun nichts mehr ändern. Raus mit ihr!«

»Tut mir leid, Gnädigste.« John reichte mir den Deckel, ehe er sich gegen die Erde stemmte und den Sarg umkippte. »Ich bitte vielmals um Verzeihung«, grunzte er, »und entschuldige mich bei unzähligen enttäuschten Enkelkindern.«

»Nun schaff ihn schon herauf!«, verlangte ich. Wir hoben und schoben, bis der Sarg oben war, und legten ihn neben das offene Grab. Dann zog ich John aus dem Loch hervor und pochte mit einem Finger auf den Kasten. »Du nimmst den hier, ich steige in Harrys Sarg, und mit Madame Kadaver im Grab zwischen uns müssten wir den Ghul eigentlich anlocken. Alles klar?«

»Ich hätte mich lieber in einer wärmeren Nacht auf die Lauer gelegt«, sagte John.

»Dann wünsch dir doch, Harry sei im August gestorben«, erwiderte ich.

»Wenigstens ist es im Sarg etwas wärmer, oder?«

»Wärmer?«

»Ich meine, es ist doch sicher wärmer als in einem offenen Grab.«

»Du warst doch gerade dort unten«, erinnerte ich ihn. »Gibt es überhaupt einen Platz, der kälter ist als ein offenes Grab?«

»Ein offenes Grab voller Eis.«

»Hilf mir mit Harrys Sargdeckel!« Ich nahm das Brecheisen und setzte es unter einer Ecke an.

»Du musst auch den Wind berücksichtigen«, überlegte John. »Ein ordentliches Grab ist gut mannshoch. Das isoliert nicht schlecht, auch wenn keine Erde auf dir liegt.«

Ich hebelte den Deckel von Harrys Sarg, warf die Brechstange zu Boden und beugte mich über das Grab.

»Wie kalt du es auch finden magst, dir ist auf jeden Fall wärmer als ihnen.«

»Da hast du wohl recht.« John beugte sich neben mir vor. »Ich muss schon sagen, ich finde die ganze Sache sehr aufregend, ob es nun kalt ist oder nicht. Wer hätte letzte Woche geglaubt, dass John Keats Leichen ausgräbt?«

»Wir haben die alte Frau gar nicht ausgegraben«, widersprach ich. »Sie war noch nicht beerdigt.«

»Das macht die Sache erheblich einfacher, wie?«, sagte die junge Frau, die sich neben uns über das Grab beugte. »Wenn man zu tief graben muss, verliert man viel Zeit.«

Ich blickte zur Seite, an John vorbei, zu der jungen Frau hinüber. Sie war warm eingepackt, die Haut schimmerte im Mondlicht gespenstisch bleich. Das Haar war lang und schwarz und hing ihr links und rechts an den Schläfen hinab, die dunklen Augen musterten uns und die Leiche prüfend, aber mit erschreckendem Gleichmut.

»Sie waren doch gerade noch nicht da«, meinte John.

»Nein, war ich nicht.«

»Frederick«, verkündete John. »Hier ist eine junge Dame, die zusammen mit uns die Leiche betrachtet.«

»Das ist mir auch schon aufgefallen.«

»Falls es Ihnen nichts ausmacht«, sagte die junge Frau, »dürfte ich dann vielleicht an mich nehmen, was Sie nicht haben wollen? Ich arbeite da an einer Sache.«

Ich runzelte die Stirn und nahm die Leiche wieder in Augenschein.

»Meinen Sie den Schmuck?«

»Kaum«, erwiderte sie geringschätzig. »Viel zu aufdringlich. Ich brauche nur den Körper.«

»Frederick«, sagte John, »glaubst du, sie ist diejenige, für die ich sie halte?«

»Ich stehe unmittelbar neben Ihnen«, warf sie ein. »Wie unhöflich, in der dritten Person über mich zu sprechen!«

»Wollen Sie damit sagen, dass Sie den Körper holen wollen?«

»Sie sind offenbar ein ganz Heller.«

»Er heißt Frederick.« John versuchte, sich seitlich vor ihr zu verneigen, obwohl er schon halb über das Grab gebeugt war. »Ich bin John. Es ist mir eine Freude, Ihre Bekanntschaft zu machen.«

»Ganz meinerseits.« Sie knickste. »Ich bin Mary. Wenn es Ihnen nichts ausmacht, möchte ich heute Nacht einige weitere Gräber ausrauben, und es ist schon spät.« Sie nahm eine große Säge, die sie sich unter den Arm geklemmt hatte. Auf den scharfen Metallzähnen klebte getrocknetes Blut.

Ich öffnete den Mund, um etwas zu erwidern, und stellte fest, dass keine Worte verfügbar waren, die ihn zu füllen vermochten, also schloss ich ihn wieder.

»Sind Sie der Ghul von Bath?«, fragte John. Er wandte sich an mich, in seinen Augen glitzerte reines Entzücken. »Ist es nicht wundervoll finster hier?«

»Als Ghul lasse ich mich nicht gern bezeichnen, aber es stimmt schon, ich bin es.«

»Sie sind also die Person, die alle diese Leichen stiehlt?«, fragte ich, als ich mich wieder gefasst hatte.

»Die bin ich«, gab sie zu, »aber wenn Sie mir richtige Fragen stellen, statt alles zu wiederholen, was ich von mir gebe, können wir das Gespräch erheblich rascher abwickeln.«

»Das ist mir bei ihm auch aufgefallen, als wir uns das erste Mal begegnet sind«, sagte John mit strahlenden Augen. »Wer hätte gedacht, dass der Ghul von Bath ein so reizendes Wesen ist?«

»Bitte.« Mary schob John zur Seite. »Ich muss jetzt wirklich vorankommen.« Sie setzte sich auf die Kante des Grabs und machte Anstalten hinabzuklettern. »Sie da«, sagte sie und nickte in meine Richtung. »Da Sie sowieso nur untätig herumstehen, könnten Sie vielleicht den Kopf ruhig halten?«

»Den Kopf ruhig halten?«

»Müssen Sie immer alles wiederholen?«, fragte sie. »Oder wollen lieber Sie mir helfen, Eros?«

»Mit einem schöneren Namen hat mich noch nie jemand gerufen«, gluckste John. »Und gewiss keine so hübsche Grabräuberin.«

»Sie sind beide zu nichts zu gebrauchen.« Mary schüttelte enttäuscht den Kopf. »Ich muss Sie töten, wenn ich hier fertig bin.«

»Uns töten?«

»Das war ein Scherz«, sagte sie, ohne zu lächeln. »Entschuldigung, mein Humor ist eher schwarz.«

»Der Ghul von Bath«, wiederholte John und breitete die Arme aus. »Es ist so aufregend. Sie sind so ... so viel ... ich weiß nicht, viel zugänglicher, als ich mir einen Ghul vorgestellt hätte. Darf ich fragen, wo Sie die gestohlenen Toten essen?«

»Ich esse sie nicht«, erklärte sie. »Ich forsche.«

Mit aufgerissenem Mund wich John einen Schritt zurück.

»Eine Medizinstudentin! Darauf hätte ich gleich kommen können. Abgesehen von dem dunklen, bösen Antrieb in Ihnen verbindet uns eine akademische Neugier. Besser könnte es sich nicht fügen.«

»Ich bin keine Medizinstudentin.« Sie schlug die Augen nieder, als wäre sie tatsächlich verlegen. »Ich ... ich schreibe einen Roman.«

Der bereits verzückte John war völlig hingerissen.

»Eine Studentin der Literatur! Das hätte ich vorhersehen müssen. Ich, meine Lady, bin selbst ein Dichter, auch wenn ich noch nichts veröffentlicht habe. John Keats, stets zu Diensten.«

»Welche Romansparte führt eine Schriftstellerin mitten in der Nacht auf einen Friedhof, wo sie den Leichen die Köpfe absägt?«, fragte ich misstrauisch.

»Eine Geschichte über Wahnsinn und Verzweiflung«, antwortete sie schwer atmend. »Der Niedergang eines Mannes, der versucht, ein Gott zu werden, und dabei einen Teufel erschafft.«

Der bislang schon hingerissene John war ihr nun endgültig verfallen.

»Er sammelt Gliedmaßen und Organe auf Friedhöfen und in Beinhäusern«, fuhr sie mit großen Augen fort, »und erschafft aus den Toten einen Menschen. Er schenkt ihm dank einer teuflischen Maschine, die er selbst entworfen hat, ein neues Leben.«

»Das ist wahrscheinlich der grässlichste Einfall, von dem ich je gehört habe«, murmelte ich.

»Er ist brillant!«, rief John und hüpfte begeistert auf und ab. »Die düsteren Friedhöfe, dazu die Bürde, ein Ungeheuer auf die Welt losgelassen zu haben, und Wissenschaft verkauft sich heutzutage sowieso wie geschnitten Brot.« Er näherte sich der jungen Frau, nahm ihre Hand und kniete auf dem kalten Friedhof nieder. »In Ihnen habe ich eine verwandte Seele gefunden.«

»Danke.« Mary entzog ihm höflich die Hand. »Ich bin aber schon verheiratet, und übrigens sogar mit einem Dichter.«

»Was? Mit wem? Mit Lord Byron etwa? *Die Belagerung von Korinth* war nicht ganz so gut, wie alle behauptet haben, lassen Sie sich da nichts vormachen.«

»Er heißt Percy Shelley«, erklärte Mary, »aber Byron sehen wir tatsächlich oft. Vor zwei Wochen habe ich Claire geholfen, sein Kind zur Welt zu bringen. Wir glauben jedenfalls, dass es von ihm ist.«

»Percy Shelley!«, rief John voller Qual. *»Sie sterben – und die Toten kehren nimmer! Der Schmerz, sie zählend, sitzt an offner Gruft.«*

»Ja«, sagte Mary, »das ist eins meiner Lieblingsgedichte.«

»Sprechen Sie doch leise!«, drängte ich sie.

»Shelley!«, rief John unbeeindruckt. »Ein dunkler Dichter für das Ohr, das Schrecken liebt. Ich würde mich nicht wundern, wenn auch er ein Vampir wäre.«

»Ein Vampir?«

»Fragen Sie nicht!«, warf ich ein.

»Shelley, Shelley, Shelley!«, stöhnte John. »Ich hätte wissen müssen, dass er Sie zuerst trifft und dass Sie ihm verfallen. *Dies trauervolle Bild der Pein, die Gräber, bleiben dir allein.* Diese Ängste! Wäre ich eine Frau, ich wäre ihm selbst verfallen.«

»Wir laden Sie mal zum Essen ein«, versprach Mary.

»Anscheinend bleibt mir nichts mehr, als zwischen den verwesenden Körpern der Welt zu sitzen und zu weinen«, jammerte John hoffnungslos.

Mary beugte sich zu mir herüber. »Geht es ihm nicht gut?«, flüsterte sie.

»Es ging ihm nie besser«, erklärte ich. »In den letzten drei Minuten hat er das Mädchen seiner Träume kennengelernt und gleich wieder verloren. Sie haben ihn in einer Nacht zweimal zum glücklichsten Menschen auf Erden gemacht.«

»Freut mich, dass ich helfen konnte.«

»Wir brauchen noch etwas«, sagte ich. »Eine Leiche.«

Misstrauisch kniff Mary die Augen zusammen.

»Wie kommen Sie auf den Gedanken, ich hätte eine Leiche?«

»Sie stehlen seit mehr als einer Woche jede Nacht Körperteile von Toten.«

»Das heißt noch lange nicht, dass ich sie zu einer kompletten Leiche zusammensetze«, wandte sie ein.

»Sie ...« Ich hielt inne, denn mir war ihre schuldbewusste Miene nicht entgangen. »O doch, Sie tun es! Das ist ja das Schlimmste überhaupt! Besitzen Sie überhaupt irgendeine Eigenschaft, die nicht abgrundtief böse und gewalttätig ist?«

»Für gewalttätig halte ich mich nun wirklich nicht.«

»Sie sind gerade dabei, einer Frau den Kopf abzusägen.«

»Sie ist tot, das zählt nicht.«

»Hören Sie, Mary, ich brauche Ihren Körper.«

»Aber ich habe nur einen ... nun ja, zwei, wenn ich meinen eigenen mitzähle, aber den gebe ich nicht her.«

»Letzte Nacht haben Sie hier eine Leiche gestohlen. Einen Mister Harry Beard.«

»Trug er ein Taschentuch mit Monogramm bei sich?«

»Das weiß ich doch nicht. Warum?«

»Woher soll ich dann seinen Namen kennen? Wenn ich diesen Leuten begegne, sind sie ziemlich sprachlos und stellen sich nicht vor.«

»Wenn Sie sich doch nur erinnern könnten, was Sie letzte Nacht ... wie viele Leichen stehlen Sie eigentlich pro Nacht?«

»Ich sagte doch schon, ich stehle keine Leichen, sondern nur Körperteile. Wie könnte ich auch ganze Körper mit mir herumschleppen?«

»Er war ein alter Mann, leicht gebeugt, runzlig und schwach ...«

»Sie sagen also, dieser alte Mann sei dem Äußeren nach einem alten Mann sehr ähnlich gewesen?«

»Ja.«

»Ein Glück«, meinte sie verächtlich. »Das engt den Personenkreis erheblich ein.«

»Vielleicht könnten wir mal vorbeikommen und Ihre ... Ihre Sammlung besichtigen. Möglicherweise erkennen wir ja ein paar Teile wieder.«

»Letzte Nacht?« Sie überlegte. »Letzte Nacht war ich gar nicht hier. Ich war in der Leichenhalle von Eastchester. Da ist eine ganze Familie an Rauchvergiftung gestorben. Die Leichen befanden sich in ausgezeichnetem Zustand. Ich fand die besten Nieren, die mir bisher untergekommen sind.«

»Sie waren gar nicht hier? Aber der Totengräber sagte doch, er habe Sie beobachtet.«

»Hat er mich gesehen, oder hat er eine dunkle Gestalt in der Nacht gesehen? Die Leute verwechseln mich andauernd.«

»Wie viele Grabräuber gibt es denn wohl? Normale Leute tun so was nicht.«

»Sie schon.«

»Wenn ich jemals normal war, dann kann ich mich nicht an die Zeiten erinnern, als ... hören Sie, es ist eine sehr komplizierte Angelegenheit, die ich selbst kaum verstehe. Ich versuche, eine Leiche zu finden, weil ich das Geld benötige, aber ich werde von Vampiren verfolgt, und halb England ist aus verschiedenen Gründen hinter mir her. Mit John hier ist rein gar nichts anzufangen, und Sie bitten mich jetzt, einer Frau den Kopf abzusägen. Das wird mir alles ein bisschen zu viel.«

»Still!«

»Außerdem sind wir hergekommen, um Sie zu finden, weil Sie den Körper gestohlen haben, aber Sie sagen, Sie hätten ihn überhaupt nicht weggenommen, was ich auch gut verstehen kann, weil ich mir nicht vorzustellen vermag, dass jemand den Diebstahl einer Leiche zugibt ...«

»Seien Sie still!«, zischte Mary, und ich verstummte. Sie legte den Kopf schief und lauschte.

»Was ist denn los?«

»Stimmen«, sagte sie. »Und Fackeln.«

Ich blickte in die Richtung, in die sie deutete, und bemerkte tatsächlich auf der Straße ein Murmeln und den orangefarbenen Widerschein von Fackeln.

»Die ganze Stadt ist unterwegs!« Mary warf ihren Sack in das offene Grab und sah sich aufgeregt um. »Warum kommen die her? Sie ist ertrunken, weiter nichts. Ich schwöre, dass ich nichts damit zu tun hatte.«

»Wer ist ertrunken?«

»Niemand.«

Sie fuhr herum und suchte nach einem Ausweg. »Sie haben schon fast das Tor erreicht, und die Mauern sind zu hoch für mich.«

»Es ist wirklich schön, dass die Leute zur Abwechslung einmal jemand anderen verfolgen«, sagte ich, um ihr gehörig Angst einzujagen. »Ich frage mich, was sie mit dem Ghul von Bath anstellen, wenn sie ihn endlich geschnappt haben. Beziehungsweise *sie*, wie es inzwischen aussieht.«

»Wenn Sie mir aus der Klemme helfen, zeige ich Ihnen die ganze Sammlung«, flehte Mary. »Nieren, Beine, Gehirne, alles.«

»Und wenn ich Harry finde, darf ich ihn dann mitnehmen?«

»Was immer Sie wollen. Sie können sogar einen zusätzlichen Kopf für ihn bekommen, ich habe mehr als genug.«

»Abgemacht! Aber wie kommen wir hier heraus?«

»Helfen Sie mir über die Mauer!«

»Sie sagten doch, sie sei zu hoch.«

»Nicht, wenn ich mich auf Sie stelle.«

»Und dann ziehen Sie mich hinterher?«

»Wenn ich es schaffe.«

»Sie müssen sich schon bemühen, denn ich will wirklich nicht gepfählt werden.«

»Oder gehängt.«

»Sie können mir glauben, die werden einen Pflock benutzen«, versicherte ich ihr.

Wir eilten zwischen den Grabsteinen und Statuen hindurch zur anderen Seite des Friedhofs. Vor einer kleinen Mauer mit einem hohen gusseisernen Gitter obenauf blieben wir stehen. Die Zwischenräume zwischen den Stäben waren zu eng, als dass wir uns hätten hindurchzwängen können, und es gab keine Möglichkeit, sich festzuhalten und hinaufzuklettern. Ich stellte mich mit dem Rücken zu den Stäben und faltete die Hände, Mary trat hinein und stieg auf meine Schultern.

»Jetzt schaffe ich es nach oben!«, rief sie. »Aber wie geht es dann weiter?«

»Packen Sie einfach zu«, schlug ich vor. »Ich schiebe Sie dann hinüber.« In diesem Moment erinnerte ich mich an John, der neben den offenen Särgen verklärt ins Gras gesunken war. »Verdammt! Können Sie sich festhalten?«

»Ja, aber ich weiß nicht, wie ich ...«

»Bin gleich wieder da!«, rief ich und ließ ihre Beine los, um zum offenen Grab zurückzulaufen. Mary schrie hinter mir her. In der Nacht war ihre Stimme meilenweit zu hören, und die anrückende Meute verstummte jäh. Ich fluchte halblaut und eilte auf John zu.

»Komm schon!«, rief ich mit unterdrückter Stimme. »Da rückt eine wütende Menge mit Fackeln und Mistgabeln und ... und anderen hässlichen Gerätschafen an. Bemüh deine Phantasie und stell sie dir vor.«

»Hast du den Schrei gehört, der sich gerade meiner Seele entrang?«, fragte John wehmütig. »Er war ein Ausdruck reiner Einsamkeit und eines gebrochenen Herzens.«

»Das war der Schrei eines Mädchens, das an einem Gitter hängt«, klärte ich ihn auf. »Wir müssen von hier verschwinden, ehe eine Horde wütender Dorfbewohner anrückt und dich hängt, weil sie dich für den Ghul von Bath halten.«

»Wohin? Es gibt keinen Ausweg mehr für mich. Ich bleibe lieber hier, ein leerer Mann unter den leblosen Hüllen der Verstorbenen.«

»Warum konnte ich keinen Maler oder Cellospieler treffen?«, stöhnte ich. »Jeden, nur keinen romantischen Poeten.«

»Geh ohne mich, Frederick, du hast dein Leben noch vor dir. Oder dein Nichtleben ... oder was auch immer.«

Mit einem Quietschen, das mich an einen gefolterten Teufel gemahnte, öffnete sich das Tor des Friedhofs.

»Komm schon, John!«, sagte ich. »Auch du hast dein Leben noch vor dir. Du magst zum Beispiel Würstchen, auch wenn du sie nicht isst. Und du reimst gern. Das liebst du doch.«

»Ich mag das Reimen, ja.«

»Dann lass uns reimen«, ermunterte ich ihn, während ich einen Blick über die Schulter wagte. Die Meute hatte neuen Mut geschöpft und näherte sich.

»Gruft«, sagte er. »Gruft, Schuft, Totengräberkluft.«

»Vielleicht sollten wir uns etwas Fröhlicheres ausdenken. Wie wäre es mit Reisen? Warst du schon mal in Rom?«

»Ist es eine schöne Stadt?«

»Ich war selbst noch nicht da, aber wenn wir hier auf dem Friedhof herumsitzen, gelangen wir sicher niemals dorthin.«

»Ich würde gern nach Rom reisen«, sagte John langsam.

»Dann steh auf!« Die Meute hatte uns fast erreicht. »Wenn wir mein Geld haben, lade ich alle nach Rom ein. Aber zuerst müssen wir von hier verschwinden.« Ich zupfte ihn am Ärmel, doch er rührte sich nicht. Der Mob kam immer näher.

»Verdammt!« Ich ließ Johns Arm los, er sank zurück auf die Erde, und ich sah mich voller Verzweiflung um.

Mein Blick fiel auf die Särge. Rasch drehte ich den Sarg der alten Frau um und deckte ihn über Johns Körper, nachdem ich ihm die Arme eng an die Seiten gelegt hatte. Dann sprang ich im letzten Augenblick in Harrys offenen Sarg und zog den Deckel über mich. Im Dunkeln hielt ich den Atem an und lauschte.

Die Dorfbewohner kamen langsam und vorsichtig heran, gaben sich aber keine Mühe, leise zu sein. Sie rochen nach Knoblauch. Ich hoffte inbrünstig, sie würden sich nur umsehen und rasch weitergehen, doch sie blieben vor dem offenen Grab stehen und tuschelten ängstlich miteinander.

»Ich dachte, ich hätte was gehört«, meinte einer.

»Ja, da hat jemand geschrien«, stimmte ein anderer zu.

»Nein«, sagte der Erste. »Nach dem Schrei. Ein Klappern.«

»Still!«, zischte der Dritte. Es war Inspector Herring. Sie waren gar nicht hinter dem Ghul her, sondern hinter mir!

»Er muss irgendwo hier sein«, sagte eine Frau, die ich ebenfalls sofort erkannte. Es war Gwen, und sie war zweifellos entschlossen, den Toten selbst zu finden, das Erbe zu beanspruchen und mich nebenbei pfählen und umbringen zu lassen. *Weiber.*

»Wir haben einen Schrei gehört«, wiederholte Herring, »also wissen wir, dass er sich in der Nähe aufhält und das Blut einer wehrlosen Jungfer trinkt. Seid vorsichtig, Männer – nur zusammen sind wir seinen übernatürlichen Kräften gewachsen.«

Sie trampelten umher, murmelten leise miteinander und verständigten sich hin und wieder durch einen

Ruf. Die Fackeln knackten wie brechende Knochen, und die Harken, Mistgabeln und Schaufeln prallten mit unheildrohendem Klirren gegen die Grabsteine und gegeneinander. Nach einer Weile ergriff wieder einer das Wort.

»Er ist doch ein Vampir, oder? Dann sollten wir in den Särgen nachsehen.«

Bath · *Nacht*

Starr vor Entsetzen lag ich im Sarg und hörte die anderen zustimmend murmeln. Das Gemurmel wurde lauter, als sich Schritte näherten.

»Woher wissen wir, ob es ein Vampir ist oder einfach nur ein toter Mensch?«, fragte ein schüchternes Stimmchen ganz hinten in der Menge.

»Oh, das merkt man schon«, erklärte Inspector Herring. »Wenn er aufspringt und uns angreift, ist es offensichtlich.«

»Aber wenn er nun schläft?«, wandte derselbe Frager ein. »Ich meine, deshalb liegt er doch im Sarg, oder? Sollen wir ihn wirklich wecken?«

»Aber natürlich wecken wir ihn!«, rief Herring.

»Und wenn er sehr tief schläft?«, fragte die Stimme.

»Ich weiß nicht ...«, wandte ein anderer ein. »Mir scheint es ratsamer, ihn anzugreifen, ohne ihn zu wecken.«

»Wie merken wir dann, ob er es ist?«

»Und sehr sportlich ist es auch nicht«, meinte ein Dritter.

»Regt euch nicht auf!«, brummte Inspector Herring unwirsch. Er stand meinem Sarg näher, als es mir lieb war. »Die Lady und ich verfügen über die notwendigen Kenntnisse, und wenn er es ist, dann sagen wir es euch.«

»Na gut«, lenkte die Stimme ein. »Aber soll das heißen, Sie wissen es nicht?«

»Was weiß ich nicht?«, empörte sich Herring.

»Sie wissen nicht, wie ein Vampir aussieht, solange Sie ihn nicht persönlich kennen?«

»Ich wäre ein schöner Vampirjäger, wenn ich nicht wüsste, wie ein Vampir aussieht.«

»Das überlege ich mir ja gerade«, fuhr die Stimme gelassen fort. »Wenn Sie kein guter Vampirjäger sind, dann sollten wir vielleicht besser keinen Vampir suchen, weil niemand etwas mit ihm anzufangen weiß.«

»Und sehr sportlich ist es auch nicht.«

»Wenn er kein guter Vampirjäger ist, dann jagen wir vielleicht auch keinen guten Vampir, und es besteht keine große Gefahr«, warf jemand anders ein.

»Wenn es nicht gefährlich ist, dann tun wir es einfach!«, rief Herring, der ob der Verzögerung offenbar recht gereizt war. »Hört auf, euch zu drücken, und macht euch bereit!«

»Also ist er entweder überhaupt keine Bedrohung«, ließ sich eine Stimme vernehmen, »oder er springt aus dem Sarg heraus und bringt uns alle um. Eigentlich bin ich gar nicht mehr so scharf darauf, einen Sarg zu öffnen.«

»Nun hört mir gut zu«, sagte Herring nachdrücklich. Ich malte mir aus, wie er da vor meinem Sarg stand, sich aufrichtete und so tat, als könnte ihn nichts erschüttern. »Der Vampir, den wir jagen, ist der gefährlichste, den es je auf Erden gab, denn er ist der Erhabene. Ein Dämon der Finsternis, der die Seelen der Menschen verschlingt. Er hat schon einen Bestattungsunternehmer in London und einen Kutscher hier in Bath getötet, und wenn wir ihn nicht sofort an Ort und Stelle vernichten, dann wird er unter seinem Banner ein Heer von Vampiren sammeln und auf der ganzen Welt so viel Angst und Schrecken verbreiten, dass sogar die Steine verzweifelte Tränen vergießen.«

Ein Kutscher?, dachte ich. Wer hat einen Kutscher getötet?

»Flieht nicht!«, rief Herring. »Dies ist eine einmalige Gelegenheit, und wenn wir zuschlagen, bevor sein Heer sich erhebt, vernichten wir ihn für alle Zeiten. Wenn ihr davonlauft, müsst ihr den Rest eures Lebens davonlaufen.«

Die Gruppe verstummte, nur die Fackeln knackten noch. Ich wünschte mich weit weg.

»Ich öffne nun den Sarg, und ich sage euch voraus, was ich erblicken werde. Einen Mann, in dessen Augen das Böse schimmert und der den Pesthauch des Todes verströmt. Er trägt einen schwarzen Mantel und ruht wie alle Vampire auf einer Schicht Erde. Es ist die Erde seiner Heimat, damit er sich erholt und seine Kräfte erneuert, nachdem er umgegangen ist und Schrecken und Tod verbreitet hat.«

Erst in diesem Augenblick wurde mir bewusst, dass ich noch immer den Mantel trug, den ich mir von Percy geborgt hatte – einen langen schwarzen Mantel, den ich eng um mich gewickelt hatte, bevor ich in den Sarg gestiegen war. Während ich mich wand und mir überlegte, wie ich mich des Kleidungsstücks entledigen konnte, wurde mir zu meinem Entsetzen noch etwas bewusst – in dem Sarg lag noch die Erde, die sich schon im Bestattungsinstitut darin befunden hatte. Verzweifelt überlegte ich mir, ob ich irgendwie entkommen könnte, ehe man mich fand, aber es war zu spät. Der Deckel des Sargs flog zur Seite, und da stand Inspector Herring im Fackelschein vor mir und hielt einen Holzpflock in der Hand. Einen Augenblick lang verharrte er mit offenem Mund, als wäre er überrascht, mich tatsächlich gefunden zu haben, doch er fing sich rasch wieder und trat einen Schritt zurück.

»Seht!«, rief er. »Es ist genauso, wie ich es euch gesagt habe.« Die Menge, die sich um ihn drängte, wich keuchend zurück, viele bekreuzigten sich.

»Es ist nicht so, wie es zu sein scheint.« Ich richtete mich auf. Ringsum war ich von Männern und Frauen umgeben, die Fackeln und scharfes Werkzeug bei sich hatten. »Es gibt eine ganz einfache Erklärung dafür, dass ich mitten in der Nacht auf einem Friedhof in einem Sarg liege, aber das hat nichts mit Vampiren zu tun.«

»Er liegt wirklich auf einem Haufen Erde«, sagte ein Mann hinter mir. »Und ich dachte, der Inspector hat das nur erfunden.«

»Und die Erde«, fügte ich rasch hinzu, »auch für die Erde gibt es eine ganz einfache Erklärung.«

»Woher stammt die Erde denn?«

»Sie stammt von diesem Friedhof. Ich habe sie nicht einmal hineingeschaufelt, aber ich weiß, woher sie kommt.«

»Und woher kommst du?«

»Ich bin einer von euch.« Ich stand auf. »Einige von euch dürften mich sogar kennen. Ich stamme wie ihr aus Bath.«

»Wenn du aus Bath stammst«, sagte ein anderer in der Menge, »dann ist dies die Erde deiner Heimat. Vampir!«

Die Menge nahm den Ruf auf und schwenkte die Fackeln. »Vampir!«, riefen alle.

»Nein!«, schrie ich. »Nein, wartet! Lasst mich von vorn anfangen.« Die Menge verstummte, und ich erzählte so verständlich wie möglich meine Geschichte. »Ähm ... ihr müsst wissen, dass ich hier in Bath gelebt und niemals jemandem etwas zuleide getan habe, aber auf einmal war ich ...« Ich hielt inne und überlegte, wie ich fortfahren sollte, ohne Einzelheiten über meine Verhaftung oder meine Pläne in der Bank zu verraten. Ich konnte ja schlecht zugeben, dass ich ein Verbrecher war. »Wie dem auch sei, jedenfalls ging ich weg und wurde von fünf Männern aufgehalten, die ...« Abermals stockte ich und war unsicher, wie viele Einzelheiten meiner unverhofften Erlebnisse mit den Vampiren ich verraten durfte. Sicher nicht alle, dachte ich. »Nun ja, jedenfalls bin ich nach London gefahren und habe dort eine Bank aufgesucht, aber man sagte mir ... ähm ... ich kann es eigentlich nicht wiederholen. Also, ich suchte in London ein Bestattungsinstitut auf, nahm diesen Sarg mit und ... nein, das klingt auch nicht gut, nicht wahr? Der Sarg ist nicht für mich bestimmt. Und dann bin ich hergekommen und stieß auf ... aber dann seid ihr ... also habe ich mich im Sarg versteckt, und so habt ihr mich gefunden. Ja, ihr habt mich gefunden, und ich bin ganz sicher kein Vampir, es war offensichtlich nur ein Missverständnis, und nun kehren wir alle wieder nach Hause zurück.«

»Du hast dabei mich ausgelassen.« Gwendolyn drängte sich nach vorn.

»Darüber sollten wir ihnen lieber nichts erzählen.« Ich winkte ihr, leise zu sein, und beugte mich vor. »Damit würdest schließlich auch du belastet.«

»Das meinte ich nicht«, gab sie flüsternd zurück. Dann wandte sie sich an die Menge und hob die Stimme. »Dieser Mann, der hier so nachdrücklich seine Unschuld beteuert, hat noch gestern Abend meine Gedanken beeinflusst.«

»Ich habe deine Gedanken beeinflusst?«

»Mit deinen übernatürlichen Kräften.«

»Mit meinen übernatürlichen Kräften?«

»Warum wiederholen Sie alles, was sie sagt?«, wollte ein Mann wissen, der ganz vorn stand.

»Wie könnte ich deine Gedanken mit übernatürlichen Kräften beeinflussen, wenn ich gar keine solchen Kräfte habe?«

»Wenn du keine hast, wie hast du dann meine Gedanken beeinflusst?«

»Das habe ich nicht getan.«

»Du wagst es zu leugnen?«

»Dann nenn doch nur ein Beispiel! Was habe ich dir zu tun befohlen?«

»Da, genau das war es – du hast mir befohlen, etwas zu benennen.«

»Aber du stehst nicht unter meiner Gewalt.«

»Warum habe ich dann geantwortet?«

Fassungslos starrte ich Gwen an und schüttelte den Kopf. »Du glaubst doch nicht im Ernst, dass ich ein Vampir bin, oder? Ich meine, du kannst doch nicht annehmen, ich schliche nachts durch finstere Gassen und tränke das Blut der Unschuldigen, die ich dort überfalle. Ich bin es – Frederick! Du kennst mich seit Jahren. Vor drei Wochen waren wir noch verlobt.«

»Ach, wärst du doch kein Vampir, Frederick! Ich würde es mir so sehr wünschen, wirklich. Wenn du tot wärst, dann wäre alles viel einfacher.«

»Was?«

»Du verstehst sicher meine Schwierigkeiten«, fuhr Gwen fort. Sie beugte sich vor und sprach ganz leise. »Damit mein Plan gelingt, müssen zwei Menschen tot sein, und einer davon bist du. Mister Beard war wenigstens so vernünftig, tot zu bleiben. Er zieht nicht wie du durch ganz England, um mir mein Geld wegzunehmen.«

»Ich kann ihn übrigens nirgends entdecken, und das ist der springende Punkt«, erwiderte ich. »Es ist unerheblich, wie tot er ist, solange du keine Leiche hast, um es zu beweisen.«

»Gwendolyn!«, rief Herring. Er drängte sich zwischen uns und zog sie weg. »Geben Sie nicht nach! Er versucht schon wieder, Ihre Gedanken zu beeinflussen!«

Gwendolyn sah ihn kurz an, als wüsste sie nicht, was er da redete, doch dann riss sie die Augen auf und stöhnte kummervoll.

»Nein!«, rief sie und sank in Herrings Arme. »Lass mich in Ruhe!«

»Was tust du da?«, fragte ich.

»Ich spüre ihn im Kopf«, fuhr sie melodramatisch fort, hob einen Arm zur Stirn und taumelte rückwärts, als gäben ihre Beine nach. »Er will mich zwingen, etwas Böses zu tun. Ich soll mich dem Heer der Finsternis anschließen.«

»Ich habe kein Heer der Finsternis«, protestierte ich und wünschte fast, es wäre doch so.

»Hinaus, Dämon, ich ...« Sie hielt inne. »Oh, ich habe ihn vertrieben und bin wieder frei!«

»Gut gemacht, schöne Dame.« Herring hob den Pflock. »Aber nun müssen wir dieses böse Wesen vernichten.«

»Wartet!«, rief ich, während ich fieberhaft nachdachte. »Ihr könnt doch nicht ... ich meine, das ist ...«

»Vielleicht hat er ja recht«, sagte jemand in der Menge.

»Danke.« Ich suchte nach dem Sprecher. »Es ist gut, endlich eine vernünftige Stimme zu hören ...«

»Immerhin ist Mitternacht«, fuhr er fort, »und wir befinden uns auf einem Friedhof. Er besitzt mehr Macht denn je. Wahrscheinlich kann ihm deshalb unser Knoblauch nichts anhaben. Bis zur Morgendämmerung richten wir nichts gegen ihn aus.«

»Nein, das meint er nicht«, erklärte ich der Menge. »Er wollte sagen, dass ich unschuldig bin und dass es falsch wäre, mich zu töten ...«

»Wenn er nun versucht, uns zu essen?«, rief eine verängstigte Stimme.

»Oder wenn er unsere Gedanken beeinflusst wie die der Lady?«, fragte jemand.

»Sie hat doch nur so getan«, protestierte ich, doch die Menge übertönte mich. »Sie hat es nur gespielt.«

»Wenn er sich nun in einen Wolf verwandelt?«, rief einer. »Oder in eine Fledermaus?«

»Oder wenn er die Toten auf dem Friedhof zum Leben erweckt und eine Legion der Verdammten erschafft?«

»Jetzt übertreibt ihr aber wirklich«, wandte ich ein. »Ich könnte doch keine Toten erwecken, selbst wenn ich ...«

Ein lautes Krachen unterbrach mich, als Johns Sarg umkippte. Die Meute wich in Panik vor der Kiste zurück, viele schrien vor Entsetzen. John setzte sich aufrecht, er schien vor Verzweiflung völlig benommen und seufzte schwer.

»Jawohl, Frederick.« Er blickte mich an. »Ich folge dir.«

»O nein«, stöhnte ich.

»Was hat das zu bedeuten?«, fragte Herring, der es inzwischen selbst mit der Angst zu tun bekam. »Welche Teufelei hast du nun wieder ausgeheckt, Vampir?«

»Was redet er da?«, fragte John, während er aufstand und sich umsah. »Wer sind alle diese Leute, und was wollen sie mit den ganzen Geräten? Sind es Zigeuner?«

»Das ist eine wilde Meute, John«, erklärte ich ihm, »und man hält dich für einen auferstandenen Toten.«

»Das ist nun wirklich sehr weit hergeholt, findest du nicht auch?«, wandte er ein.

»Tja, die Leute haben gerade gesehen, wie du neben einem offenen Grab aus einem Sarg geklettert bist.«

»Nein, nein, nein.« John ging auf Herring zu. »Ich erkläre es Ihnen. Ich kann kein auferstandener Toter sein, weil ich gar nicht tot war, verstehen Sie?«

»Sie waren nicht tot?«

»Keineswegs«, versicherte John ihm.

»Tja«, sagte Herring, »das ändert natürlich alles.«

»Was?«, rief ich. »Sie glauben ihm so einfach?«

»Natürlich ändert es alles«, fuhr John fort. »Nur weil ich in einem Sarg lag, kann man noch lange nicht behaupten, ich sei ein Zombie. Es gibt einen wirklich guten Grund dafür, dass ich in dem Sarg lag.«

»Wirklich?« Herring kratzte sich am Kinn. »Nun, in diesem Fall sind Sie wohl kein auferstandener Toter. Tut mir lcid.«

»Was?«, rief ich und stampfte hinüber. »Wie kommt es, dass alle sofort annehmen, ich sei ein Vampir, wenn ich aus einem Sarg steige, obwohl alles dagegen spricht, während Sie bei John sofort sagen: Tut mir leid ... und alles ist wieder gut?«

172

»Wie es scheint«, sagte John, »haben wir es mit zwei unterschiedlichen Fällen zu tun. Ich bin ganz sicher kein auferstandener Toter, während du offensichtlich ein Vampir bist.«

»Offensichtlich? Was ist daran so offensichtlich? Ich habe nicht mal Reißzähne.«

»Weißt du ...«, fuhr John fort. Er suchte nach den richtigen Worten. »Der Vampirismus hat ... es ist wie das Charisma. Man hat es, oder man hat es nicht.«

»Charisma.«

»Genau. Du bist einer der glücklichen Menschen, die beides besitzen.«

»Vampirismus und Charisma«, bekräftigte Gwen.

»Jetzt reicht es mir!«, rief Herring. »Es ist an der Zeit, dich zu vernichten. Weder das Weihwasser noch das Kreuz konnten dir etwas anhaben, aber vielleicht hilft das hier.« Er zog den Mantel aus, zückte einen langen Strang mit Knoblauchknollen und hielt ihn mir vors Gesicht. »Weiche zurück, Dämon! Zurück in die Hölle, aus der du gekrochen bist!«

Ich atmete vor Schreck viel zu tief ein und hätte beinahe gewürgt, als mir der strenge Geruch in die Nase stieg. »Das ist schon ziemlich stark, aber wenn Sie glauben, das bringt mich um ...«

»Nein, es bringt dich nicht um, aber es hält dich auf. Es schwächt dich. Und im Morgengrauen werden wir dich pfählen und hinrichten.«

»Was redet er da von Pfählen?«, erkundigte sich John, doch Herring stieß wieder mit dem Knoblauch zu, ich verlor das Gleichgewicht und stolperte rückwärts über Harry Beards Sarg. Ich stürzte und blieb mit gespreizten Gliedmaßen liegen. Inspector Herring legte mir triumphierend den Knoblauchzopf um den Hals.

»Nimm dies, Erhabener!«

»Glauben Sie wirklich, das stört mich?« Ich richtete mich ein wenig auf, bis ich bequemer saß. »Passen Sie auf.« Ich riss eine Knoblauchzehe ab und steckte sie mir in den Mund. »Sehen Sie? Es geschieht rein gar nichts.« Gleich darauf spuckte ich den Knoblauch wieder aus. »Meine Güte, schmeckt das widerwärtig! Bisher habe ich noch nie eine ganze Knoblauchzehe auf einmal gegessen.«

Während ich noch mit einem Hustenreiz kämpfte, zerstreute sich die Menge allmählich. Viele waren so schnell geflohen, dass sie Johns Unschuldsbeteuerungen nicht mehr mitbekommen hatten, und versteckten sich in sicherer Entfernung hinter Grabsteinen oder hatten gänzlich das Weite gesucht. Dies schien die beste Gelegenheit, den Inspector abzulenken. Ich seufzte leise, dann keuchte und kreischte ich, schlug auf den Knoblauchzopf ein und gab, wie ich hoffte, eine überzeugende Vorstellung.

»Hilfe!«, wimmerte ich. »Es bringt mich um.«

Gwen näherte sich neugierig und fragte: »Tut es weh?«

»Ja, es tut ihm weh«, erklärte Inspector Herring. »Ich glaube, es tut ihm schrecklich weh, aber es bringt ihn nicht um. Er ist der Erhabene, und die Pfähle im Morgengrauen sind unsere einzige Hoffnung, ihn endgültig zu vernichten.«

»Endgültig?«

»Endgültig.«

»Was redet er schon wieder von Pfählen?«, erkundigte sich John.

174

Ich hob die Hand und versuchte, möglichst schwach zu wirken. »Ihre Meute hat Sie im Stich gelassen«, hauchte ich. »Ich werde ...« Vor vermeintlicher Schwäche legte ich eine schier endlose Pause ein. »... Sie überwältigen.«

Herring sah sich um, stellte fest, dass wir allein waren, und wich auf einmal zurück. Gwen zog er mit sich. Beschwörend hielt er mit zitternden Händen ein Kreuz vor sich. »Der Knoblauch schwächt dich«, sagte er. »Jetzt wird dir auch das Zeichen des Kreuzes zusetzen.«

Ich sackte zusammen und stöhnte zum Steinerweichen. Herring entblößte grinsend alle seine Zähne.

»Ja«, sagte er, »schwach wie ein Kätzchen. Gwendolyn, nehmen Sie das Kreuz. Das hält ihn in Schach, bis ich mit unseren Männern zurückkehre, und dann pfählen wir ihn in der Morgendämmerung. Alle beide! Seien Sie tapfer, wackere Maid, ich bin gleich wieder da!« Er verbeugte sich, wandte sich um und trampelte davon. Die Schritte verhallten in der Nacht, und ich hörte in der Ferne, wie er die verschreckten Bürger zu sich rief. Ich sah ihm nach, bis er im Dunkeln verschwand, dann stand ich auf und warf den Knoblauch weg.

»Er ist fort«, sagte ich. »Lass uns verschwinden.«

»O nein, du bleibst hier!«, rief Gwen und trat mit dem kleinen Kreuz auf mich zu. »Du wirst im Morgengrauen gepfählt.«

»Was hat es nur mit diesen Pfählen auf sich?«, fragte John. »Will er uns Pfähle durch die Herzen treiben, oder wird man uns an Pfähle binden und verbrennen? Beides ist gleichermaßen tödlich, soweit ich weiß, aber ich bin neugierig und möchte gar zu gern Genaueres erfahren.«

Ich betrachtete Gwen. »Du willst mich wirklich töten lassen?«

»Nein, nein, Frederick, glaub mir doch! Als ich das erste Mal von deinem Ableben erfuhr, freute ich mich, das Geld für mich allein behalten zu können. Als ich dich das zweite Mal für tot hielt, fühlte ich mich erleichtert, es nicht mir dir teilen zu müssen. Aber ... nun ja, wenn du es so betrachtest ... ja, dann will ich, dass du stirbst.«

»Du meinst es ernst.«

»Es geht um neunzigtausend Pfund!«, rief sie. »Dafür bringt dich jeder um.«

»Im Moment wollen mich die meisten aus viel geringfügigeren Gründen umbringen, aber das soll mir gleich sein – ich warte nicht länger, bis sie mir ernsthaft zu Leibe rücken.« Damit eilte ich um das offene Grab herum, sammelte unsere Sachen ein und machte mich zum Gehen bereit. »Ja, die Pfähle im Morgengrauen!«

»Ich hoffe, sie verbrennen uns an den Pfählen«, meinte John verträumt. »Welch romantische Art zu sterben! Ein Leben voller Gram und dann in den Flammen vergehen – noch dazu bei Sonnenaufgang, man stelle sich das nur vor! Kein mir bekannter Dichter ließ jemals solche Erfahrungen in seine Werke einfließen. Ich zeig's dir, Shelley! Wen peinigt nun die größte Angst?«

»Dir ist vielleicht entgangen, dass der Inspector uns beide *töten* will«, erinnerte ich ihn.

»Oh, das ist doch das Beste daran«, erklärte John. »Das macht das Freignis so einzigartig. Wie soll ich den Tod in den Flammen beschreiben, wenn ich ihn nicht selbst erlitten habe? Glaubst du, die Leser lassen sich einfach so hereinlegen? Nein, das tun sie nicht. Sie merken es, wenn ich die Ereignisse nur erfinde, sie spüren, dass ich nicht aus tiefstem persönlichem Erleben heraus schreibe.

Wenn ich aber nicht aus der Erfahrung heraus schreibe, warum sollte ich dann überhaupt schreiben?«

»Ich glaube, sie werden vor allem bemerken, dass du rein gar nichts schreibst«, erwiderte ich, während ich ins offene Grab sprang, um Marys Werkzeug einzusammeln. »Menschen, die sterben, ob sie nun am Pfahl verbrannt oder auf andere Weise getötet werden, sind gewöhnlich nicht in der Lage, hinterher davon zu erzählen.«

»Hm«, machte John mit gerunzelter Stirn. »Damit hast du gewiss recht. Deine Darlegung erklärt wahrscheinlich, warum so selten Poesie über den Tod verfasst wird und warum die wenigen Totengedichte, die es gibt, so schlecht sind.«

»Kann man denn wirklich nur über Begebenheiten schreiben, denen man selbst beigewohnt hat?«, fragte Gwen. »Ich meine, die Lady schreibt ständig über die Liebe, die sie wohl erlebt haben mag, aber sie schreibt auch oft über die Ehe, und wie ich höre, war sie nie verheiratet.«

»Hast du das wirklich gehört?«, fragte ich.

»Niemand weiß, wer sie in Wahrheit ist«, gab Gwen zu. »Vielleicht war sie verheiratet, aber darüber ist kaum etwas bekannt.«

»Deshalb sind ihre Hauptpersonen immer mit Ehepaaren befreundet«, erklärte John. »Auf diese Weise muss sie nicht darüber schreiben, dass sie verheiratet ist, sondern sie schreibt nur über verheiratete Freunde. Und verheiratete Freunde, über die man schreiben kann, hat wohl jeder.«

»Glaubst du, es bedarf echter Vampire, um Schauerromane zu verfassen?« Ich kletterte mit einer Handtasche voll kalter, blutiger Klingen und Sägen aus dem Grab.

»Immerhin sind sie die Einzigen, die so etwas wirklich erlebt haben.«

»Vampire?«, fragte Gwen neugierig. »Gibt es noch weitere?«

»O ja«, bestätigte John. »Massenhaft. Sie sind überall, man muss nur richtig hinsehen.«

»Das gilt auch für aufgebrachte Dorfbewohner«, sagte ich, während ich unsere Siebensachen in Harry Beards Sarg warf. »Sie wollen mich umbringen, und ich diskutiere hier über Romane.« Ich trat auf John zu. »Alles deine Schuld. Du hast dafür gesorgt, dass ich nicht mehr weiß, wo hinten und vorn ist. Lass uns gehen!«

»Wollen Sie wirklich behaupten, Vampire seien die Einzigen, die alle diese Schauergeschichten schreiben?« Gwen hatte überhaupt nicht zugehört.

»Wer sonst?«, gab John zurück. »Es gibt nicht viele Menschen, die ihre freie Zeit in nebligen Gassen und auf windumtoster Heide verbringen, die den Sonnenschein fliehen und in der Finsternis aufblühen. Wenn es nicht die Vampire sind, die solche Bücher verfassen, wer sollte es sonst sein? Ich bin selbst erstaunt, dass es mir nicht schon längst aufgefallen ist.«

»Aber das ist doch das Gleiche wie mit der Lady und den Ehepaaren«, wandte Gwen ein. »Die Charaktere in den Schauerromanen sind Unschuldige, die mit Vampiren, Werwölfen und ähnlichen Kreaturen in Berührung kommen. Ich glaube, es sind eher die Nachbarn der Vampire, die solche Geschichten schreiben, und nicht die Vampire selbst.«

»Wie wird man überhaupt zum Vampir?«, fragte John. »Wenn man sich mit genügend Vampirnachbarn einlässt, ist man früher oder später selbst einer.«

»Wenn ich heiraten will, sollte ich also meine Zeit mit Ehepaaren verbringen«, überlegte Gwen. »Ich glaube nicht, dass ich dabei vielen Junggesellen begegne.«

»Vielleicht ist die Lady auch noch ledig«, mutmaßte John.

»Das reicht«, sagte ich und fasste John am Arm. »Nimm den Sarg, wir brechen auf.«

»Das tust du nicht!«, schrie Gwen und hob das Kreuz. Ich achtete nicht darauf, sondern zog mein Sargende über den Friedhof, sodass John mir folgen musste. »Halt!«, verlangte Gwen. »Hört sofort auf!« Sie rannte hinter uns her. »Verdammt, Freddy, warum musstest du dich auch zum Erhabenen krönen lassen? Dieses Kreuz hätte viel mehr *Wirkung*, wenn du ein gewöhnlicher Vampir wärst.«

»Es ist doch erstaunlich, wie ähnlich der Erhabene den Leuten ist, die überhaupt keine Vampire sind«, antwortete ich ihr über die Schulter.

»Mein lieber Freddy«, säuselte sie und legte mir eine Hand auf den Arm. »Bitte, bleib stehen! Es ist so kalt hier, und ich bin so allein auf dem Friedhof. Könntest du nicht ein wenig bleiben und mich wärmen?«

»Das übernehme ich gern«, bot John an.

»Nein«, schaltete ich mich sofort ein. Ich blieb stehen und wandte mich zu ihr um. »Es wird dir nicht gelingen. Mit deinen Seufzern und den verträumten Blicken, die mich verleitet haben, dir von der Erbschaft zu erzählen, legst du mich nie wieder herein.«

»Bei mir gelingt es ganz vortrefflich.« John versuchte sich zwischen uns zu drängen.

»Wenn man schon über die Beeinflussung der Gedanken spricht«, fuhr ich fort, »dann muss man einräumen, dass der Erhabene im Gegensatz zu den Fähigkeiten einer Frau ein Stümper ist. Ihr Frauen seid diejenigen, die dies meisterhaft beherrschen. Zuerst hast du mich verleitet, die Arbeit für dich zu erledigen, dann hast du das Gleiche bei Percy erreicht, anschließend bei einem Inspector und der Bürgerwehr einer ganzen Stadt. Nach meiner Erinnerung ist mir noch kein so blutdürstiger Mensch begegnet wie du.«

»Oh, wie schön!«, sagte eine Frauenstimme hinter uns. »Sie haben mir einen weiteren Körper mitgebracht. Welch entzückende Ohren! Haben Sie auch an meine Säge gedacht?«

Bath · *Kurz vor Mitternacht*

»Mary!«, rief ich. Sie stand jenseits des gusseisernen Gitters. »Sie sind in Sicherheit!«

»So sicher wie die Toten im Grab«, bekräftigte sie. »Bis ich komme.«

»Wollen Sie den beiden etwa helfen?«, fragte Gwen. Sie schritt entschlossen auf Mary zu und starrte sie durch das Dunkel hinweg an. »Das kann ich nicht zulassen. Sie sollen im Morgengrauen gepfählt werden.«

Ich seufzte. »Mary, wenn Sie ihr etwas abschneiden wollen, dann beginnen Sie doch bitte mit der Zunge.«

»Danke«, antwortete Mary, »aber die ist für meinen Geschmack ein wenig zu lebendig.«

»Zu lebendig?«, fragte Gwen. »Wer sind Sie?«

»Der Ghul von Bath«, erklärte John mit einer Mischung aus Verzückung und Kummer. »Wahrhaftig eine Göttin der abgetrennten Körperteile.«

»Stets zu Diensten.« Mary knickste leicht. »Können wir nun verschwinden? Ich habe mich umgesehen. Es gibt keinen anderen Weg als den Haupteingang. Ihr müsst über das Gitter klettern.«

»Nichts weiter als ein Ghul?«, erkundigte sich Gwen überheblich. »Freddy ist ein Vampir. Das ist viel spannender als ein Ghul.«

»Sind Sie wirklich ein Vampir?«, fragte Mary.

»Nein«, antwortete ich. »Gwen sollte endlich einem echten Vampir begegnen, dann begreift sie es hoffentlich endlich.«

»Ich bestehe darauf, dass ihr hierbleibt«, beharrte Gwen. »Ihr müsst sterben, damit ich das Geld bekomme, aber ihr lasst euch im Morgengrauen sicher nicht freiwillig pfählen.«

»Wir wissen immer noch nicht, welche Art von Pfahl es sein soll«, meinte John.

»Sobald ihr das Gitter auch nur berührt, schreie ich los, und dann kommen alle angerannt«, drohte Gwen.

»Wenn es so einfach wäre, hättest du es doch längst getan«, widersprach ich.

»Kommen Sie näher!«, flüsterte Mary und winkte Gwen zu sich heran. »Ich habe etwas, das könnte Ihnen helfen.«

»Wirklich?« Doch sobald Gwen nahe genug am Gitter stand, drosch Mary ihr aus dem Schatten heraus unversehens einen kräftigen Knüppel auf den Schädel. Gwen fiel zu Boden wie ein Stein.

»So«, sagte Mary. »Aufgabe erledigt.«

»Sie haben sie umgebracht!«

»Schön wär's«, erwiderte Mary. »Sie hat wirklich wundervolle Ohren.«

John kniete nieder und betastete Gwens Hals, dann fühlte er ihren Puls. »Sie lebt, aber sie wird eine ordentliche Beule davontragen.« Bewundernd wandte er sich an Mary. »Sind sie eigentlich zu irgendetwas *nicht* fähig?«

»Wir müssen gehen.« Ich spähte zwischen den Bäumen und Grabsteinen hindurch. »Da kommt jemand.«

»Nehmen wir sie mit?« John wiegte Gwens Kopf in den Händen. »Was, wenn die Leute glauben, du hättest sie gebissen, um fliehen zu können? Vielleicht töten sie sie.«

»Sie hat keine Bisswunden, dafür aber eine Beule in der Größe einer Walnuss«, entgegnete ich. »Wie stellen die sich denn meine Zähne vor?«

»Sie kommen näher.« Mary deutete durch die Gitterstäbe. Ich folgte ihrem ausgestreckten Arm und entdeckte drei schwarze Gestalten, die fast mit den Schatten verschmolzen. Sie näherten sich langsam und suchten sich einen Weg zwischen den Grabsteinen.

Ich ging in die Hocke. »Das sind keine Bauern«, flüsterte ich. »Das sind Vampire.«

»Wie haben sie uns gefunden?«, fragte John.

»So schwer kann das nicht gewesen sein«, überlegte ich. »Sie brauchten nur der Meute mit den Fackeln zu folgen.«

»Dies ist das dritte Mal, dass Sie Vampire erwähnen«, sagte Mary. »Was geht hier vor?«

»Also, das ist so ...«, setzte John an.

»Das erklären wir Ihnen später«, unterbrach ich ihn. »Wir müssen verschwinden, ehe sie uns entdecken. Vampire kann ich im Augenblick überhaupt nicht brauchen.«

»Nimm den Sarg!« John hob schon das eine Ende an.

»Noch nicht.« Ich fasste Gwen an den Schultern. »Zuerst müssen wir sie retten.«

»Diese Frau wollte Sie umbringen«, erinnerte Mary mich.

»Aber nun rücken Vampire an.« Ich hob Gwen hoch. »Nach allem, was die uns über ihre Rekrutierungsmaßnahmen erzählt haben, sollten wir Gwen nicht bewusstlos liegen lassen. Da könnten wir ihr auch gleich selbst das Blut abzapfen.«

»Das ist die rechte Haltung!«, rief John.

»Haben Sie denn mit den Vampiren gesprochen?«, wollte Mary wissen.

»Helfen Sie mir erst einmal, Gwen über den Zaun zu hieven.« Ich sah mich rasch nach den Vampiren um, die schon viel näher gekommen waren. John umfasste das gusseiserne Gitter und wollte hinüberklettern, doch Mary hielt uns zurück.

»Dort drüben gibt es ein Loch«, sagte sie und deutete zu einer Stelle in der Dunkelheit. »Ein Hund oder ein Fuchs hat sich unter dem Sockel durchgegraben. Ich habe es entdeckt, als ich vorhin hinuntergefallen bin. Beeilen Sie sich!« Sie trat an den Zaun heran und deutete auf eine Stelle dicht über dem Boden, wo mehrere Steine fehlten. Sie waren von der anderen Seite hereingedrückt worden. »John zuerst, dann schieben Sie ihre Arme durch, und wir ziehen sie hinüber.«

»Sind Sie sicher, dass ein Mensch durch dieses Loch passt?«, fragte ich. Ich bückte mich, um es mir genauer anzusehen. »Außerdem habe ich keine Ahnung, wie wir den Sarg auf die andere Seite bekommen.«

»Je enger, desto besser, würde ich sagen«, wandte John ein. »Das vermittelt uns eine schöne Vorstellung des Geburtsvorgangs.«

»Geburtsvorgang?«

»Du weißt schon«, erklärte John. »Du wirst durch einen engen Durchlass gequetscht, aus dem du dich nicht be freien kannst, aber wenn du auf der anderen Seite herauskommst, bist du ein neuer Mensch und beginnst ein neues Leben.«

»Sie wissen aber schon, dass wir uns im Augenblick in der richtigen Welt und in keiner literarischen Metapher befinden, oder?«, erkundigte sich Mary.

»Darauf würde ich nicht bauen.« Ich stocherte in dem Loch herum und versuchte es zu erweitern.

»Inwiefern unterscheidet sich denn die richtige Welt von der Literatur?« John legte sich flach auf den Boden und schob sich in die Maueröffnung hinein. »Wenn Bilder einer Dichtung Tiefe und Sinn verleihen können, dann vermögen sie das doch sicher auch im richtigen Leben zu leisten, oder nicht?«

»Mir liegt eher daran, mich vor den Leuten zu schützen, die meinem Leben ein Ende setzen wollen«, widersprach ich. »An Tiefe und Sinn habe ich zurzeit wenig Bedarf.«

»Welchen Zweck hätte das Bild der Geburt in diesem Fall überhaupt?« Mary versuchte John an den Armen aus dem Loch zu ziehen. »Wollen wir ein neues Leben als Grabräuber beginnen? Das gelänge bei mir allerdings nicht.«

»Vielleicht wissen wir nicht immer, wie unser neues Leben beschaffen ist.« John schnitt eine Grimasse, während er zum Ausgang der Öffnung kroch. »Vielleicht müssen wir es erst noch herausfinden. Oder, noch wahrscheinlicher, wir wissen es die ganze Zeit, begreifen es aber erst im Licht späterer Ereignisse.« Er stand auf, klopfte sich den Staub von der Hose und deutete auf Gwen. »Schieb sie durch!«

»Eins weiß ich ganz genau«, sagte ich, während ich Gwen auf den Boden legte und ihre Arme durch das

Loch zwängte. »In Gwens Fall greift das Bild ziemlich kurz. Sobald du sie durchgezogen hast, werfe ich den Sarg hinüber, und wir legen sie hinein. Nur so können wir sie tragen.«

»Welch wundervolle Melancholie!«, rief John. »Vielleicht liegt hier die wahre Bedeutung unserer Metapher – in der Flüchtigkeit des Lebens. Ein so kurzer Weg vom Mutterschoß zum Sarg, so wenig Bedeutendes dazwischen. Beide sind dunkel, eng und äußerst einsam.«

»Hören Sie auf zu jammern, und helfen Sie mir ziehen!«, befahl Mary. Ihre Stimme klang gepresst, denn sie hatte die Zähne zusammengebissen.

»Tut mir leid, schon gut«, sagte John. Mit einem heftigen Ruck zogen sie Gwen aus dem Loch hervor. »Ich nehme an, deine Geschichte ist sogar noch tragischer, Frederick«, fuhr er fort. »Gwen bekommt metaphorisch gesprochen wenigstens noch die Gelegenheit zu leben, ehe sie in den Sarg gelegt wird. Du bekommst nicht einmal das. Du bist und bleibst untot, daran ändert keine Geburtsmetapher etwas.«

»Was?«, fragte Mary, nachdem sie Gwen unsanft ins Gras hatte fallen lassen. Sie trat dicht an das Gitter heran und runzelte die Stirn. »Laufen Sie vor Vampiren weg, oder sind Sie selbst einer?«

»Das ist alles sehr verwirrend«, erwiderte ich. »Ich erkläre es Ihnen später, wenn wir mehr ...«

»Haben wir es Ihnen noch nicht gesagt?«, fragte John, worauf Mary sich zu ihm umwandte. »Frederick ist ein Vampir«, fuhr er fort. »Er ist sogar der Erhabene. Ich dachte, Sie wüssten das.«

Mary zog die Augenbrauen hoch. »Beeindruckend. Aber ich nahm an, man halte Sie für den Ghul von Bath.«

»Es würde mich nicht wundern, wenn das die allgemeine Meinung wäre«, antwortete ich. »Anscheinend ziehe ich das Misstrauen an wie ein Magnet. Ich versichere Ihnen aber, dass ich kein Vampir und erst recht nicht der Erhabene bin.«

»Er ist allzu bescheiden«, meinte John.

»Leider bin ich noch nie einem Vampir begegnet«, sagte Mary. »Was angesichts meiner Tätigkeit überraschend erscheinen mag.«

»Nun ja, Sie stehen auch jetzt keinem gegenüber«, beharrte ich. »Ich bin ein ganz normaler Mensch wie Sie und John. Sogar noch normaler, wenn man es richtig bedenkt. Machen Sie sich bereit. Sobald ich die Erde ausgekippt habe, werfe ich den Sarg über den Zaun, und Sie müssen ihn auffangen.«

»Du darfst die Erde nicht auskippen!«, protestierte John. »Einen deutlicheren Hinweis können wir doch gar nicht hinterlassen.«

»Hinweis?«

»Wenn die Meute merkt, dass wir fort sind, wird sie uns suchen. Das Loch ist so klein, dass es keinem auffällt. Ein großer Haufen Erde wäre hingegen eine gute Markierung.«

»Und wenn Sie ein Vampir sind«, wandte Mary ein, »dann brauchen Sie doch die Erde. Ich dachte, Vampire benötigen Heimaterde, um darin zu schlafen.«

»Wie soll ich die Kiste denn über den Zaun werfen, solange sie Erde enthält?«, fragte ich.

»Können wir helfen?«, fragte jemand hinter mir. Ehe ich michs versah, ergriffen drei Männer den Sarg und richteten sich unter seinem Gewicht auf. Nach kurzem Keuchen und Grunzen ließen sie jedoch wieder los und traten schnaufend zurück. »Vielleicht überlassen wir es besser dir, den Sarg auf die andere Seite zu befördern«, japste der Sprecher. »Es steht uns nicht zu, eine Hand an den Sarg des Erhabenen zu legen.« Ich starrte das Dreigespann finster an, hob das Ende des Sargs an, bis es auf dem Zaun lag, und schob ihn hinüber. John streckte die Arme aus und wollte ihn jenseits der Umfriedung in Empfang nehmen, dann überlegte er es sich anders und wich aus. Die Kiste krachte zu Boden.

»Wir sind gekommen, um dir zu helfen, Erhabener«, sprach der erste Vampir und verneigte sich ehrfurchtsvoll.

»Ich lehne dankend ab«, erwiderte ich und trat rasch zum Zaun zurück. »Hier ist alles in bester Ordnung. Geht doch einfach nach Hause und vergesst uns!«

»Das können wir nicht«, widersprach der zweite Vampir verlegen. »Schwarz reißt uns sonst die Köpfe ab.«

»Immer vorausgesetzt, eine Enthauptung kann uns überhaupt etwas anhaben«, fügte der dritte hinzu. »Bisher hat noch niemand den Mut gefunden, es auszuprobieren.«

»Schon klar«, sagte ich. Ich betrachtete die Vampire, dann John und Mary, schließlich wieder die Vampire. Ich lächelte. »Folgt mir durch die Öffnung, dann brechen wir auf.« Ich bückte mich, kroch auf die andere Seite und richtete mich wieder auf.

Mary sah mich fragend an. »Ich dachte, wir fliehen.«

»Natürlich.« Ich deutete auf ihre Keule. »Wenn Sie bitte davon Gebrauch machen würden.«

»Ah«, sagte sie. »Gewiss.« Als der erste Vampir den Kopf durch das Loch steckte, drosch sie ihm die Keule auf den Kopf. Nachdenklich betrachtete sie den Körper, der reglos inmitten der Mauer feststeckte. »Wenn Sie möchten, könnten wir die Enthauptungshypothese überprüfen.«

»Nein!«, riefen die anderen beiden, die ihren bewusstlosen Kameraden festhielten.

»Still!«, flüsterte ich und beugte mich zum Zaun vor. »Hier auf dem Friedhof treibt sich ein Vampirjäger herum.« Vor Angst rissen sie die Augen auf. »Ihr wollt doch nicht, dass er euch findet, oder?« Sie schüttelten die Köpfe. »Dann verhaltet euch still.« Ich stand auf. »Lasst uns gehen.«

John hatte den Sarg geöffnet und beförderte Gwen hinein. »Bereit«, sagte er.

»Dann sollten wir uns so weit wie möglich entfernen.« Ich setzte einen Fuß vor den anderen, hielt inne und warf Mary einen misstrauischen Blick zu. »Sind das da Leichenteile in Ihrem Beutel?«

Mary lächelte verlegen.

Ich seufzte. »Na gut. Lasst uns aufbrechen! Solange wir keine Blutspur hinter uns herziehen oder Finger und Zehen verlieren, soll es mir recht sein.«

Mary lebte in einer Wohnung mitten in der Stadt. Da mich die Meute und die Wachtmeister aber anderswo suchten, schlichen wir unbemerkt durch die dunklen Straßen. Der Sarg war mittlerweile noch schwerer als zuvor, denn nun enthielt er außer Erde auch eine Frau. Ich beschloss, mit Gwen ein ernsthaftes Gespräch über ihr Gewicht zu führen, sobald sie wieder zu sich gekommen wäre.

Mary führte uns durch eine gewundene schmale Gasse bis zur Hintertür ihres Wohnhauses. Nachdem sie die Tür entriegelt hatte, ging es allerdings nach unten und

nicht hinauf. Kalte Luft wehte von der Kellertreppe herauf, und ein eisiger Wind fuhr uns entgegen, sobald sie
die Innentür aufgeschlossen hatte.

»Vorsicht!«, warnte Mary uns. »Hier ist es ein wenig
glitschig.«

Wir tappten blindlings durch den dunklen, eiskalten
Raum und warteten, bis Mary Streichhölzer gefunden
und eine kleine Lampe angezündet hatte. Die Szene, die
wir vor Augen hatten, sobald es hell wurde, war grotes-
ker als alles, was ich je gesehen hatte. Ringsum waren
große Eisblöcke an den Wänden aufgestapelt, und auf
Tischen, Regalen, in Haufen und an Haken aufgehängt
lagerte eine Sammlung abgetrennter, steif gefrorener
Körperteile. Links von mir krümmten sich Hände auf
unnatürliche Weise, rechts ragte ein Haarbüschel aus
einem Fass heraus, dessen Deckel ich lieber nicht weiter
anhob.

Am schrecklichsten aber war der halbe Körper auf
dem Tisch in der Mitte des Raums. Grobe Nähte wie bei
einer Quiltdecke zogen sich über die Haut. Wenn ich
von einem halben Körper spreche, dann soll dies nicht
heißen, es sei ein ganzer Mensch gewesen, den man
in der Mitte aufgetrennt hatte. Vielmehr muss man sich
ein Durcheinander aus brandigen Körperteilen vorstellen, die ein Irrer oder eine Irre zusammengestückelt
hatte, wobei hier und dort noch eine Menge fehlte.
Ich wandte mich ab und schloss die Augen, so fest ich
konnte. Dieses Bild würde nie mehr aus meiner Erinnerung verschwinden.

Unterdessen hörte ich, wie Mary hinter uns die Tür
schloss, absperrte und nicht weniger als vier Riegel vor-
legte.

»Die Vermieterin hält mich für eine Metzgersfrau«, erklärte sie. »Es nähme mich aber nicht wunder, wenn sie allmählich misstrauisch würde. Letzten Dienstag habe ich einen Sack Beine angeschleppt, aber mir fehlt ein Zeh, und ich fürchte, sie hat ihn gefunden.«

Sie hielt inne, doch weder John noch ich waren in der Lage, irgendetwas zu erwidern.

»Ach, nun hören Sie schon auf!« Sie durchquerte den Raum. »Ich habe Ihnen doch gesagt, dass ich Körperteile sammle, und Sie wollten die Sammlung sehen. Was haben Sie erwartet?« Mit leisem Gepolter fiel etwas zu Boden, als hätte jemand etwas von einem Tisch gestoßen. Ich brachte es nicht über mich, genauer hinzusehen.

»Zu meinem Bedauern kann ich nicht genau erklären, was ich erwartet habe«, sagte ich, ohne die Augen zu öffnen. »Körperteile wären ja gar nicht so schlimm, aber hier stehe ich in einem Raum voller Wunden und Schnitte. Das ist etwas ganz anderes.«

»Sie sind mir schöne Grabräuber«, zischte Mary verächtlich. »Was gedenken Sie denn zu tun, wenn Sie die Leiche gefunden haben, nach der Sie suchen?«

»Beten, dass sie unversehrt ist«, erwiderte ich. »Können ... können wir uns umsehen?«

»Daraus wird nichts, solange Sie die Augen geschlossen halten.«

»Das trifft wohl zu«, erwiderte ich und öffnete das rechte Auge einen Spaltbreit. Nachdem ich nicht auf der Stelle das Bewusstsein verlor, wagte ich das Auge ganz zu öffnen. Als ich immer noch nicht ohnmächtig wurde, öffnete ich auch das linke Auge und linste vorsichtig umher. »John«, bat ich leise, »stell den Sarg ab!«

John rührte sich nicht.

»John, es ist gut, du kannst die Augen öffnen.«

»Sie sind offen«, erklärte Mary mit verschränkten Armen. »Er betrachtet meinen Körper.«

»John, sie hat dir doch gesagt, dass sie verheiratet ist ...«

»Nicht *den*.« Mary deutete auf den kunterbunten Körper auf dem Tisch. Ich warf einen Blick darauf, zuckte zusammen und bemerkte, dass John ihn tatsächlich anstarrte. Er schien völlig verzückt, hatte die Augen weit aufgerissen und wirkte geistesabwesend. Bestimmt vergaß er gleich den Sarg und ließ ihn einfach fallen.

Ich beugte mich vor. »Ist das nicht ... Verdammt will ich sein – das ist der Blutige Toby Tichborne.«

»Ein großer Sträfling, vor zwei Tagen verstorben?«

»Das dürfte passen.«

»Dann ist er es«, bestätigte Mary. »Nun ja, teilweise. Ich finde, bei dieser Feinarbeit erweist sich eine großzügige Unterlage, auf der man aufbauen kann, als überaus praktisch. Der Blutige Toby – falls er so heißt – war ein wahrer Glücksgriff.«

»Ja, das ist sein Name. Ich hätte nur nicht damit gerechnet, dass er so genau zutrifft.«

»Wenn du eine Metapher brauchst, Frederick, da hast du sie«, warf John andächtig ein.

»Ich brauch keine.«

»Sieh ihn dir nur an!«, fuhr John fort. »Ein richtiger Mann ist er nicht, denn er ist unvollständig. Aber er besteht aus so vielen unvollständigen Menschen, dass er irgendwie wieder vollständig wird. Das ist ... das ist unsere Gesellschaft, die moderne Welt. Das Leben selbst.«

Ich umfasste das Ende des Sargs. »Können wir die Kiste abstellen, bevor ich auch noch den Rest deiner Worte nicht verstehe?«

»Gewiss«, sagte John. Um Platz zu schaffen, räumte Mary rasch einen zweiten Tisch frei. Wir stellten den Sarg darauf ab, und John kehrte sofort zu dem zusammengeflickten Körper zurück. Er betrachtete ihn eingehend, berührte ihn jedoch nicht. »Ausgezeichnet vernäht.«

»Das habe ich von meiner Mutter gelernt«, erklärte Mary. »Stellen Sie sich meine Überraschung vor, als ich erkannte, dass das Sticken von Monogrammen in Taschentücher eine nützliche Fertigkeit ist.«

»Könnte mir jemand mit dem Körper helfen, der noch nicht tot ist?«, fragte ich.

»Das haben wir doch gerade getan.« John winkte ab. »Seit meiner medizinischen Ausbildung hatte ich keine echte Leiche mehr vor Augen.«

»Würden Sie mir wohl etwas erklären?« Mary ging um den Tisch herum auf John zu. »Ich bin nicht sicher, wie ich die Organe hier in der Mitte verbinden soll. Für mich ist das nichts als ein wirrer Haufen von Innereien.«

Ich wandte mich ab, hob den Deckel vom Sarg und betrachtete Gwen. Am Kopf zeichnete sich eine Prellung ab, doch sie atmete und schien sonst unverletzt. Als ich dort stand und überlegte, was wir mit ihr anfangen sollten, flatterten ihre Lider und hoben sich mühsam. Schließlich sah sie mich an.

»Frederick«, sagte sie. »Wo sind wir?«

»Frag nicht«, erwiderte ich. »Erzähl mir lieber etwas von deinem albernen Vampirtraum und schlaf weiter.«

»Das war kein Traum.« Sie dachte nach. »Wir waren auf einem Friedhof und ... liege ich in einem Sarg?«

»Tja, irgendwie schon«, räumte ich ein.

»Warum ist er voller Erde, und warum trage ich diesen dunklen Mantel?« Sie riss erschrocken die Augen auf. »Bin ich ein Vampir?« Als ihr Zorn erwachte, kniff sie die Augen zusammen. »Frederick Whithers, ich sollte dich ohrfeigen! Eine Unverschämtheit, mich in einen Vampir zu verwandeln ...«

»Wart mal«, protestierte ich und drückte sie nieder, als sie sich aufrichten wollte. »Nicht aufstehen!«

»Wie kann man einer Freundin nur so etwas Schreckliches antun ...« Mit einem Ruck setzte sie sich auf und hielt sofort wieder inne. Die Hand, die mich hatte ohrfeigen wollen, verharrte auf halbem Weg zu meiner Wange. Ihr Blick schweifte durch den Raum, glitt langsam von einem abgetrennten Körperteil zum nächsten und dann wieder zu mir. Angesichts des namenlosen Schreckens weiteten sich ihre Augen.

»Nicht sprechen«, murmelte ich, worauf sie nickte und, da ihr sowieso die Worte fehlten, einen Schreckensschrei ausstieß. Danach wurde sie sofort wieder ohnmächtig und sank in den Sarg zurück. John und Mary blickten kurz herüber. Ihre Hände waren voller gefrorener roter Kügelchen.

»Keine Sorge.« Ich klopfte auf den Sarg. »Sie ist schon wieder weg.«

TAG 4

23. JANUAR 1817

Wach auf! Steh auf!
Und lass uns furchtlos gehen

Bath · *Kurz nach Mitternacht*

Während Gwen schlief und John Mary das Innenleben des menschlichen Leibes erklärte, ergriff ich die Gelegenheit, mir so behutsam wie möglich Marys Sammlung anzusehen. Bald bemerkte ich, dass sie nach Größen sortiert war. Die kleinsten Exemplare lagen jeweils an der Seite oder hinten, während sich die größten gut sichtbar vorn in den Regalen und auf dem Tisch befanden. Als ich mich umsah, wuchs mein Unbehagen ins Unermessliche – nicht so sehr wegen der Sammlung als solcher, sondern vielmehr wegen der fehlenden Stücke. Mary hatte die Wahrheit gesagt. Sie besaß keine kompletten Leichen, und keinen einzigen Körperteil erkannte ich als ehemaligen Besitz von Harry Beard wieder.

»Pech gehabt, John«, sagte ich. »Harry ist nicht hier.«

»Aber wer hat ihn dann?«, fragte mein Freund, während er ein Gewirr aus Rippen anhob und in Ordnung brachte. »Leichen verschwinden nicht einfach so, es sei denn, jemand hat sie gestohlen.«

»Mary, sind Sie sicher, dass es keinen konkurrierenden Ghul gibt?«, fragte ich. »Ich wüsste nicht, wer sonst noch Leichen vom Friedhof stiehlt.«

»Es würde mich nicht wundern, wenn es einen gäbe«, antwortete sie und starrte in das Fass mit den Köpfen. »Das würde erklären, warum ich keine guten Ohren finde.«

»Wollen Sie etwa die Ohren separat anfügen?«, erkundigte sich John.

»Das habe ich noch nicht entschieden.« Sie seufzte, legte den Deckel auf und setzte sich auf einen Stuhl. »Das ist die Schwierigkeit, wenn man einen Körper zusammensetzt – man arbeitet mit gebrauchten Teilen, und denen traue ich nicht. Wenn die Ohren noch gut sind«, sagte sie und deutete auf das Fass mit den Köpfen, »warum sind die Besitzer dann tot?«

»Bleiben wir doch beim Thema«, schaltete ich mich ein. »Wir müssen einen Toten finden, und unser bisher bester Einfall war ein Reinfall. Zumindest, was das Auffinden des Toten angeht«, fügte ich rasch hinzu, weil Mary die Stirn runzelte. »Ich weiß Ihre Freundlichkeit natürlich sehr zu schätzen.«

»Ich könnte Ihnen einige erstklassige Leichenhallen empfehlen«, bot Mary an.

»Ich hatte eigentlich gehofft, nie zu den Menschen zu gehören, denen man gute Leichenhallen empfiehlt«, erwiderte ich.

»In unserem Fall ist eine solche Empfehlung allerdings äußerst nützlich«, widersprach John. »Wir brauchen eine Leiche, und in einem Leichenhaus gibt es viele davon. Darauf ist man dort gewissermaßen spezialisiert.«

»So könnte man es ausdrücken«, räumte ich ein.

»Erklären Sie mir doch, warum Sie den Leichnam dieses ganz bestimmten Mannes benötigen. Ich wüsste nicht, warum das so wichtig sein sollte, es sei denn, er hat kurz vor seinem Tod ein Diamanthalsband verschluckt.«

»In gewisser Weise trifft diese Vermutung zu.« Ich setzte mich ebenfalls. »Harry Beard hat ein Vermögen hinterlassen, es sind insgesamt neunzigtausend Pfund. Ich wollte es für mich beanspruchen, aber dann verschwand seine Leiche. Auch wenn Sie vielleicht nicht viel über Banken wissen, können Sie sich gewiss vorstellen, dass man nicht bereit ist, ein Erbe von neunzigtausend Pfund herauszurücken, solange der Tod des Erblassers nicht bewiesen ist.«

»Das bringt mich auf den Gedanken, dass möglicherweise ein anderer das Erbe beansprucht und die Leiche deshalb gestohlen hat.«

»Beinahe«, antwortete John. »In diesem Fall handelt es sich allerdings um eine Frau, die uns um das Erbe betrügen will, aber sie hat die Leiche auch nicht.«

Mary sah mich an und zog fragend die Augenbrauen hoch. Ich deutete auf Gwen, die im Sarg schlief. Mary nickte.

»Sie ist meine Schwester«, erklärte ich. »Natürlich nicht in Wirklichkeit, aber ich bin ja auch nicht Harrys Neffe.«

»Natürlich.« Mary nickte abermals. »Ich nehme an, sie will Sie umbringen, damit sie alles für sich allein hat.«

»Sie scheinen solche Zusammenhänge sehr viel schneller zu durchschauen als John.«

»Und die Vampire?«, fragte Mary. »Wie lange sind Sie schon einer von denen?«

»Ich bin kein Vampir.« Müde rieb ich mir über die Schläfen. »Ich war auch nie einer. Das ist ein ziemlich kompliziertes Missverständnis, das sich einfach nicht aus der Welt schaffen lässt.«

»Welche Beweise haben Sie mir zu bieten, dass Sie kein Vampir sind?«, fragte Mary.

»Bitten Sie alle Leute um Beweise dafür, dass sie keine Vampire sind?«, gab ich zurück. »Wäre es nicht sinnvoller, Beweise dafür zu verlangen, dass ich einer bin? Warum gelte ich ohne besonderen Nachweis erst einmal als Vampir?«

»Die wenigsten Menschen treiben sich um Mitternacht auf Friedhöfen herum und schleppen Särge voller Erde durch die Gegend.«

»Mir sind in den letzten zwei Tagen mehrmals Vampire begegnet«, erklärte ich. »Keiner von ihnen hielt sich auf einem Friedhof auf oder schleppte einen Sarg voller Erde mit sich herum.«

»Trotzdem«, überlegte Mary, »ist es gar keine so schlechte Angewohnheit, alle Leute zu fragen, ob sie Vampire sind. Heutzutage kann man rein gar nichts mehr glauben.«

»Jetzt ist der Wahnsinnspegel für dieses Gespräch endgültig überschritten. John, bist du mit der grässlichen Beschäftigung fertig, der du dich da gewidmet hast?«

»Beinahe.« Er untersuchte verschiedene Organe. »Ich versuche sie in die richtige Ordnung zu bringen, damit Mary sie nur noch zusammennähen und den ganzen Schwung in den Körper kippen kann. Leider fällt mir beim besten Willen nicht ein, welche Funktion dieses Teil erfüllt.« Er hielt einen großen braunen Lappen hoch. »Ich könnte schwören, es ist eine Leber, aber er hat schon eine, deren Größe zudem viel besser passt.«

»Oh, Sie haben sie gefunden!« Mary entriss John den Klumpen. »Das ist die Kalbsleber, die ich fürs Essen am letzten Sonntag gekauft hatte. Sie war seitdem spurlos verschwunden. Vielen Dank!« Sie hauchte John einen Kuss auf die Wange und lächelte glücklich über den Fund.

»Wir können leider nicht warten, bis Sie uns die Leber zubereitet haben. Von Harry fehlt hier jede Spur, und auf uns wartet das Leichenhaus. Wenn wir uns beeilen, gelangen wir rasch hinein und können es durchsuchen, um noch vor dem Morgengrauen wieder zu verschwinden.«

»Ausgezeichneter Plan«, stimmte Mary zu. »Außerdem müssen wir Gwen wegschaffen, ehe sie noch einmal aufwacht. Noch so ein Schrei, und die Polizei rückt an. Oder meine Vermieterin steht vor der Tür.«

»Es wird ihr sicher nicht gefallen, in einem Leichenhaus aufzuwachen«, gab John zu bedenken.

»Nein«, erwiderte Mary. »Aber wenigstens ist meine Vermieterin noch nicht dort.«

»Was Sie sich auch ausdenken mögen«, sagte ich, »tun Sie es nicht. Und bitte waschen Sie die Leber ab, ehe Sie sie braten. Sie wissen nicht, wo sie vorher gelegen hat. Vielmehr wissen Sie es allzu genau.«

Bevor wir gingen, wuschen wir uns die Hände in einem kleinen Becken in der Ecke, anschließend hoben John und ich den Sarg auf. Mary führte uns die Treppe hinauf und schloss hinter uns ab, dann schlichen wir durch ein aufziehendes Gewitter zum Leichenhaus.

Noch bevor wir ankamen, bemerkten wir den Gestank des Todes, der mit jedem Schritt auf der Straße stärker wurde. Das Leichenhaus selbst war dunkel und bedrohlich. Mit den schroffen Mauern und den schmalen Fenstern wirkte es wie eine mittelalterliche Festung. Als wir uns der Hintertür näherten, verwandelte jeder Blitz das Gebäude für einen Moment in die Burg des Todes, in der Horden von Zombies herrschten. Danach schüttelte ich das Bild wieder ab und tappte verbissen weiter. Als Mary vor der Eingangstür angekommen war, zückte sie zu meiner Überraschung einen Schlüssel.

»Sie haben einen Schlüssel zum Leichenhaus?«, staunte ich.

»Ich bin seit Kurzem mit einem Mitarbeiter bekannt«, antwortete sie. »Sie glauben gar nicht, was die Leute einem alles überlassen, wenn sie mit ihren Gedanken woanders sind.«

»Soll ich jetzt fragen, woran er gedacht hat?«

»Es ist offen«, sagte Mary, als das Schloss klickte. John und ich folgten ihr mit Gwen und dem Sarg ins Innere des Gebäudes. Sobald die Tür hinter uns wieder abgeschlossen war, holte Mary ihre Lampe hervor und führte uns durch das Haus. Zu meiner Überraschung bestand es eigentlich nur aus einem einzigen großen Raum mit Regalen und Kisten, in denen die Toten lagen, und mehreren Leichenhaufen, die erst noch sortiert werden mussten.

»Stell ihn hier ab!«, wies ich John an. Wir hievten den Sarg auf einen kleinen Handwagen und schüttelten den Regen aus den Mänteln, zogen sie aber nicht aus, weil es in dem großen Lagerhaus sehr kalt war. »Wenn wir getrennt suchen, sparen wir uns viel Zeit. Keiner von euch weiß, wie Harry aussieht, also sucht nach alten Männern und ruft mich, wenn ihr eine entsprechende Leiche findet.« Mary zündete für uns zwei weitere Lampen an, dann machten wir uns an die Arbeit. Ich übernahm die Regale, John und Mary untersuchten die Leichenhaufen. Nicht einmal die sortierten Toten waren beschriftet, und da man sie nicht präpariert hatte, war der Gestank bestialisch. Ich hielt mir die Nase zu und begutachtete nacheinander die Körper.

Nach etwa fünfzehn Minuten, John war längst wieder abgelenkt und schrieb sich Reime auf das Hemd, rief Mary mich zu einem alten Mann. Ich eilte zu ihr, und gemeinsam zogen wir den Mann aus dem oberen Teil eines frischeren Leichenhaufens. Ich hob die Lampe, um das Gesicht zu beleuchten, und ließ sie beinahe fallen. »Gustav!«

»Kennen Sie ihn?«

Mary beäugte den Toten wie eine hungrige Raubkatze.

»Allerdings«, sagte ich. »Der Mann hat mir bei der Flucht aus dem Gefängnis geholfen.«

»Dann saßen Sie sogar schon im Gefängnis?«, fragte Mary. »Sie sind viel interessanter, als man es auf den ersten Blick vermutet.«

»Wer ist es?« John kam herüber und schärfte den Holzkohlestift mit dem Skalpell. »Oh, das ist der Mann vom Friedhof, der Totengräber. Wie hieß er noch gleich?«

»Gustav«, sagte ich.

»Genau, Gustav. Er war völlig gesund, als wir ihn heute gesehen haben. Na ja, so gesund eben, wie ein verbrauchter alter Arbeiter es sein kann, wenn zwei Leute auf ihm sitzen. Ich frage mich, woran er gestorben ist.«

»Was ihn auch umgebracht haben mag, er ist schon der Dritte«, erklärte ich. »Erst der Bestatter, dann der Kutscher, jetzt Gustav.«

»Der Kutscher?«, fragte John. »Winston?«

»Du lagst noch im Sarg, als ich es erfuhr.« Ich richtete mich auf und schritt hin und her. »Herring hat den Kutscher tot aufgefunden. Anscheinend hat man ihm das Blut ausgesaugt.«

»Haben Sie den Leuten das Blut ausgesaugt und die Toten einfach liegen gelassen, bis der Inspector sie fand?«, fragte Mary. »Sie müssen vorsichtiger sein.«

»Das war ich nicht«, wehrte ich ab. »Es muss ein anderer sein. Jemand, der uns folgt. Wir wissen aber nicht, ob auch Gustav sein Opfer ist. Er war ein alter Mann und hat im Januar im Freien gearbeitet. Vielleicht ist er eines natürlichen Todes gestorben.«

»Nein, das war ein Vampir.« John untersuchte bereits den Hals des Mannes. »Wer oder was sollte sonst diese Spuren an seinem Hals hinterlassen haben?«

»Es gibt viele andere Möglichkeiten.« Ich wurde immer unruhiger. »Vielleicht ist er auf eine Fleischgabel gestürzt. Das sähe dann so aus, als wären es Reißzähne gewesen.«

»Das hätte aber blutige Ränder hinterlassen«, widersprach John. »Diese Einstiche sind sauber.«

»Hinterlassen Vampire denn immer saubere Wunden?«, fragte ich gereizt.

»Ich kann mir vorstellen, dass Vampire die Wunden sauber lecken«, überlegte John. »Gewiss wären die Wunden sauberer als bei einer Fleischgabel. Das sind aber nur Vermutungen. Du bist der Vampir, du kennst dich besser aus.«

»Keiner von uns ist ein Vampir«, berichtigte ich ihn.

»Irgendjemand muss aber einer sein«, beharrte Mary. »Gustav hat sich nicht selbst gebissen. Vielleicht waren es die Vampire, die wir auf dem Friedhof gesehen haben.«

»Das ist nicht möglich«, klärte ich sie auf. »Die sind zu schwach und zu ängstlich, um jemanden zu beißen, der sich nicht zufällig im Schlaf erwischen lässt.«

»Genau das könnte aber geschehen sein«, gab John zu bedenken. »Es ist schon spät, und wir haben den alten Mann heute Nacht ordentlich geängstigt.«

»Ja, eben«, entgegnete ich. »Wenn du von einem vermeintlichen Vampir geschnappt und befragt wirst, gehst du dann einfach nach Hause und legst dich schlafen? Ich bliebe die ganze Nacht wach und würde mit einem Schüreisen in der einen und einem Knoblauchzopf in der anderen Hand aufpassen.«

»Oder mit einem Kanten Cheddar«, fügte John hinzu.

»Wer verfolgt Sie denn?«, fragte Mary.

»Oje.« Mir wurden die Knie weich, ich setzte mich auf den Boden und riss die Augen auf. »Ach, du liebes bisschen!«

»Frederick«, schalt mich Mary. »Nun reden Sie schon!«

»Schwarz und seine Vampire suchen den Erhabenen«, erklärte ich. »Einen Vampir, der sich nicht aus Schwäche verstecken muss. Einen Vampir, der seine Opfer wirklich überwältigt und so weiter.«

»Natürlich.« John ließ sich neben mir nieder. »Sie suchen dich.«

»Nein, nicht mich«, widersprach ich. »Ich rede auch nicht von einem beliebigen Vampir – davon gibt es leider eine ganze Menge.« Ich holte tief Luft. »Was, wenn wirklich ein Erhabener umgeht?«

»Ich dachte, inzwischen sei geklärt, dass Sie der Erhabene sind.« Auch Mary hatte sich mittlerweile gesetzt. »Schließlich sind Sie gegen Knoblauch so gut wie immun.«

»Du meinst, es gibt noch einen zweiten Erhabenen?«, fragte John. »In diesem Fall wird man sich streiten, wer Anführer der Heere der Finsternis sein darf.«

»Wettstreit, genau das ist das Thema«, stimmte ich zu. »Alle halten mich für den Erhabenen, auch wenn mir die Gründe dafür völlig schleierhaft sind ...«

»Die Immunität gegenüber Knoblauch dürfte eine große Rolle spielen«, half mir Mary auf die Sprünge.

»Aber der echte Erhabene ist da draußen unterwegs«, fuhr ich fort. »Wahrscheinlich ist er sehr wütend auf mich, weil er glaubt, ich wolle ihm den Rang streitig machen. Deshalb verfolgt er mich, und deshalb ist jeder meiner Gesprächspartner wenige Stunden später blutleer.«

»Er dürfte uns also dicht auf den Fersen sein.«

»Andererseits stirbt nicht jeder, mit dem du dich unterhältst«, wandte John ein. »Mary lebt noch, ebenso Gwen und der Inspector.«

»Mary ist bei uns, und Gwen befand sich entweder in unserer oder in der Gesellschaft des Inspector. Vermutlich hätte er es durchaus bemerkt, wenn seine Begleiterin sich plötzlich über jemanden hergemacht und sein Blut getrunken hätte.«

»Wem sind Sie sonst noch begegnet?«, fragte Mary.

»Abgesehen von den Vampiren nur noch den Männern im *Krötenloch*, den Mitarbeitern der Bank und ... Percy!«

»Fürchtest du, der Erhabene könnte sich Percy vornehmen?«, rief John.

Es fiel mir schwer, mich wieder zu beruhigen. »Bisher haben wir nichts dergleichen gehört, und Gwen hätte es gewiss erwähnt.«

»Wer ist Percy?«, fragte Mary.

»Gwens Bruder.«

»In dem gleichen Sinn, wie Sie Gwens Bruder sind?«

»Nein«, antwortete ich. »Er ist ihr echter Bruder und hat ihr geholfen, mich zu hintergehen.«

»Warum ist es Ihnen überhaupt so wichtig, dass sie überlebt?«

»Sind Sie nicht ein wenig hartherzig?«

»Und blutrünstig«, fügte John hinzu. Dann erstarrte er vor Schreck und riss die Augen auf. »Frederick!«, flüsterte er.

»Was ist?«

»Sie ist blutrünstig«, wiederholte er mit schmalen Lippen.

»Du bist doch derjenige, der ihr geholfen hat, einen toten Körper zusammenzusetzen.«

»Worauf läuft dieses Gespräch hinaus?«, wollte Mary wissen.

»Verstehst du nicht?«, drängte John mich. »Blutrünstig wie in *blutdürstig*. Sie ist der andere Erhabene!«

Wir sprangen alle auf.

»Nein, bin ich nicht!«, protestierte Mary.

»Warum sollte sie der andere Erhabene sein?« Ich schüttelte den Kopf. »Warum sollte sie die einzige Erhabene sein?«

»Percy wurde nur deshalb noch nicht umgebracht«, erklärte John, »weil sie nicht weiß, wer er ist.«

Darüber dachte ich eine geschlagene Minute lang nach, dann wich ich voller Angst vor Mary zurück und hielt mich an Johns Arm fest.

»Ah!«, rief ich. »Du hast recht. Deshalb wurde auch sie selbst noch nicht umgebracht.«

»Aber wir waren doch schon so weit, dass ich bei Ihnen war und deshalb nicht umgebracht wurde«, wandte Mary ein.

»Sie waren nicht die ganze Zeit bei mir«, entgegnete ich. »Sie sind über den Zaun geklettert, und dann haben wir Sie fast eine halbe Stunde lang nicht mehr gesehen. Warum hat Sie der Erhabene in der Zwischenzeit nicht getötet, hm?«

»Der andere Erhabene«, korrigierte John mich.

»Wenn ich der andere Erhabene bin«, erwiderte Mary und stemmte die Hände in die Hüften, »warum habe ich Sie dann nicht schon längst getötet?«

»Die Morgendämmerung hat noch nicht eingesetzt«, widersprach John. »Sie müssen ihn im Morgengrauen pfählen.«

»Red ihr nichts ein!«, fuhr ich ihn an. »Ich bin kein Vampir, und es ist gemein, ihr einen Floh ins Ohr zu setzen.«

»Wenn ich der andere Erhabene bin«, argumentierte Mary, »warum habe ich Sie dann zu mir gerufen, damit Sie sich den Leichnam des Totengräbers ansehen? Warum habe ich Ihnen einen Hinweis gegeben, aus dem Sie schließen konnten, dass ein anderer Erhabener hinter Ihnen her ist?«

»Das ist ein guter Einwand.« Allmählich fasste ich mich wieder. »Das wäre ja völlig sinnlos gewesen.«

»John war derjenige, der Ihnen nichts gezeigt hat«, fuhr Mary fort. »Er hat sich nicht einmal richtig bemüht, weil er nicht wollte, dass wir den Totengräber finden.«

»Aber John ist nicht der Erhabene«, antwortete ich. »Er war doch die ganze Zeit bei mir, und – ah!« Ich zuckte vor John zurück und umklammerte Marys Arm, während wir voller Angst weiter vor ihm zurückwichen. »Du warst immer bei mir, und überall, wo ich bin, werden die Leute von Vampiren angegriffen! Du musst es sein!«

»Aber ich war doch immer bei dir«, widersprach John. »Abgesehen von ein paar Minuten unter dem Sarg, aber von dort aus konnte ich den Totengräber ja schlecht umbringen, oder?«

»Dann bleiben nur noch Sie!« Mary sprang zu John hinüber und umklammerte seinen Arm. Die beiden zogen sich ängstlich vor mir zurück.

»Ihr habt mich doch sowieso schon für den Erhabenen gehalten. Was ändert das jetzt noch?«, gab ich zu bedenken.

»Auch wieder wahr.« John blieb stehen. »Das hatte ich ganz vergessen.«

»Hört mal.« Ich setzte mich wieder. »Das wird mir alles zu bunt. Wir haben Angst, wir sind müde, wir sind von Bergen toter Menschen umgeben. Das geht jedem an die Nieren, und erst recht Leuten wie uns, die vom mächtigsten Vampir der Welt gejagt werden. Wir müssen uns beruhigen.«

»Du hast recht«, stimmte John zu und nahm neben mir Platz. »Tut mir leid, dass ich je an dir gezweifelt habe.«

»Dann glaubst du nicht, dass ich der Erhabene bin?«

»Jedenfalls nicht der andere Erhabene«, erklärte er. »Du kannst ja schlecht alle beide sein.«

»Also werden Sie von dem mächtigsten Vampir der Welt gejagt.« Mary ließ sich an meiner anderen Seite nieder. »Und obendrein vom fanatischsten Vampirjäger des ganzen Königreichs. Außerdem ist Ihnen eine Horde niederer Vampire auf den Fersen, die Sie einfach nicht in Ruhe lassen.«

»Niedere Vampire?«, fragte ich. »Demnach sind Sie ihnen schon begegnet.«

»Ihnen muss man aber auch alles dreimal erklären«, erwiderte Mary.

»Allmählich bezweifle ich, dass wir Harrys Leiche irgendwann noch finden«, sagte ich.

»Das sehe ich auch so«, stimmte mir John zu. »Es sei denn, er wendet sich von sich aus an uns und verlangt seinen Sarg zurück.«

In diesem Moment vernahmen wir schwere Schritte hinter uns. Jemand kam langsam auf uns zu. Er war schwarz gekleidet, der Kopf war mit einer dunklen Kapuze bedeckt. Wenige Schritte vor uns blieb er stehen, blickte uns an und zog sich schließlich langsam die Kapuze vom Kopf. Er war ein alter, aber stattlicher Mann mit runzligem Gesicht und von vornehmer Eleganz, die vom lebenslangen Tragen teurer Kleidung zeugte. Ich riss den Mund so weit auf, dass ich eine Kiefernsperre befürchten musste.

»Harry?«, flüsterte ich.

»Ich habe Sie gesucht, denn Sie haben sich eins meiner Besitztümer angeeignet«, erklärte Harry Beard. »Wie Sie wissen, muss sich ein Vampir in seinen Sarg zurückziehen und in der Erde seiner Heimat ruhen. Mein Sarg befindet sich jedoch seit mehreren Tagen in Ihrem Besitz. Ich sollte Sie alle gleich hier an Ort und Stelle töten, weil Sie mir so viel Verdruss bereitet haben. Aber ich bin sehr müde, und deshalb müssen Sie mir die kleine Verzögerung nachsehen. Ich werde am Morgen zurückkehren, um Sie zu töten. Ah, da ist er ja – wie ich sehe, haben Sie ihn für mich sogar auf einen Karren gestellt. Wie freundlich von Ihnen.« Er verneigte sich höflich vor Mary, schob den Karren vor sich her und verschwand rasch in der Dunkelheit, wobei er nicht vergaß, ordentlich die Tür hinter sich zu schließen.

John, Mary und ich saßen noch einige Augenblicke lang wie betäubt auf dem Boden.

»Das also war der Tote, den Sie gesucht haben?«

»Das war er«, bestätigte ich.

»Harry ist der andere Erhabene«, bekräftigte John. »Das macht es äußerst schwierig, sein Erbe einzufordern.«

»Und ob«, stimmte ich zu.

Wir schwiegen weiter.

»Was mir gerade noch einfällt ...«, sagte Mary schließlich. »Liegt nicht Gwendolyn in dem Sarg?«

»Oje.« Ich fiel vom Stuhl.

»Ist das nicht wundervoll?«, rief John. »Wo ist mein Stift?«

Bath · *Sehr früh am Morgen*

Ich starrte zur Decke der Leichenhalle hinauf, und meine Gedanken rasten wie wild.

»Es ist wohl an der Zeit, eine Bestandsaufnahme zu machen«, stellte ich fest. »Wir müssen ganz genau klären, wo wir stehen. Punkt eins: Ein mächtiger Vampir will uns töten. Punkt zwei: Wir sollten alles andere vergessen und uns für den Rest unseres Lebens in Frankreich verstecken.«

»Punkt drei«, fuhr John fort, »der mächtige Vampir hält Gwen gefangen, und wir müssen sie retten.«

»Punkt vier«, konterte ich, »Gwen will uns ebenfalls töten, also fällt der dritte Punkt weg.«

»Punkt fünf«, fügte John ungerührt hinzu, während er sich mit einem Finger ans Kinn klopfte, »Gwen will uns nur des Erbes wegen töten, und wegen des sechsten Punkts – da der fragliche mächtige Vampir der Besitzer des Gelds ist –, gelangen wir zum siebten Punkt: Es gibt kein Erbe, das beansprucht werden könnte.«

»Sie vergessen etwas.« Mary beugte sich vor. »Punkt acht: Wenn der Besitzer des Gelds ein Vampir ist, dann verstößt es nicht gegen das Gesetz, ihn zu töten. Dar-

aus folgt Punkt neun: Das Erbe ist immer noch greifbar.«

»Punkt zehn«, sagte ich, ohne mich aufzurichten,
»Punkt neun hängt völlig von Punkt acht ab, gegen den
jedoch leider Punkt eins und Punkt elf sprechen: Der
mächtige Vampir wird uns vermutlich töten, ehe wir
ihn töten können. Das hebt Punkt neun auf und führt
zurück zu Punkt sieben, was wieder Punkt zwei umso
verlockender aussehen lässt.«

»Punkt zwölf«, ergänzte John, »Punkt elf ist eigentlich
kein richtiger Punkt, weil er auf Mutmaßungen beruht.
Ich beantrage, ihn ersatzlos zu streichen.«

»Und das schwächt wiederum Punkt eins«, schaltete
sich Mary ein. »Womit Punkt acht abermals in Kraft tritt,
und wir können von Punkt zwei zu Punkt neun wechseln. Dies bedeutet auch, dass Punkt zwölf an die Stelle
des gestrichenen Punkts elf rücken darf.«

»Ich bin verwirrt«, gestand John.

»Der neue Punkt zwölf« – jetzt richtete ich mich auf –
»bezieht sich wohl darauf, dass ihr beide hoffnungslos verrückt seid. Ich setze mein Leben doch nicht aufs
Spiel und greife den Erhabenen an.«

»Punkt dreizehn«, fuhr John fort. »Er ist nicht der Erhabene, sondern der andere Erhabene. Wir haben unseren eigenen Erhabenen, nämlich dich, und du wirst von
einem Dichter und einem Ghul unterstützt. Mir scheint,
dass ein einsamer Erhabener für einen anderen Erhabenen und dessen Freunde kein Gegner ist.«

»Ich halte mich erst einmal an Punkt zwölf«, widersprach ich.

»Nehmen wir an, wir finden einen Weg, den anderen
Erhabenen zu besiegen«, gab Mary zu bedenken.

»Wie denn?«, wollte ich wissen.

»Das ist mir noch nicht ganz klar«, räumte sie ein. »Wir nennen das vorläufig einfach Punkt vierzehn und überlegen uns später, wie es zu bewerkstelligen ist.«

»Sehr bequem«, murmelte ich.

»Geben Sie unter Berücksichtigung von Punkt vierzehn zu, dass Punkt acht immer noch möglich ist?«

»Wenn ich Punkt vierzehn berücksichtige, der aber meiner Meinung nach kaum zu verwirklichen ist, dann könnten wir Punkt acht tatsächlich wieder ins Auge fassen. Dies hebt aber Punkt drei auf, und wir kommen erneut zu Punkt vier, der für uns praktisch so gut ist wie Punkt eins, womit wir wieder bei Punkt zwei wären. Erkennen Sie die Konsequenz? Gleichgültig, was wir tun, es heißt Frankreich oder Tod.«

»Das ist schwer zu entscheiden.« John legte die Stirn in Falten. »Es sei denn, wir verändern Punkt zwei und nehmen Rom statt Frankreich. Dann wäre der Tod längst nicht mehr so verlockend.«

»Also müssen wir uns um Punkt vier kümmern.« Nachdenklich nagte Mary an der Unterlippe. »Vielleicht könnten wir einfach abwarten, bis Punkt drei sich von selbst erledigt hat. Wenn wir einen kleinen Moment zu spät kommen, tötet Harry Gwen, und damit ist Punkt vier erledigt. Wir töten dann Harry, und damit ist Punkt eins erledigt. So wären alle Hindernisse aus dem Weg geräumt, die gegen Punkt neun sprechen.«

»Bei welchem Punkt sind wir jetzt?«, fragte John. »Ich komme ganz durcheinander. Einerlei, welche Nummer es ist, wir können nicht zulassen, dass Harry Gwen tötet. Schöne Helden wären wir, wenn wir der Jungfer in der Not nicht beistünden!«

»Wir sind Diebe«, gab ich gereizt zurück. »Ich wüsste nicht, wo hier Heldentum ins Spiel käme.«

»Außerdem sind wir bei fünfzehn«, warf Mary ein. »Nur, damit Sie es wissen. Sechzehn käme als Nächstes, falls jemandem etwas daran liegt.«

»Ich nehme sechzehn«, sagte ich und stand auf. »Punkt sechzehn lautet, dass wir Punkt vierzehn noch nicht erfüllt haben, also ist das ganze Gespräch reine Spekulation.«

»Ich muss mir das aufschreiben«, erklärte John. »Ich verliere die Übersicht.«

»Ich hab's!«, rief Mary und sprang auf. »Punkt vierzehn: Wir pfählen ihn im Morgengrauen. So wollte man ja auch Sie töten.«

»Wir wissen immer noch nicht, welche Sorte von Pfahl es sein soll«, wandte John ein, der wie wild auf sein Hosenbein kritzelte.

»Punkt siebzehn«, verkündete ich. »Pfähle im Morgengrauen zählen nicht als Punkt vierzehn. Wir wissen nicht einmal, wo Harry sich aufhält, also besteht keine Aussicht, dass wir ihn finden, fangen, festhalten und pfählen. Er ist sowieso zu stark für uns.«

»Diesen Punkt haben wir bereits von der Liste gestrichen«, widersprach Mary. »Er ist nicht stärker als Sie.«

»Träfe das zu, dann gäbe es überhaupt keine Schwierigkeiten«, wandte ich ein. »Aber vergessen Sie nicht Punkt achtzehn: Ich bin kein Vampir!«

»Ich bin noch einmal alle Punkte durchgegangen«, erklärte John, nachdem er die Liste auf dem Hosenbein begutachtet hatte. »Ich glaube, wir haben wichtige Fakten übersehen.«

»Nur zu!« Unruhig schritt ich auf und ab.

»Punkt neunzehn«, begann John und machte sich sogleich eine Notiz auf seiner Liste. »Es gibt eine recht große Anzahl von Vampiren, die bereit sind, dir bis zum bitteren Ende zu folgen.«

»Das klingt beeindruckender, als es ist.« Ich schenkte Mary ein unsicheres Lächeln. »Aber mach ruhig weiter.«

»Punkt zwanzig«, fuhr John fort, »Plumb und Gaddie Banking Associates halten immer noch Harrys Geld unter Verschluss und wissen nichts über dessen bemerkenswerte Auferstehung aus dem Grab.«

Ich hielt inne, weil mir plötzlich ganz neue Gedanken durch den Kopf schossen. »Ich ahne, worauf du hinauswillst, aber sprich ruhig weiter.«

»Schließlich, Punkt vierzehn: Es gibt einen gewissen Vampirjäger, der uns flüchtig bekannt ist. Er brennt geradezu darauf, den Erhabenen zu finden.«

»Das ist der beste Punkt vierzehn, den ich seit Langem gehört habe«, erwiderte ich glücklich. »Inspector Herring wird dieses Problem sicher gern für uns lösen. Wir müssen ihm nur alles sagen, was er wissen muss, ohne noch einmal geschnappt zu werden.«

»Verstehe ich richtig?«, fragte Mary nach. »Geht es hier um den Vampirjäger, der Sie im Morgengrauen unbedingt pfählen will?«

»Genau der ist es.« Je länger ich über alles nachdachte, desto aufgeregter wurde ich. »Wir müssen ihn lediglich auf Harrys Fährte setzen, damit er von uns ablässt. Er wird den Vampir jagen, bei Morgengrauen pfählen und alle weiteren lächerlichen Rituale durchführen, um ihn zu töten, und wir müssen uns keine Sorgen mehr machen.«

»Abgesehen von Gwen«, sagte Mary. »Wenn er Gwen befreit – und das wird er vermutlich tun –, kehren wir sofort zu Punkt vier zurück, und Sie haben gleich wieder jemanden am Hals, der Sie töten will.«

»Das ist das Schönste daran!« Ich hob triumphierend beide Arme. »Während Harry und der Inspector einander jagen, fahren wir nach London und holen das Geld. Wenn Gwen endlich befreit ist, haben wir Punkt neun in der Tasche und sind schon auf dem Schiff, auf halbem Weg zu Punkt zwei.«

»Rom!«, rief John glücklich. »Ich wollte schon immer nach Rom.«

»Aber wie wollen Sie ohne Harrys Leichnam Anspruch auf das Geld erheben?«, fragte Mary.

»Das spielt keine Rolle«, erwiderte ich. »Die Bankiers wissen ja nicht, wie er aussieht. Wir nehmen irgendeinen verstorbenen alten Mann – beispielsweise den lieben Gustav hier. Wenn wir einen entsprechend aussehenden Toten vorweisen, halten sie ihn ganz sicher für Harry.«

»Warum haben Sie das nicht gleich so gemacht, statt den Sarg bis nach Bath zu schleppen und auf Friedhöfen und in Leichenhäusern herumzulungern?«, fragte Mary.

Ich stand fassungslos da und wusste nicht, was ich darauf antworten sollte.

»Sie hätten von Anfang an dabei sein sollen«, sagte John schließlich. »Unser Handeln kam uns jeweils durchaus sinnvoll vor.«

»Wie dem auch sei«, sagte ich. »Nun haben wir einen Plan und dürfen keine Zeit verschwenden. John, wie viel von Mister Washpoles Geld ist eigentlich noch übrig?«

»Es reicht gerade für die Kutschfahrt nach London zurück«, erwiderte er.

»Ausgezeichnet. Fass Gustav an den Füßen, wir nehmen ihn mit.«

»Wäre es nicht einfacher, ihn hier zu lassen und in London einen anderen Toten zu beschaffen?«, fragte Mary.

Ich packte Gustav an den Armen. »Im Gegensatz zu Ihnen werden wir in den nächsten Stunden vermutlich auf nicht allzu viele Tote stoßen. Wir fahren mit der Kutsche auf schnellstem Weg zu Percy, machen uns frisch und legen Gustav im Bestattungsunternehmen in einen Sarg. Mit der Versicherung des Bestatters, dass Harry tatsächlich tot ist, gehen wir am Nachmittag zur Bank und holen uns das Geld.«

»Werden die Leute nicht misstrauisch, wenn Sie einen Toten mit sich herumschleppen?«

»Das kommt darauf an, wie man ihn schleppt«, erklärte John. Er hob Gustav hoch und legte sich einen Arm des Toten über die Schulter. »Wenn Frederick die andere Seite übernimmt, sieht es so aus, als stützten wir einen Freund, der zu viel getrunken hat.«

»Nur dass wir bei jedem, der uns entgegenkommt, die Köpfe einziehen müssen«, gab ich zu bedenken. »Weil uns vermutlich alle an den Kragen wollen.«

»Das ist das Gute an einem Toten.« John klopfte Gustav auf die Schulter. »Man weiß immer, woran man ist.«

»Wie ziehen Sie nun Inspector Herring hinzu?«, fragte Mary. »Wenn Sie ihm ständig aus dem Weg gehen, können Sie ihn nicht über Mister Beard unterrichten.«

»Da kommen Sie ins Spiel.«

»O nein!«, rief Mary. »Ich komme überhaupt nicht ins Spiel. Ich habe Ihnen bei der Flucht geholfen, weil Sie das Gleiche für mich getan haben, aber ich kann es mir nicht leisten, in das Durcheinander hineingezogen zu werden, das Sie zu verfolgen scheint. Ich habe einen Ehemann und einen Körper, mit dem ich mich befassen muss.«

»Harry bleibt uns auf den Fersen«, warnte ich sie. »Vermutlich weiß er längst, wo Sie wohnen. Ich halte es für möglich, dass er sich dort blicken lässt, um uns den Garaus zu machen.«

»Und ich soll Herring dazu bewegen, sich in meinem Haus auf die Lauer zu legen und ihn zu fassen?«, fragte Mary ungläubig. »Sie vergessen die ansehnliche Leichensammlung in meinem Keller. Da kann ich keinen königlichen Inspector als Besucher gebrauchen.«

»Der Inspector muss Ihren Keller nicht betreten«, beruhigte ich sie. »Er wird sich in Ihrer Wohnung aufhalten und sich im Schrank verstecken. Sie müssen nur das Fenster offen lassen. Harry fliegt herein – als Fledermaus oder Nebel oder etwas in der Richtung. Sie schließen das Fenster, und Herring macht ihn mit einem Pflock fertig. Ende der Geschichte.«

»Wir reden hier über keinen gewöhnlichen Einbrecher, sondern über einen Vampir. Über einen Erhabenen«, widersprach Mary.

»Kommt Ihnen das nicht merkwürdig vor, wenn Sie über *einen* Erhabenen und nicht über *den* Erhabenen reden? Offensichtlich kann es nur einen geben, also ist Harry der Erhabene, und ich bin der Mann in Rom, der viel Geld hat und der sich über Vampire keine Sorgen mehr macht.« Ich hielt inne. »Da fällt mir gerade etwas ein«, sagte ich und wandte mich an Mary. »Wahrscheinlich fordern Sie einen Anteil an den neunzigtausend Pfund, oder?«

»Wie könnte Geld echte Freundschaft aufwiegen?«, widersprach sie. »Mir geht es einzig und allein um die Leichen.«

»Sie können gern alle behalten, die uns in die Hände fallen«, sagte ich. »Solange Sie mir nicht erzählen, was Sie mit ihnen anstellen. Jetzt müssen wir erst einmal eine Kutsche auftreiben, und Sie suchen den Vampirjäger.«

»Halt!«, rief Mary, als wir gerade gehen wollten. »Was erzähle ich ihm denn? *Hallo, ich bin Mary, und ich möchte Ihnen sagen, dass es sogar zwei Erhabene gibt. Einer wird in zehn Minuten in meinem Schlafzimmer auftauchen.*«

»Gar nicht so übel«, meinte John. »Allerdings würde ich etwas mehr Gefühl hineinlegen. Die Angst, die Ihren Auftritt begleiten sollte, kommt noch nicht so richtig zum Ausdruck.«

»Lassen Sie mich ganz aus dem Spiel«, verlangte ich. »Sobald Herring erfährt, dass wir uns kennen, will er möglicherweise auch Sie pfählen. Sagen Sie ihm einfach, sie hätten im Bett gelegen, als ein Vampir durchs Fenster gekommen sei. Er habe einen Sarg und eine Frau dabeigehabt, auf die Gwendolyns Beschreibung passt. Sie hätten ihn abgewehrt, doch er habe geschworen zurückzukehren.«

»Nach dieser Beschreibung wird er glauben, es sei Frederick gewesen«, wandte John ein. »Raffiniert ausgeklügelt.«

»Genau«, fuhr ich fort. »Er wird glauben, ich hätte Sie angegriffen und alles stehen und liegen lassen, um zu ermitteln. Wenn der Vampir kommt, wird Herring ihm vorwerfen, dass er nicht ich ist ...«

»Was auch der Wahrheit entsprechen wird«, bestätigte John.

»… aber Harry wird darauf beharren, er sei der Erhabene, während ich ein Hochstapler sei. Damit belastet er sich selbst und entlastet mich. Herring wird ihn töten, sein Versteck ausfindig machen und Gwen befreien. Ihnen wird nichts geschehen, und John und ich werden auf der Terrasse eines bescheidenen italienischen Herrenhauses sitzen.«

»Das ist aber ein gefährlicher Plan.« Mary legte den Kopf schief. »Wie hoch ist die Wahrscheinlichkeit, dass er gelingt?«

»So darf man das nicht sehen.« Ich fasste Gustavs freien Arm und legte ihn mir über die Schulter. »Stellen Sie es sich lieber so vor – wie hoch ist die Wahrscheinlichkeit, dass uns etwas Besseres einfällt, bis ein wütender Vampir Sie zu töten versucht?«

»Das sehe ich ein«, gab Mary zu. »Vor diesem Hintergrund ist es ein wundervoller Plan.«

»Ausgezeichnet«, sagte ich. »Dann machen wir uns auf den Weg. Ich schlage vor, Sie suchen Herring auf dem Friedhof.« John und ich gingen zur Tür, doch nach einigen Schritten blieben wir stehen und blickten zu Mary zurück. »Kommen Sie nicht mit?«, fragte ich.

»Noch nicht.« Sie zückte die Säge. »Da ich schon einmal hier bin, kann ich auch gleich noch ein paar Teile mitnehmen, die ich benötige.«

Ich seufzte und nickte. »Dem kann ich nicht widersprechen.«

»Du könntest schon«, murmelte John, als wir uns wieder umwandten. »Es hätte bloß keinen Zweck.«

»Der Unterschied zwischen dir und mir besteht darin«, erwiderte ich, »dass diese beiden Aussagen für mich ein und dieselbe Bedeutung haben.«

»Man darf nie die Taten mit den Konsequenzen verwechseln«, erklärte er, während wir Gustav nach draußen schleppten. »Sonst verlierst du die Hälfte deines Wortschatzes.«

John und ich saßen fröstelnd vor der Remise auf einer Bank und warteten, dass der Kutscher seine Reisevorbereitungen beendete. Der tote Gustav saß zwischen uns, sein Kopf war leicht nach vorn gefallen.

»Was wollen Sie denn in London?«, fragte der Kutscher, während er ein Pferd nach draußen führte.

»Nichts Besonderes.« Ich schob Gustavs Kopf wieder hoch. »Wir besuchen Verwandte. Meinen Bruder.«

»Er ist nicht so gut in Form, was?« Der Kutscher nickte in Gustavs Richtung. »Ein bisschen zu tief ins Glas geguckt, nehme ich an.«

»Wir haben ihm gesagt, er soll es sein lassen, aber er hört nie auf uns«, erklärte John, während er Gustavs Hände in dessen Schoß legte. »Er hat Glück, dass wir uns um ihn kümmern.«

»Das kann man wohl sagen.« Der Kutscher sortierte gerade ein Gewirr aus Ketten. Dann hielt er inne und starrte Gustav ins Gesicht. Ich drückte den Mund des Toten zu und lächelte. »Sehr bleich, was?«, fuhr der Kutscher fort. »Fast, als hätte er gar kein Blut mehr.«

»So sieht's beinahe aus«, erwiderte ich beunruhigt.

»Einen, der so blass ist, sieht man nicht alle Tage.« Er hantierte am Geschirr des Pferds herum. »Abgesehen von den letzten zwei Tagen, würde ich sagen.«

»Wirklich?« John warf mir einen Blick zu. »Was meinen Sie damit?«

»Schlimm, schlimm«, klagte der Mann. »Es hat einen von uns getroffen, einen Kutscher aus dem Stall hier. Er hat zwei Herren aus London hergebracht und konnte die Rückreise nicht mehr lebend antreten.« Er hielt inne, beugte sich vor und senkte die Stimme. »Er war völlig blutleer und hatte zwei Wunden am Hals. Ein Vampir hatte ihn erwischt.«

»Oh«, flüsterte John mir zu, lächelte aber weiter den Kutscher an. »Davon haben wir bereits gehört. Ich war schon in Sorge, es habe noch einen anderen getroffen.«

»Mach dir ruhig weiter Sorgen«, flüsterte ich zurück. »Der Mann hat einen Toten gesehen und kennt die Symptome. Wenn er Gustav zu nahe kommt, durchschaut er uns.«

»Also, wir wären dann so weit«, sagte der Kutscher. »Lassen Sie uns aufbrechen. Brauchen Sie Hilfe bei Ihrem Freund?«

»Nein, danke.« Ich drehte mich, bis sich Gustav zwischen uns befand und dem Kutscher den Rücken kehrte. »Wir helfen ihm nur hinein, dann können wir fahren.«

John und ich schlurften unbeholfen zur Tür der Kutsche, wobei wir darauf achteten, dass der Kutscher ihn immer nur von hinten zu sehen bekam. Das zwang uns dazu, auch dem Mann selbst den Rücken zuzukehren. Verwirrt öffnete er uns die Tür und klappte die Treppe heraus. Dann schwenkten John und ich herum und hievten den Toten hinein. Gustav landete schwer auf dem Gesicht, seine Beine baumelten schlaff zur Tür heraus.

»Dann fahren Sie einfach los«, sagte John und schenkte dem Kutscher ein Lächeln, ehe er sich wieder Gustav zuwandte. »Peter, du bist viel zu wacklig auf den Beinen, um selbst zu gehen. Lass uns das machen!« Wir kletterten an dem erstaunten Kutscher vorbei und zerrten Gustav auf eine Bank.

»Alles klar!«, rief ich. »Vielen Dank!«

Der Kutscher runzelte die Stirn und starrte uns an, klappte dann aber die Treppe hoch und schloss die Tür. Die Kabine wackelte, als er auf den Kutschbock stieg, und dann schnalzte er. Die Kutsche setzte sich in Bewegung. Erleichtert seufzend lehnte ich mich an. Gustav kippte mir auf den Schoß.

»Hier.« Ich richtete ihn wieder auf und stieß ihn zu John hinüber. »Du sitzt da drüben.«

»Ich will ihn nicht so dicht neben mir haben«, protestierte John. »Er hat sich schon an mein Hemd gelehnt und ganze Strophen von Poesie besudelt. Jetzt darf er nicht auch noch auf der Hose liegen.«

»Mir soll er aber auch nicht zu nahe kommen«, sagte ich. »Und er kann doch nicht einfach auf dem Boden herumrollen.«

»Viel Bewegungsfreiheit hat er sowieso nicht«, überlegte John, während er den Platz zwischen den Bänken begutachtete. »Es ist ziemlich eng hier.«

»Dann hilf mir, ihn an die Wand zu setzen!« Wir zerrten Gustav hoch, bis er aufrecht saß, und lehnten ihn an die Wand der Kutsche. Nach einigem Geholper rutschte er jedoch nach unten. Ich fing ihn auf, ehe er ganz zu Boden ging.

»Ich möchte nicht mit einem Toten auf dem Schoß bis nach London fahren«, sagte ich. »Öffne das Fenster!«

»Willst du ihn etwa hinauswerfen?«

»Natürlich nicht. Ich will ihn nur ... befestigen.« John entriegelte das Fenster über der Bank, worauf ich Gustav wieder aufrecht hinsetzte und seinen Kopf durch die Öffnung zwängte. Das Kinn blieb am Fensterrahmen hängen und hielt ihn aufrecht, auch wenn der Kopf bei jeder Erschütterung grotesk auf und ab hüpfte.

»Vielleicht sollten wir warten, bis wir die Stadt verlassen haben«, meinte John. Der Kopf vollführte wirklich die eigentümlichsten Bewegungen, während wir über die Pflastersteine ratterten.

»Niemand ahnt, dass er tot ist.« Ich zog den Vorhang über Gustavs Schultern. »Er ist bloß ein Betrunkener, der frische Luft schnappt.«

»Wahrscheinlich hast du recht.« John lehnte sich zurück. »Es ist wirklich komisch.«

»Was ist komisch? Der Tote im Fenster oder der Mann, der ihn getötet und geschworen hat, uns ebenfalls zu töten?«

»Weder noch«, antwortete John. »Ich meine unsere Beteiligung an diesem Fall. Wir fliehen vor einem Vampirherrscher und schleppen einen Toten mit uns herum. Vor vier Tagen waren wir noch ganz normale Leute, die sich mit ganz alltäglichen Angelegenheiten beschäftigten.«

»Vor vier Tagen saß ich im Gefängnis, was ganz und gar nicht meinem normalen Leben entspricht, und du warst im Grunde noch nie normal.«

»Mag sein«, gab John zu. »Aber du verstehst trotzdem, was ich meine. Wir waren normale Leute, bis das Schicksal eine höchst ungewöhnliche Ereigniskette für uns gewoben hat.«

»Das ist wahr«, räumte ich ein. »Jedenfalls reicht es zu der Überzeugung, dass die Welt einen Groll gegen mich hegt.«

»Irgendjemand tut das ganz gewiss«, stimmte John zu. »Aber es ist nicht die ganze Welt, sondern vor allem Harry Beard. Ich glaube nicht, dass die Welt überhaupt einen Groll hegen kann. Jedenfalls nicht die reale Welt.«

»Warum denn nicht?«, fragte ich. »Hättest du in den letzten Tagen die gleichen Vorwürfe einstecken müssen wie ich, dann sähst du das anders.«

»Nimm nur diese Kaninchen«, widersprach John. »Die Vampire halten sie, um ihr Blut zu trinken. Das ist etwas ganz anderes als bei der üblichen Zucht, bei der die Tiere geschlachtet und gegessen werden. Diese Kaninchen werden jeden Tag gegessen, aber sie kommen dabei nicht um, sondern kehren zu ihrem Salat zurück und produzieren neues Blut für die Vampire, um am nächsten Tag wieder angezapft zu werden. Das ist ein schreckliches Leben ...«

»Ja, du hast überdeutlich erklärt, was du meinst.«

»... den Kaninchen macht es anscheinend nichts aus«, fuhr John fort. »In unserem Fall hingegen will nur ein einziger Vampir unser Blut trinken – und er hat es noch nicht einmal versucht. Wir aber planen schon seinen Tod. Wären Kaninchen so erbarmungslos wie Menschen, dann gäbe es in Bath bereits eine schreckliche Woge der Zerstörung.«

Die Kutsche wurde langsamer und hielt an, und ehe ich die Vorhänge öffnen konnte, hörte ich draußen schon Marys Stimme, die dem Kutscher etwas zurief.

»Danke«, sagte sie und öffnete die Tür. John streckte überrascht eine Hand aus und half ihr beim Einsteigen.

Sie schloss die Tür und klopfte dreimal gegen die Wand der Kabine. Mit einem Ruck fuhren wir wieder an, und Mary setzte sich neben John.

»Gott sei Dank!«, rief sie atemlos. »Ich war schon in Sorge, ich würde Sie nicht mehr erwischen, ehe Sie die Stadt verlassen.«

»Wie haben Sie uns überhaupt gefunden?«, fragte ich.

»Ich habe den Kopf im Fenster erkannt.« Sie löste die Kordel ihres Huts und legte ihn auf die Knie. »Ein Glück auch, sonst wären Sie weggefahren, ohne davon zu hören.«

»Wovon denn?«, fragte ich. »Sie sollten doch mit Inspector Herring reden.«

»Dazu bin ich gar nicht gekommen«, berichtete sie. »Ich kehrte nach Hause zurück, um die Teile einzulagern, die ich aus dem Leichenhaus mitgenommen hatte, und da waren sie schon alle aufmarschiert.«

»Schrecklich«, sagte ich. »Wenn jemand Ihre Sammlung entdeckt, dann lässt sich die Spur bis zu uns verfolgen.«

»Deshalb fahre ich mit Ihnen nach London«, erklärte Mary. »Ich warte ab, bis sich alles wieder beruhigt hat. Allerdings glaube ich nicht, dass man eine Verbindung zu mir herstellen wird. Als Einzige wusste die Vermieterin, dass ich den Keller gemietet hatte, und die ist tot.«

»Tot?« Ich kniff die Augen zusammen. »Wollen Sie damit sagen, dass Sie ...«

»Natürlich nicht«, beruhigte Mary mich. »Sie war schon tot, als ich dort eintraf. Blutleer.«

»Du hast wirklich eine ganz neue Mode in Gang gebracht, Frederick«, sagte John.

»Wenn Harry Ihnen vom Friedhof aus gefolgt ist«, sagte Mary, »dann hat er auf dem Weg zum Leichenhaus bei mir Halt gemacht.«

»Das klingt einleuchtend«, stimmte ich zu. »Er hat eine deutliche Leichenspur hinterlassen. Ein beunruhigender Gedanke, länger als ein paar Stunden an ein und demselben Ort zu verweilen.«

»Sie können von Glück reden, dass er nicht Ihren Körper gestohlen hat«, sagte John.

»Nur weil er die Vermieterin angegriffen hat, muss er noch lange nicht hinter meinem Körper her sein«, widersprach Mary. »Einmal passen wir überhaupt nicht zueinander, und außerdem hat er noch nie einen Körper gestohlen.«

»Heute Morgen hat er Gwen gestohlen«, erinnerte John uns.

»Hm«, machte ich mit zunehmendem Unbehagen.

»Vielleicht hat er einen Körper gestohlen, aber er hat uns auch einen dagelassen.« Sie tätschelte Gustavs Rücken. »Also ist es doch gar nicht so schlimm.«

»Ja, aber Gwen war noch am Leben, als er sie mitnahm«, warf ich ein. »Wer weiß, in welcher Verfassung wir sie zurückbekommen. Wenn sie so ähnlich aussieht wie Gustav ...«

In diesem Moment rutschte Gustav von der Fensterbank herunter und prallte auf den Boden. Ich schlug mir die Hände vor das Gesicht und stöhnte laut auf.

London · *Vormittag*

Es war fast schon Zeit für das Mittagessen, als wir in London eintrafen. Die Kutsche brachte uns zu Percys Wohnung, und wir drei – oder wir vier, sofern man Gustav dazuzählte – sahen dem Fahrer hinterher, bis er hinter der nächsten Ecke verschwunden war.

»Ich frage mich, wie lange es dauert, bis Harry ihn tötet«, seufzte John sehnsüchtig.

»Da wir gerade bei unerfreulichen Themen sind«, sagte ich, »könnten wir Percys Wohnung einen Besuch abstatten. Er muss bis heute Abend in der Bank arbeiten, und wir haben viel zu erledigen.« Das Schloss an der Vordertür war noch nicht repariert, doch er hatte von innen etwas Schweres dagegengestellt. Es gefiel mir nicht, bei vollem Tageslicht einzubrechen, doch ich untersuchte alle Fenster, ob ich einen Zugang fände. Zu meiner Überraschung stand ein Fenster weit offen. Die Vorhänge flatterten leicht in der Zugluft. Ich winkte Mary und John zu mir, und dann hoben wir Gustav gemeinsam hoch und beförderten ihn mit Schwung nach drinnen.

»Aaaah!«, schrie jemand.

»Still!«, herrschte ich Mary an. »Ich dachte, Sie verstünden sich auf heimliches Eindringen.«

»Ich habe nicht geschrien«, protestierte sie.

»Aaaah!«, machte jemand noch einmal.

»Diesmal war es Frederick«, vermutete John.

»Nein, das war nicht ich«, widersprach ich. »Ich kreische viel tiefer. Es muss eine Frau gewesen sein.«

»Aaaah!«, ließ sich die Stimme zum dritten Mal vernehmen.

»Also, ich war es auch nicht«, versicherte uns Mary. »Es klang, als wäre es von drinnen gekommen.«

John und ich wechselten einen Blick. »Percy!«, sagten wir wie aus einem Mund. Ich zog mich an der Wand zum Fenster hinauf, indem mich John von unten stützte. Als der Schrei zum vierten Mal ertönte, sprang ich den Schreier an, riss ihn zu Boden und legte ihm die Hand auf den Mund. Es war tatsächlich Percy. Er war ungekämmt, die Kleidung zerzaust, die Augen hatte er vor Entsetzen weit aufgerissen.

»Ich bleibe lieber hier unten!«, rief Mary von draußen. »Ich trage ein Kleid nach neuester Mode, und das eignet sich nicht zum Klettern.«

Ich wollte mich aufrichten und die Vordertür öffnen, doch sobald ich die Hand von Percys Mund nahm, schrie er weiter, und ich musste ihn abermals zum Schweigen bringen.

»Ich bin leider beschäftigt«, entschuldigte ich mich. »John könnte helfen, wenn er hinter mir hereinklettert.« Ich sah mich um. Das Zimmer war völlig durcheinander, überall auf dem Boden und auf den Möbelstücken häuften sich Papiere, Gustavs Leiche lag unmittelbar vor mir. Percy wehrte sich schwach gegen meine Hand.

Gleich darauf hörte ich Mary draußen drängend flüstern.

»John?«, raunte sie.

»Ja?«, antwortete John.

»Die Tür«, zischte Mary.

»Oh, richtig«, lachte John. »Tut mir leid. Ich habe wohl nur den Himmel angestarrt und völlig vergessen, wo ich bin.« Es gab ein Kratzen und Scharren, dann stieg John zum Fenster herein und eilte an mir vorbei zur Tür. Ein Schleifgeräusch verriet mir, dass er etwas Großes, vielleicht eine hölzerne Kommode, von der Tür wegrückte und gleich darauf an den ursprünglichen Platz zurückschob. Gleich betraten er und Mary das Zimmer. Mary eilte sofort ans Fenster und schloss es.

»Klug gehandelt«, lobte John. Dann deutete er auf den Boden. »Offenbar sind wir heute nicht die Ersten, die hier einen Toten hereingeworfen haben. Kein Wunder, dass Percy sich so aufregt.«

»Was?« Ich ließ Percy los und sprang auf. Er wollte wieder loskreischen, beschränkte sich jedoch auf ein vorsichtiges Wimmern, als Mary die Keule zückte. Ich sah mich rasch in dem Zimmer um, und tatsächlich, dort lag noch ein zweiter lebloser Körper auf dem Boden.

»Hier stellt sich die Frage, wer sonst noch Tote durch Percys Fenster wirft.«

»Der wahrscheinlichste Kandidat ist wohl Percy selbst.« Ich wandte mich langsam zu dem jungen Mann um, der zitternd am Boden lag. »Die nächste Frage lautet: Warum bewahrt Percy in seinem Wohnzimmer einen Toten auf?«

»Es ist eine Frau«, erklärte John, der schon neben der Leiche kniete. »Aber sie ist wie ein Mann gekleidet. Sehr teuer, wie mir scheint.«

»Warum hat Percy eine tote Frau im Wohnzimmer, die wie ein Mann gekleidet ist?«, setzte ich noch einmal an.

»Nun ja, halb bekleidet«, berichtigte mich John. »Sie trägt weder Schuhe noch Socken.«

»Sie haben wirklich ungewöhnliche Freunde.« Mary musterte Percy mit hochgezogenen Augenbrauen.

»Wenn Sie ihr einen Hut aufsetzen, sieht sie aus wie ein Mann«, erklärte Percy mit unsicherer Stimme. »Das hätte niemand bemerkt.«

»Darf ich fragen, was das zu bedeuten hat?«, erkundigte ich mich.

»Es ist … Mister Beard«, quetschte Percy hervor und lächelte voller Angst.

»Verstehe«, sagte John. »Ein raffinierter Plan. Wenn man die Bank überzeugen kann, dass Mister Beard eigentlich eine Frau ist, sind alle Dokumente hinfällig, die seinen Tod betreffen.«

»Was?«, fragte Mary.

»Nein, so ist das nicht gedacht«, widersprach ich. »Percy versucht das Gleiche wie wir – er ersetzt den fehlenden Körper durch einen anderen und gibt ihn als Harry aus. Wir haben aber wenigstens einen Mann beschafft.«

»Dies ist meine erste Leiche«, versicherte Percy uns aufgeregt. »Sie kennen sich damit aus, aber für einen Anfänger ist es wirklich schwierig.«

»Das Ergebnis ist gar nicht so übel«, lobte John. »Sie sieht Harry wirklich ähnlich.«

»War das auch Gwens Plan?«, wollte ich von Percy wissen. »Sie ist uns nach Bath gefolgt, um uns zu töten, und unterdessen haben Sie eine Ersatzleiche besorgt, um das Erbe zu kassieren.«

Percy schüttelte den Kopf. »Ich schwöre, dass Gwen dieses Mal nicht dahintersteckt.«

»Haben Sie überhaupt einen Sarg?«, fragte ich.

»Noch nicht.«

»Wie haben Sie sich denn die Leiche besorgt?«, fragte John. »Die meisten kommen doch mit Verpackung. Es sei denn, man ... Sie wissen schon.«

»Das habe ich ganz gewiss nicht getan!«, rief Percy entrüstet. »Ich habe sie aus dem Fluss gefischt, aber ich weiß nicht, wie sie dort hineingeraten ist.«

»Wasserleichen sind ... erlesene Fundstücke«, schwärmte Mary. »Sie sind natürlich nass und manchmal aufgedunsen, aber äußerlich meist unversehrt. Ich muss unbedingt selbst im Fluss nachsehen, ehe ich die Stadt verlasse.«

»Nicht nötig«, erklärte ich ihr. »Sie können die hier haben. Wir ziehen ihr einfach den Anzug aus und bekleiden Gustav damit. Oder ... da sie eine Frau ist, sollten Sie das besser tun.«

Mary lächelte mit gespielter Dankbarkeit und schleppte die tote Frau ins Schlafzimmer. John zerrte Gustavs Leiche hinterher, kam zurück und schloss die Tür.

»Nun sagen Sie, Percy«, fuhr ich fort, »wie ist denn der gegenwärtige Stand von Mister Beards Vermögen?«

»Es liegt alles auf der Bank«, erklärte Percy. Er zog sich langsam auf einen Polstersessel hoch. »Sein gesamter Besitz ist liquidiert, und die Gesamtsumme beläuft sich auf neunzigtausendvierhundertdreiundachtzig Pfund und ein bisschen Kleingeld, an den genauen Betrag erinnere ich mich aber nicht. Wegen des ... wegen der Schwierigkeiten mit der Leiche hat die Bank entschieden, den Toten selbst in Augenschein zu nehmen.«

»Schwierigkeiten mit der Leiche?«, erwiderte ich. »Sie sind doch angeblich der Einzige in der Bank, der mit dem Bestatter in Verbindung steht. Niemand sonst sollte wissen, dass die Leiche fehlt, sofern Sie es den Leuten dort nicht selbst verraten haben.«

»Das ist es ja!«, antwortete Percy. »Die Bank wollte die Beerdigung schon gestern Abend durchführen, daher musste ich etwas erzählen ... Ich konnte doch nicht verraten, dass die Leiche verschwunden ist. Also sagte ich, sie ... sie sei noch nicht angekommen.«

»Warum sollte das ein Problem sein?«

»Weil der Bestatter der Bank schon gemeldet hatte, dass die Leiche eingetroffen sei. Deshalb hat man mich überhaupt hingeschickt«, erklärte Percy. »Also habe ich meinem Onkel erzählt, die Leiche sei zwar angekommen, musste aber wieder zurückgeschickt werden.«

»Warum sollte ein Bestattungsunternehmen eine Leiche zurückschicken?«, fragte ich. »War sie noch nicht tot genug?«

»Mir ist nichts Besseres eingefallen«, stöhnte Percy verzweifelt. »Dann sagte mein Onkel ... genau das Gleiche wie Sie. Deshalb bin ich zum Bestatter gegangen, um für die beiden einen Termin zu vereinbaren, aber da war Mister Spilsbury bereits tot.«

»Blutleer«, ergänzte John. »Ähnliches haben wir schon in Bath gehört.«

»Hätten Sie mir doch nur vor Ihrem Aufbruch verraten, dass Sie das Blut des Bestatters trinken wollten, Frederick!«, flehte Percy. »Es war so schrecklich ... ich war ganz starr vor Schreck.«

»Ich?«, gab ich zurück. »Glauben Sie, ich sei so dumm, einen der wenigen Menschen zu töten, mit deren Hilfe wir dieses Chaos beheben können? Ich bin beleidigt. Hätte ich ein Grab, ich würde mich darin umdrehen.«

»Sie haben eins«, sagte John. »Ich hab's gesehen.«

»Wer sonst sollte es gewesen sein, wenn nicht Sie?«, fragte Percy. »Sie sind der einzige Vampir, den ich kenne!«

»Darf ich also annehmen, dass es zu keinen weiteren Irreführungen mehr kommt?«, fragte ich. »Eine fehlende Leiche und ein toter Bestatter werfen erhebliche Probleme auf.«

»Mir ist einfach nichts Besseres eingefallen«, beteuerte Percy noch einmal. »Ich habe eine Nachricht zur Bank geschickt, dass die Leiche wohlbehalten wieder angekommen sei und der Bestatter morgen die Beerdigung durchführen könne. Nur dass ich das gestern schon gesagt habe – also findet die Beerdigung heute Abend statt. Um ganz sicherzugehen, wollten die Bankiers den Toten vorher sehen.«

»Und seitdem sind Sie wie ein Irrer herumgerannt und haben eine Leiche gesucht, die Sie denen vorführen können«, sagte ich.

Percy nickte und betrachtete traurig die Verwüstung, die in den letzten Tagen in seinem Wohnzimmer um sich gegriffen hatte. In diesem Moment öffnete Mary die Schlafzimmertür und zerrte den ordentlich gekleideten und frisierten Gustav heraus.

»Wir wären dann so weit.« Sie ließ den Toten vor unsere Füße fallen. »Und das war hoffentlich der letzte Auftrag, mit dem Sie mich heute betrauen. Ich möchte die Ohren der Frau genauer studieren.«

»So leid es mir tut, aber wir haben tatsächlich noch eine Bitte an Sie, Mary«, sagte ich. »Eigentlich sind es sogar zwei Bitten, die aber zusammengehören.«

»Dafür verlange ich eine weitere Leiche«, forderte sie.

»Bringen Sie Gustav zum Bestattungsunternehmen Spilsbury und Beard«, sagte ich. »Es sind nur ein paar Minuten zu Fuß. Lassen Sie ihn ordentlich in einem Sarg aufbahren, und dann bringen Sie den Sarg mit Gustav zu Plumb und Gaddie Banking Associates.«

»Zur Bank?«, fragte Mary. »Was will man dort mit einem Toten?«

»Die Bankiers wollen sich vergewissern, dass es tatsächlich eine Leiche gibt«, erklärte ich. »Percy, schreiben Sie eine Nachricht, die Mary dann dem Bestatter zeigt. Man braucht dort eine offizielle Erlaubnis von der Bank, um die Leiche zu bewegen.«

»Und die Adresse der Bank!«, verlangte Mary, als Percy den Boden nach einem sauberen Stück Papier abtastete. »Und was werden Sie beide tun, während ich für Sie alles vorbereite?«, wollte sie von John und mir wissen.

»Wir geben in der Bank Bescheid, dass die Leiche unterwegs ist«, sagte ich. »Aber zuerst müssen wir uns waschen und uns umziehen.«

»Schön«, antwortete sie. »Aber betreten Sie das Schlafzimmer nicht. Dort liegt eine Tote in Unterwäsche, die über die Störung nicht erbaut wäre.«

Percy stöhnte verzweifelt auf.

In der Bank verbrachten wir die Wartezeit auf denselben Stühlen, auf denen wir schon einmal gesessen hatten, auf demselben Flur und unter den nämlichen großen Buchstaben.

»Wenigstens habe ich dieses Mal gleich von vornherein den richtigen Platz gewählt«, erklärte John. Zufrieden seufzend setzte er sich vor *PLUM* und fingerte abwesend an seinem Hemd herum. Percys Kleidung passte uns beiden recht gut, nur die Ärmel und die Hosenbeine waren ein wenig länger, als es John lieb war. Er hatte mehrere Hemdknöpfe offen gelassen und trug nur eine grüne Weste ohne Jacke oder Hut.

»Ich kann es immer noch nicht fassen, dass Sie mich dazu überredet haben«, murmelte Percy kopfschüttelnd. Unruhig schritt er auf und ab, keine schlechte Leistung, da er sich in dem schmalen Flur quer bewegte und hin und zurück kaum mehr als einen Schritt Platz hatte.

In diesem Moment öffnete sich die Außentür, und eine Frau kam von der Straße herein. Sie war etwas älter, aber elegant gekleidet, und band sofort den Hut los.

»Ist dies das Wartezimmer?«, fragte sie.

»Stumm wie ein Grab ist es hier immer«, antwortete John. Er stand auf und verneigte sich. »Bitte, Teuerste, darf ich Ihnen meinen Platz anbieten?« Die Frau betrachtete die freien Stühle, dann wieder John, fand aber offenbar nichts Falsches an seinem Angebot und setzte sich höflich.

»Danke«, sagte sie. »Und wie ist Ihr Name?«

»John Keats, junge Dame.«

»Junge Dame?« Sie lächelte leicht. »Wohl eher Ihre Mutter, wenn wir auf das Alter sehen.«

»Der Weisheit nach vielleicht«, antwortete John lächelnd. »Aber Ihre Schönheit wird nie vergehen.«

»Bitte, verzeihen Sie meinem Freund«, sagte ich. »Er hat eine seltsame Art, Fremde zu begrüßen.«

»Das macht doch nichts.« Sie lächelte mich an. »Das Reimen ist viel besser, als sich Gefahren stellen zu müssen.«

John blieb stocksteif stehen, riss die Augen weit auf und setzte sich langsam neben sie, als wäre es ein erhebendes Erlebnis, ihr zu begegnen.

»Dann gibt es also zwei von eurer Sorte.« Ich zog die Augenbrauen hoch. »Welch glückliches Zusammentreffen.«

»Und wie ist Ihr Name, werte Dame?«, fragte John.

»Anne«, antwortete sie freundlich. »Mit oder ohne E am Ende, wie es Ihnen beliebt. Ich habe mich noch nicht endgültig entschieden.«

»Warum dauert das nur so lange?«, klagte Percy. »Die Bankiers wollten doch nur den Leichnam des alten Mannes sehen. Warum kommt nicht einfach jemand heraus und sieht ihn sich an?«

»Wir arbeiten in einem Bestattungsunternehmen«, erklärte ich der Frau. »Kein Grund zur Sorge.«

»Stellen Sie hier einen Toten aus?«, fragte sie. »Er muss aber klein sein, wenn er sich in diesem Raum verbirgt.«

»Er wird später geliefert«, sagte John. »Aber ich arbeite eigentlich gar nicht in dem Bestattungsunternehmen. Ich bin ein Dichter.«

»Was führt Sie hierher?«, fragte ich die Dame, um ihr die Strapazen der Hirnwindungen zu ersparen, zu denen die Unterhaltungen mit John so häufig ausuferten.

»Eigentlich ist es nur eine Kleinigkeit«, erwiderte sie. »Ich erwarte einen Anfall von Schwindsucht.«

»Und deshalb suchen Sie eine Bank auf?«

»Mein gesundheitlicher Zustand ist recht ungewöhnlich.«

»Sind Sie denn eine Anhängerin der Poesie?«, fragte John.

Ich seufzte. Jetzt war sie dran.

»Poesie?«, fragte die Dame. »Dieses Wort hört man selten. Viel öfter spricht man hier doch wohl von *Lyrik*, was das Gleiche bedeutet und viel besser verstanden wird.«

»Unter gewöhnlichen Umständen würde ich zustimmen«, räumte John ein, »aber das Wort *Lyrik* hat ein paar Fehler, an denen man einfach nicht vorbeikommt.«

»Welche denn?«, wollte die Frau wissen.

»Auf das Wort reimt sich nichts«, erklärte John.

»*Der Ort, der Sport, der Mord, an Bord*«, wandte Percy ein. »Das reimt sich alles auf *das Wort*. Aber mir ist das völlig gleichgültig, ich muss nachdenken.«

»Vielleicht sollten Sie sich setzen«, schlug ich vor.

»Das meinte ich nicht«, widersprach John. »Ich meinte, dass sich auf das Wort *Lyrik* nichts reimt. Oder so gut wie nichts. Jeder kann etwas erfinden wie: *Meine Lyrik bekommt ungerechte Kritik*. Aber das geht gründlich daneben, denn es ist kein guter Reim.«

»Was meinst du damit, dass jeder so etwas erfinden kann?«, antwortete ich. »Das war doch ein eleganter Reim. Mir wäre so etwas nie eingefallen.«

»Es geht schließlich nicht allein um den Reim«, erläuterte John der Dame, als hätte sie die Einwände erhoben. »Es ist das Versmaß. Ich kann die Betonung auf *Kritik* legen, aber so spricht man eigentlich nicht. Versuchen Sie es einmal.« Als Anne zögerte, drängte er sie erneut. »*Ungerechte Kritik* – bitte sprechen Sie die beiden Worte aus. *Ungerechte Kritik.*«

»*Ungerechte Kritik*«, sagte Anne nicht ohne Belustigung.

»... bekommt ungerechte Kritik«, wiederholte John dramatisch. »Man muss es viel zu schnell hervorstoßen. *Lyrik* ist ein kurzes Wort mit einem seltsamen Klang. Die

Worte sollten so leicht über die Zunge gehen wie das Gefühl, welches das Herz bewegt. *Ein dunkles Sehnen spür ich manchmal in der Brust, auf meinem Grab zu sitzen schon, als wär's mein eigner Thron, und zu vergessen jede Freude, jede Lust.«*

»Hübsch«, sagte Anne mit mehr Wärme, als ich als Antwort auf ein Grabgedicht erwartet hätte.

»Ich bemühe mich.« John wich ihrem Blick aus. »Aber ich bin kein Shelley. Manchmal glaube ich, ich sollte mich für den Naturalismus entscheiden. Sogar die Vampire schreiben bessere Schauerromane als ich.«

Darauf zog Anne die Augenbrauen hoch, doch bevor ich mir etwas überlegen konnte, um diese Aussage zu erklären, öffnete sich die innere Tür, und der junge Mann mit dem gestriegelten Kopf erschien.

»In Sachen Spilsbury und Beard«, leierte er ohne jede Betonung herunter. »Ihr Sarg ist eingetroffen. Bitte folgen Sie mir!«

London · *Früher Nachmittag*

John, Percy und ich verabschiedeten uns von der Lady und folgten dem Mann durch ein Gewirr von Fluren. Schließlich erreichten wir ein kleines Empfangszimmer, das man auch von außen durch die Seitentür des Gebäudes betreten konnte. Sie stand gerade offen, weil Mary und zwei angestrengt schnaufende junge Männer den Sarg von einem schwarzen Leichenwagen abluden und mitten im Raum auf einen Tisch hievten. Unterdessen eilten mehrere tintenfleckige Schreiber umher und entfernten Papierstöße, um Platz für den Sarg zu schaffen.

»Das ging ja schnell«, flüsterte ich Mary zu, als die Sargträger die Kiste abstellten. »So bald hatten wir gar nicht mit Ihnen gerechnet.«

»Der Bestatter war sehr erfreut, dass die Leiche wieder da war«, antwortete Mary. »Ähnlich wie Percy drängte es ihn, der Bank zu erklären, dass er sie gar nicht verloren hatte.« Der Sarg war dieses Mal ein echter Sarg, keine schlichte Holzkiste. Mary hob den Deckel ab und zeigte uns das üppige Innere, in dem Gustav mit friedlich gefalteten Händen ruhte.

»Mister Gaddie führt gerade ein Kundengespräch«, erklärte der Bursche mit dem pomadisierten Haar. »Er steht Ihnen gleich zur Verfügung.«

»Schon wieder Mister Gaddie?«, fragte ich. »Ich hatte sehr gehofft, heute auf Mister Plumb zu treffen.«

Der Junge ging, ohne mich einer Antwort zu würdigen. Die Sargträger verließen den Raum, und auch die Schreiber kehrten in ihre Büros zurück. Schließlich waren wir allein. Durch die offenen hohen Fenster unter der Decke wehte gedämpft der Londoner Verkehrslärm herein.

»Mister Gaddie ...«, brachte Percy stockend hervor, »... ich kann Mister Gaddie nicht anlügen. Er ist mein Onkel.«

»Beruhigen Sie sich.« Ich klopfte ihm auf die Schulter. »Sie müssen nur sagen, dass wir vom Bestattungsunternehmen kommen. Den Rest erledigen wir dann selbst.«

»Vorausgesetzt, er wirft uns nicht auf der Stelle hinaus«, meinte John. »Über unseren letzten Besuch war er nicht sehr erbaut. Er hält Frederick für tot.«

»Warum haben wir dann nicht einfach Frederick in den Sarg gelegt?«, erkundigte sich Mary.

»Was?«, fragte Percy.

»Wenigstens hat Mary den Sarg rasch herbeigeschafft«, überlegte ich. »Wenn Mister Gaddie ebenso versessen darauf ist, dieses Fiasko zu beenden wie Mister Beard, dann sind wir im Nu wieder draußen.«

»Mister Beard?«, fragte John. »Wieso hat Harry es so eilig, die Sache zu beenden?«

»Er ist auf gar nichts mehr versessen«, erwiderte Percy. »Er ist tot. Ich wäre gern bei ihm.«

»Dann könnten Sie Ihrer Schwester Hallo sagen«, warf Mary fröhlich ein.

242

»Was?«, fragte Percy.

»Nicht Harry Beard«, erklärte ich. »Archibald Beard, der Bestattungsunternehmer.«

»Nein«, entgegnete Percy, »ich wäre überhaupt nicht gern bei einem Bestattungsunternehmer.«

»Ich schon«, sagte Mary verträumt. »Bei einem sehr ... nachsichtigen Bestattungsunternehmer.«

»Jetzt fällt es mir wieder ein«, strahlte John. »Beard war der Bestattungsunternehmer, der an dem betreffenden Tag nicht da war. Wir haben mit dem anderen gesprochen.«

»War Beard ein Bestattungsunternehmer?«, fragte Mary. »Das erklärt natürlich sein Interesse an meinem Körper.«

»Wie widerlich!«, stieß Percy hervor.

»Ich rede nicht über Harry Beard«, sagte ich. »Ich rede über Archibald Beard.«

»Über denjenigen, der Gwen nicht hat«, kam mir John zu Hilfe.

»Was?«, erkundigte sich Percy noch einmal.

»Gwen ist jetzt bei Harry«, sagte Mary.

»Dann hat sie die Leiche gefunden?«, fragte Percy. »Warum benutzen wir einen falschen Toten, wenn wir den richtigen haben?«

»Sie hat ihn nicht gefunden«, widersprach ich. »Eigentlich war es eher andersherum.«

»Er hat uns gefunden«, bestätigte Mary.

»Was hat das zu bedeuten – er hat euch gefunden?« Percy war völlig verunsichert. »Ist das wieder eine Ihrer poetischen Umschreibungen? Ist er vor Ihnen vom Baum gefallen, und Sie drücken es beschönigend aus und sagen: *Er hat uns gefunden*?«

»Welch fantastischer Einfall!«, rief John. »Ein Gedicht über einen Toten, der vom Baum fällt! Das ist gleichermaßen schauerlich wie naturalistisch.«

»Als ich sagte, er habe uns gefunden, meinte ich, dass er uns ständig gefolgt ist und unterwegs Leute ermordet hat«, erläuterte Mary. »In einem Leichenhaus hat er uns schließlich eingeholt.«

»Ich fürchte, das verstehe ich nicht«, gestand Percy ratlos.

»Das wollen Sie auch gar nicht«, erwiderte ich.

»Harry ist nicht so tot, wie bisher alle dachten«, hob John an. »Er ist nur gewissermaßen tot. Er ist das, was man als ... untot bezeichnet.«

»Ist Harry ein Vampir geworden?« Percy riss die Augen auf.

»Ja«, bestätigte ich. »Deshalb haben wir keinen Sarg. Er wollte ihn zurückhaben.«

»Warum ist Gwen dann bei ihm?«, wollte Percy wissen.

»Sie lag in diesem Augenblick im Sarg«, berichtete John leichthin. »Wenn man es sich recht überlegt, ist das alles doch ganz einfach.«

»Gwen ist tot?«, schrie Percy. »Was haben Sie ihr angetan?«

»Sie war nicht tot«, widersprach Mary.

»Aber untot?«, fragte Percy. Seine Augen bekamen einen irren Glanz.

»Das dachte sie«, erklärte John, »aber sie war es nicht. Solche Fehler passieren eben, wenn man in einem Sarg aufwacht.«

»Lasst uns später über Gwen reden«, schlug ich vor. »Mister Gaddie kann jeden Augenblick hereinkommen. Ich wollte nur sagen, dass wir im Nu wieder draußen sind, wenn Mister Gaddie die Angelegenheit ebenso rasch abschließen will wie Mister Beard ...«

»Warten Sie − wie war das?«, unterbrach mich Percy.

»Mister Beard, der Bestatter«, sprang mir John bei. »Nicht Mister Beard der Vampir.«

»Archibald Beard«, ergänzte ich. »Nicht Harry.«

»Ich bezweifle, dass ich schon einmal das Vergnügen mit ihm hatte«, überlegte Mary.

»Aber Sie haben doch mit jemandem im Bestattungsinstitut geredet«, wandte ich ein.

»Spil... irgendwas«, bestätigte Mary. »Spilburn. Ein sehr dicker Mann, der ganz langsam spricht.«

»Sie meinen Spilsbury«, half ihr John. »Mit dem hatten wir auch zu tun.«

»Spilsbury ist tot«, erklärte Percy. »Ich habe die Leiche mit eigenen Augen gesehen.«

Mir blieb der Mund offen stehen.

»Da sagen Sie was«, überlegte ich, während ein übles Gefühl in mir aufstieg. »Spilsbury müsste eigentlich tot sein.«

»Blutleer«, fügte John hinzu. »Die Vampire.«

»Das war bestimmt derjenige, mit dem ich geredet habe«, beharrte Mary. »Sehr bleich und sehr verwirrt. Er wusste nicht recht, wo er war, konnte sich aber wenigstens erinnern, dass Sie drei den Toten mitgenommen haben, und dann sei noch ein anderer Besucher gekommen ...«

»Harry!« Ich schnitt eine Grimasse. »Wie blind können vier Menschen eigentlich sein? Warum haben wir das nicht gleich erkannt?«

»Wir wussten doch schon, dass es Harry war«, wandte John ein. »Was regst du dich plötzlich so auf?«

»Vampire töten keine Menschen«, erklärte ich. »Sie rekrutieren Menschen. So wird man ein Vampir – man wird von einem Vampir gebissen.«

»Das heißt, der Bestattungsunternehmer Spilsbury ist jetzt ein ...« John hielt inne und riss ebenfalls den Mund auf. »Ist dir klar, was das bedeutet?«

»Meine Vermieterin wird aufwachen!«, rief Mary. Sie war bleich vor Angst. »Ich bin mit der Miete im Rückstand. Und wie erkläre ich ihr die Sammlung im Keller?«

»Noch schlimmer«, ergänzte ich. Wir blickten zum Sarg. »Gustav.«

Als wir draußen vor der Tür laute Schritte vernahmen, zögerten wir keine Sekunde lang. Mary und ich sprangen zum Sarg und drückten den Deckel fest zu, John wandte sich zur Tür und schnappte sich sofort Mister Gaddies Hand, als dieser eilig hereinkam.

»Wie schön, Sie zu sehen, Mister Gaddie!«, rief John und schüttelte dem Bankier lebhaft die Hand. »Wir freuen uns, wieder hier zu sein, auch wenn wir den Tod eines so lieben Freunds betrauern müssen.«

»Ein Freund?«, erwiderte Mister Gaddie unwirsch. Mit ungeduldig blitzenden Augen sah er sich in dem Raum um. »Verstorben? Was wollen alle diese Leute hier? Percival – erklär mir, was da los ist!«

»Ja, Sir. Äh ... Sir ...«, murmelte Percy verzweifelt. »Diese ... ähm ... sind vom ... äh ... verstehen Sie ...«

»Wir kommen vom Bestattungsunternehmen«, unterbrach ihn John, der dem Bankier immer noch die Hand schüttelte. »Ich bin John Keats, und das sind meine Kollegen Rupert von Hildebrandt und Mary Jane Persimmon.«

Mary und ich winkten zum Gruß und hielten die jeweils andere Hand fest auf den Sargdeckel gepresst.

»Ihren Neffen kennen Sie ja schon.« John deutete auf Percy.

»Bitte, Sir«, sagte ich, »wir sind im Auftrag des Bestattungsunternehmens gekommen, um ...«

»Ja, ja doch«, unterbrach Mister Gaddie mich ungeduldig. »Ich weiß, woher Sie kommen. Deshalb bin ich ja hier, oder nicht?« Er beäugte Mary, die im Gegensatz zu uns noch keine Gelegenheit gehabt hatte, sich zu waschen und umzuziehen. »Warum ist die Frau mit Erde verschmutzt?«

»Die ... äh ... Sir ... äh.« Percy half uns nicht weiter.

»Erde?« Mary spielte die Unschuldige. »Welche Erde?«

»Sie kommt eigentlich nicht vom Bestattungsunternehmen, sondern vom Friedhof«, warf John ein. »Sie ist eine Totengräberin.«

»Was hat sie dann hier zu suchen?«, fragte Mister Gaddie. »Dies ist eine Bank, und zwar eine saubere.«

»Oh, heutzutage sind viele Totengräber unterwegs«, sagte ich.

»Was sollte mich das kümmern?« Mister Gaddie trat näher an den Sarg heran. »Lassen Sie mich den Toten sehen, damit wir es hinter uns bringen. Percival, öffne den Sarg.«

»Ja, Sir, ja ... den ... hahaha.« Percy kicherte so hysterisch, dass ich mir schon Sorgen machte, er könne ohnmächtig werden.

»Was ist denn los, Junge?« Mister Gaddie wandte sich zu Percy um und kehrte damit dem Sarg den Rücken. »Ist etwas nicht in Ordnung? Soll ich deinem Vater berichten, dass du mit deiner Arbeit nicht zurechtkommst? Was mag dir dann wohl blühen?«

»Ich ... Sir, ja ... nein«, stammelte Percy.

Während Mister Gaddie abgelenkt war, ergriff ich die Gelegenheit, einen Blick unter den Sargdeckel zu werfen. Gustav rührte sich nicht. Ich nickte John zu, der Mister Gaddie eine Hand auf die Schulter legte.

»Wollen wir uns dann den Toten ansehen?« John drehte den Bankier herum. Percy war unendlich erleichtert, dem scharfen Blick seines Onkels zu entkommen. »Ich bin sicher, dass Sie alles in bester Ordnung vorfinden, und der Leichnam ist natürlich tot.«

»Natürlich ist er tot«, bestätigte Mister Gaddie. »Warum sonst sollte er im Sarg liegen? Aber warum reden Sie eigentlich von dem Leichnam? Der Mann hat schließlich einen Namen.«

»Natürlich«, pflichtete John ihm bei. »Archibald Beard.«

»Harry Beard«, warf ich rasch ein und lächelte Mister Gaddie an. »Harold Beard. Archibald Beard ist der Bestatter.«

»Der aber nicht tot ist«, fügte John hinzu.

»Natürlich ist er nicht tot«, sagte Mister Gaddie. »Warum sollte er tot sein?«

»Dafür gibt es nicht den geringsten Grund.« Ich hob den Sargdeckel. Gustavs Augen standen offen.

»Oje!«, keuchte Mary und knallte den Deckel sofort wieder zu. Mister Gaddie öffnete den Mund und wollte etwas sagen. »Oje, mein ... Bein. Ich glaube, ich habe einen Krampf.« Sie stützte sich schwer auf den Sarg und hielt den Deckel fest geschlossen.

»Dafür haben wir keine Zeit«, sagte Mister Gaddie gereizt. »Öffnen Sie den Sarg, damit wir Mister Beard sehen können.«

»Hallo«, flüsterte eine dünne, heisere Stimme.

»Wer war das?« Mister Gaddies Blicke schweiften durch den Raum.

»Mary«, murmelte John. Sie legte sich eine Hand vor den Mund und hustete diskret. »Sie ist oft so heiser«, fuhr John fort. »Sie muss ja immer draußen in der Kälte arbeiten.«

»Warum sagt sie Hallo, obwohl wir einander schon vorgestellt wurden?«, fragte Mister Gaddie.

»Ich bin nur höflich«, entgegnete Mary.

»Federico?«, flüsterte die heisere Stimme.

»Sie ist auch eine Zigeunerin«, fügte John hinzu.

»Federico«, flüsterte Mary heiser.

»Eine Zigeunerin namens Mary Jane Persimmon?«, fragte Mister Gaddie. »Der Name klingt überhaupt nicht nach einer Zigeunerin.«

»Sie ist nicht von Geburt an Zigeunerin«, sagte John rasch.

»Sie wurde als Kind entführt«, fügte ich hinzu.

»Was?«, sagten Mary und Mister Gaddie gleichzeitig.

»Wussten Sie das etwa nicht?« Ich tat erschrocken. »Es tut mir leid, dass Sie es auf diese Weise erfahren.«

»Ja, wie auch immer«, meinte Mister Gaddie. »Schaffen Sie die Zigeuner-Totengräberin von dem Sarg weg, damit wir ihn öffnen können.«

»Percy«, sagte John, »bitte erklären Sie Ihrem Onkel, wo sich Harold Beards Leichnam befand.«

Percy wurde totenbleich. Mit finsterer Miene verschränkte Mister Gaddie die Arme vor der Brust.

»Ich ... der ... Sir ... Tote ... nicht ... also, wissen Sie, äh ...«, stotterte Percy, und John nickte uns zu. Mary griff unter ihr Kleid und zückte einen hölzernen Pflock.

»Was tun Sie da?«, hauchte ich und deutete auf das Holz.

»Er ist ein Vampir«, hauchte Mary zurück und deutete auf den Sarg.

»Haben Sie immer einen Pflock dabei?«, flüsterte ich und tat so, als hätte ich selbst einen in der Hand.

»Sie etwa nicht?«, fragte sie ebenso leise zurück.

»Geben Sie mir das Ding!« Ich riss ihr den Pflock aus der Hand. Sie funkelte mich an, half mir aber, den Sargdeckel zu heben, wenn auch widerwillig. Gustav hatte die Augen weit aufgerissen und starrte uns verwirrt an. Ich presste ihm eine Hand auf den Mund, ehe er etwas sagen konnte. »Wenn du den kleinsten Laut von dir gibst, bringe ich dich um«, flüsterte ich.

Erschrocken starrte er mich an, sein Blick wanderte zwischen meinem Gesicht und dem Pflock hin und her.

»Ich hab's«, flüsterte Mary. Ehe ich michs versah, drosch sie ihm einen Briefbeschwerer gegen die Schläfe, schlug ihn bewusstlos und quetschte mir die Finger. Ich schrie vor Schmerz laut auf und ließ den Pflock fallen, worauf John und Mister Gaddie herumfuhren, während Mary den Briefbeschwerer hinter dem Rücken verbarg. Mühsam wahrte ich die Fassung und rang mir sogar ein Lächeln ab. Den Pflock beförderte ich mit einem Tritt unter einen Schreibtisch. Percy, der nicht mehr ein noch aus wusste, stieß einen Schwall zusammenhangloser Worte aus.

»Was ist denn nur los mit dir?«, herrschte ihn Mister Gaddie an. Er warf mir einen scharfen Blick zu und verlor allmählich die Geduld.

»Ein Zigeunerfluch«, krächzte Mary heiser.

»Ah, da ist ja der Tote.« Mister Gaddie trat näher heran und betrachtete den Sarg. »Worauf soll ich hier eigentlich achten? Er gleicht allen anderen Toten, die ich bisher gesehen habe.«

»Sehen Sie denn viele?«, wollte Mary wissen.

»Müsste ich fragen, worauf ich achten soll, wenn ich viele Tote zu sehen bekäme?«, gab er zurück. »Hätte ich mich jemals ernsthaft mit dem Betrachten von Toten befasst, so wäre ich gewiss der beste Totenbetrachter von ganz England, und das ... Was ist denn mit seinem Gesicht los?«

»Mit seinem Gesicht?«, fragte John.

»Er blickt zur Seitenwand des Sargs statt nach oben«, erklärte Mister Gaddie. »Das erkennt sogar ein Totenbetrachter, der sich noch in der Ausbildung befindet.«

»Das muss mit der Todesursache zusammenhängen, Mister Gaddie«, erklärte John. »Durch welchen Umstand auch immer wurde sein Hals völlig unbeweglich, und das lässt sich überhaupt nicht mehr ändern.«

Mister Gaddie langte in den Sarg und berührte vorsichtig Gustavs Gesicht. Kaum hatte er sich daran gewöhnt, eine Leiche zu befingern, drehte er den Kopf in eine aufrechte Stellung.

»Er bewegt sich doch ganz leicht.« Der Kopf rollte sofort wieder auf die Seite.

»Genau das bereitet uns größtes Kopfzerbrechen«, schaltete sich John ein. »Wie ich schon sagte, der Hals ist völlig beweglich, und das lässt sich überhaupt nicht mehr ändern.«

»Verstehe.« Mister Gaddie zog die Hand zurück und wischte sie an einem Taschentuch ab. »Trotz der Unfähigkeit, die ich aufseiten des Bestattungsunternehmens

Spilsbury und Beard beobachten musste, scheint mir hier alles in Ordnung zu sein. Sagten Sie nicht, die Beerdigung sei bereits anberaumt?«

»Ja.« Ich hielt mir noch immer die pochende Hand. »Um fünf Uhr heute Nachmittag.«

»Legen Sie sie auf vier Uhr und keine Minute später«, befahl er. »Ich bin ein viel beschäftigter Mann, und dies ist nicht der einzige Termin, den ich heute habe.«

»Dann werden Sie kommen?«, fragte ich.

»Selbstverständlich komme ich«, erwiderte er brüsk. »Nach den Schwierigkeiten, die Sie uns bereitet haben, werde ich mich bei diesem Begräbnis doch vergewissern, dass alles korrekt abläuft. Um genau vier Uhr, und machen Sie keinen Ärger mehr! Komm mit, Percy!« Zielstrebig schritt Mister Gaddie zur Tür. Hilflos lächelnd hoppelte Percy hinterdrein.

»Also dann«, sagte John, nachdem er die Tür geschlossen hatte. »Lasst uns schnellstens eine Beerdigung planen.«

London · *Nachmittag*

»Das sieht schlecht aus.« Ich starrte ins Leere. Schließlich bückte ich mich und hob den Holzpflock auf. »Das sieht zappenduster aus.«

»Wir brauchen einen Plan«, sagte Mary.

»Diese Angelegenheit ist über jede Planung längst hinaus«, entgegnete ich. »Wir müssen einen Kriegsrat einberufen.«

»So schlimm ist es doch gar nicht«, widersprach John fröhlich. »Wir haben eine Leiche, jetzt fehlt nur noch die Beerdigung.«

»Wir können keine Beerdigung veranstalten«, wandte ich ein. »Wie wollen wir eine Beerdigung für einen Mann durchführen, der nicht tot ist, und dabei einen Ersatzkörper verwenden, der ebenfalls nicht tot ist?«

»Mindestens ein Bestattungsunternehmer lebt doch noch, oder?«, warf Mary ein. »Er soll alles für uns erledigen, und Sie machen keinen Finger krumm. Der Tote ist ein Vampir, was die Sache sogar noch vereinfacht. Er wird tun, was immer Sie ihm befehlen. Sie sind sein dunkler Herr, wenn ich das richtig verstanden habe.«

»Bin ich nicht«, widersprach ich, »aber das spielt anscheinend keine Rolle mehr.«

»Ich wollte schon immer eine Trauerrede verfassen«, verkündete John und seufzte schwer. »Vielleicht etwas Melancholisches über ein einsames Leben ohne Liebe, das mit der kalten Umarmung der gefrorenen Erde endet.«

»Einfach wird das nicht«, warnte ich ihn. »Mister Gaddie kann uns sowieso nicht leiden, und wenn auch nur die kleinste Kleinigkeit schiefgeht, bricht er die Geschäftsverbindung zu uns völlig ab, bezeichnet uns als Betrüger und gibt das Geld der Krone. Es macht sich nicht so gut, wenn der Körper, den er für tot hält, jederzeit aufstehen und Hallo sagen kann.«

»Dann sorgen wir eben dafür, dass er es nicht tut«, schlug Mary vor und nahm mir den Pflock ab.

»Warten Sie!« Ich betrachtete den Sarg. »Sie können doch Gustav nicht einfach so umbringen.«

»Und ob ich das kann«, beharrte Mary. »Er ist ein Vampir.«

»Darauf kommt es nicht an«, widersprach ich. »Er ist ein lebendes, atmendes ... na gut, vielleicht kommt es doch darauf an. Aber das heißt noch lange nicht, dass wir ihn einfach töten dürfen.«

»Wenn das Opfer nicht mehr lebt, zählt es nicht als Umbringen«, sagte Mary.

»Ich glaube, der springende Punkt ist das Wort Opfer«, warf John ein. »Wenn wir ihn ein blutsaugendes Ungeheuer nennen, habe ich gleich viel weniger Mitgefühl.«

»Spielt das Wort wirklich eine so große Rolle?«, fragte Mary.

»Das Wort ist nicht das Entscheidende«, gab ich zu bedenken. »Gustav hat überhaupt nichts Falsches getan.«

»Das weiß man nie«, widersprach Mary. »Zigeuner und Kindesentführer und so weiter.«

»Also töten wir ihn einfach nur deshalb, weil er ein Zigeuner ist?«, fragte ich.

»Wenn ich es genau betrachte«, meinte John, »kommt es mir auch nicht richtig vor, ihn einfach nur deshalb zu töten, weil er ein Vampir ist.«

»Das ist kein Töten«, beharrte Mary. »Denn er lebt ja nicht. Er ist untot, also würden wir ihn in gewisser Weise ... veruntöten. Das ist doch gar nicht so schlimm, oder?«

»Doch, das ist schlimm«, antwortete ich. »Gleichgültig, wie wir es nennen, er kann reden und essen und so weiter, und nachdem wir es getan haben, wird er es nicht mehr können.«

»Und er kann die Bäume sehen, einen Fluss rauschen hören und den Wind im Gesicht spüren«, fuhr John traurig fort. »Nicht jetzt, meine ich, weil Sie ihn mit einem Briefbeschwerer bewusstlos geschlagen haben, aber sonst könnte er es. Falls er sich nicht gerade in einer Bank befindet. Und in einem Sarg.«

Mary verschränkte die Arme vor der Brust. »Dann sind wir wohl geliefert.«

Ich dachte noch einmal in Ruhe darüber nach. »Andererseits, wenn ich behaupte, er könne essen, heißt das ja eher, er kann Blut trinken. Das zapft er sich vermutlich von unschuldigen, hilflosen Jungfern ab.«

»Und von Kaninchen«, ergänzte John.

»Und von Kaninchen«, bekräftigte ich. »Von unschuldigen, hilflosen Kaninchen.«

Wir betrachteten Gustav.

»Soll ich es tun?« Mary brannte geradezu darauf.

»Wie soll das vonstattengehen?«, entgegnete ich. »Der Pflock stellt ihn natürlich ruhig, aber wie lang ist das Ding? Einen halben Meter? Wäre das nicht etwas zu offensichtlich?«

»Wir können es ja absägen«, schlug Mary vor. »Wie lang muss es denn sein, um einen Vampir zu töten?«

»Um ihn zu veruntöten«, berichtigte John.

»Die Länge spielt vermutlich keine Rolle«, mutmaßte ich. »Für den Teil, der eindringt, gibt es sicher irgendeine Regel, aber der Teil, der hervorsteht, dürfte nicht von Bedeutung sein.«

»Dann sägen wir das Holzstück in der Mitte durch«, schlug Mary fröhlich vor. »Knapp über dem Hemd.«

»Ausgezeichnet«, erwiderte ich. »Und das Hemd, da Sie es gerade erwähnen ... sollten wir ihm nicht erst das Hemd ausziehen? Wir wollen es ja nicht durchlöchern.«

»Sie wirken sehr angespannt«, stellte Mary fest.

»Ich habe noch nie jemanden getötet oder veruntötet«, antwortete ich. »Auch sonst habe ich noch nie jemandem einen spitzen Gegenstand in die Brust gerammt. Ich habe auch noch nie eine Leiche verstümmelt, obwohl ich in den letzten Tagen reichlich Gelegenheit dazu gehabt hätte.«

»Weißt du«, sagte John, »wenn wir den Deckel auf den Sarg legen, ist ein Loch im Hemd eigentlich nicht der Rede wert – es sieht sowieso niemand.«

Ich hielt inne. »Den Deckel?«

»Tja, der Sarg hat einen Deckel«, erläuterte John. »Wir müssen ihn einfach nur geschlossen halten.«

»Du genialer Quatschkopf!«, rief ich erleichtert. »Wenn wir den Deckel auflegen und vernageln, brauchen wir überhaupt keine Leiche mehr.«

»Warum haben wir uns dann überhaupt die ganze Mühe gemacht?«, wollte Mary wissen.

»Weil wir Mister Gaddie beweisen mussten, dass wir eine Leiche haben. Das ist inzwischen geschehen, er hat sich überzeugt und muss den Toten nicht noch einmal sehen. Er nimmt an, dass die Leiche hier drinnen liegt, und solange Gustav während der Beerdigung nicht schnurstracks zur Tür hereinmarschiert, wird er keinen Verdacht schöpfen.«

»Wir könnten ihn in einen Schrank sperren«, schlug John vor.

»Oder wir ketten ihn im Keller an die Wand«, regte Mary strahlend an.

»Meinetwegen nagelt ihn am Boden fest«, knurrte ich. »Ich helfe euch sogar, den Knebel eng zu ziehen. Bringen wir es so schnell wie möglich hinter uns! Früher oder später wird Harry hier auftauchen, und ich würde es begrüßen, wenn Mister Gaddie lange vorher verschwunden wäre. Sind Sie mit einer Kutsche vom Beerdigungsinstitut hergekommen?«

»Mit einem Wagen« erklärte Mary. »Er müsste noch draußen warten.«

»Dann fahren wir los.«

Da in der ganzen Stadt Heerscharen von Menschen unterwegs waren, trafen wir viel später im Beerdigungsinstitut ein als geplant. Unser Kutscher verriet uns, der Prinzregent habe endlich das Parlament aufgesucht, was den Menschenauflauf erklärte. Einige wollten ihm zujubeln, während andere protestierten. In dem Gedränge kamen wir nur langsam voran. Schließlich erreichten wir die Hintertür des Bestattungsunternehmens, schlossen auf, rollten den Sarg hinein und schickten den Kutscher mit seinem Wagen weg. Drinnen war es finster und bedrückend, überall waren die Läden zugeklappt.

»Ihr seid zurückgekehrt«, verkündete jemand ebenso gewichtig wie langsam. Ich musste mich gar nicht umdrehen, um den Leichenbestatter Spilsbury zu erkennen.

»In der Tat«, bestätigte ich. »Ist Mister Beard hier?«

»Mister Beard?«

»Archibald«, sagte ich. »Ihr Partner.«

»Mister Archibald Beard war seit heute Morgen nicht mehr da«, erklärte Spilsbury gemessen. »Er könnte ...«

»Wie dem auch sei«, unterbrach ich ihn, »Sie können es auch für uns erledigen. Wir beauftragen Sie mit einer Beerdigung, und zwar in Kürze. Wie spät ist es?«

Spilsbury setzte zu einer Antwort an, doch Mary unterbrach ihn. »Halb vier.« Sie hatte auf eine kleine Uhr auf einem Regal geblickt. »Also haben wir noch eine halbe Stunde.«

»Dieser verdammte Menschenauflauf!«, schimpfte ich. »Die verdammten Bankiers!« Ich schnappte mir eine Eisenstange und hob den Deckel von Gustavs Sarg an. »John, wie schnell kannst du uns eine Totenrede schreiben?«

»Wenn ich ...«, begann Spilsbury

»Ich könnte ohne Weiteres improvisieren«, erwiderte John. »Aber wenn du ein echtes Kunstwerk erwartest, brauche ich ein wenig Zeit.«

»Du hast eine halbe Stunde«, sagte ich. »Mary, helfen Sie mir doch bitte mit dem Deckel!«

»Wenn es erlaubt ist ...«, hob Spilsbury bedächtig an. »Dürfte ich fragen, wer beerdigt werden soll?« Mary und ich hatten endlich den Deckel gelöst und legten ihn neben Gustavs Sarg ab. »Ah, derselbe Herr, den die junge Dame uns heute gebracht hat.« Spilsbury nickte zufrieden. Mary und ich packten den Sarg am Rand und kippten Gustav auf den Boden. »Oder vielleicht doch nicht.« Er lächelte verunsichert. »Benötigen Sie einen anderen Sarg?«

»Wir benötigen einen Keller«, antwortete ich.

»In der Ecke.« Spilsbury deutete zur hinteren Wand des Raums, wo sich zwei Türen befanden. Eine führte in den Keller, die andere in den Flur.

»Wie für uns geschaffen«, sagte ich und bückte mich, um Gustav unter den Achseln zu packen.

»Sie haben mir Ihr Kommen angekündigt«, erklärte Spilsbury. »Nur den Zeitpunkt wussten sie nicht.«

Ich hielt inne. »*Sie* haben Ihnen unser Kommen angesagt? Will ich wirklich wissen, wer *sie* sind?«

»*Sie* sind die Vampire im Keller«, verkündete Spilsbury feierlich.

»Hätte ich doch nicht gefragt!«

»Sie haben Vampire im Keller?«, mischte sich John ein. »Warum haben Sie uns das nicht mitgeteilt, als wir zum ersten Mal hier waren?«

»Sie sind gerade erst eingetroffen«, erklärte Spilsbury. »Kurz nachdem die junge Dame mit dem Wagen weggefahren ist.«

»Ich bin noch nie einem Vampir begegnet!«, rief Mary aufgeregt. »Abgesehen von den dreien auf dem Friedhof und den geschätzten Anwesenden. Ich habe schon so viel von ihnen gehört, ich kann es kaum erwarten, sie selbst zu sehen.«

»Bereiten Sie sich auf eine Enttäuschung vor«, warnte ich sie und packte Gustav fester. »Machen Sie doch bitte die Tür auf!«

Mary öffnete die Kellertür, aus der ein dunkelroter Schein herauffiel und den Raum mit einem bedrohlichen Licht erfüllte. Außerdem war der leise Singsang mehrerer Stimmen zu hören. Das rote Licht tanzte, als die unterirdischen Feuer ihre Schatten auf die Wände zeichneten.

»Ganz schön beängstigend«, hauchte Mary bewundernd.

»Fackelschein im Keller kann ein Bild ungeheuer bereichern«, schwärmte John. »Jedenfalls dann, wenn man ein solches Bild zu verwenden gedenkt.«

»Bringen wir es hinter uns!«, stieß ich hervor und schleppte Gustav die Treppe hinunter. Der Keller kam mir vor wie ein Verlies. Die Wände bestanden aus gewaltigen Steinquadern, die Decke wurde von mächtigen Pfeilern gestützt. In verrosteten Metallhaltern steckten Fackeln. Am Boden lagen die Reste eines Sargs, Lumpen, Kohlen und Knochen herum.

»Haben die Vampire die Knochen mitgebracht?«, fragte ich. Spilsbury schüttelte den Kopf.

»Die unvermeidlichen Rückstände des Bestattungsgewerbes«, erklärte er. »Sie wären überrascht, womit wir manchmal arbeiten müssen.«

Die Pfeiler und die Wände muteten fast wie ein Labyrinth an. Ich machte mir Gedanken, wie weit sich das Kellergewölbe wohl ins Erdreich hinein erstreckte. Schließlich gelangten wir in einen hallenartigen Raum, in dem sich etwa ein Dutzend Männer in Kapuzenmänteln aufhielt. Als wir kamen, zogen sie sich vorsichtshalber in die Schatten zurück. Einer sprang jedoch auf und eilte uns entgegen. Er zog die Kapuze vom Kopf. Es war der Vampir Schwarz.

»Du bist gekommen! Wir wussten es. Verzeih uns, dass wir hier eingedrungen sind, Erhabener, aber das Bestattungsunternehmen war der einzige Platz in London, wo wir auf ein Wiedersehen mit dir hoffen konnten. Außerdem wussten wir ja, dass Mister Spilsbury einer von uns ist und uns aufnähme.«

»Demnach seid ihr mir nach London gefolgt?«, fragte ich.

»So ist es, Erhabener. Ich fürchte jedoch, wir haben enttäuschende Neuigkeiten.«

»Ich dachte, das war die enttäuschende Neuigkeit.«

»Mein Lord?«

»Sag mir einfach, warum ihr hier seid.« Ich zerrte Gustav in eine Ecke und setzte ihn ab.

»Wir konnten in Bath beobachten, dass die Meute dich zum Friedhof verfolgte«, berichtete Schwarz. »Deshalb schickte ich drei aus unseren Reihen los, um dir zu helfen, so gut es eben möglich war, aber vermutlich wurden sie angegriffen.«

»Wie schrecklich«, antwortete ich.

»Danach hatten wir große Schwierigkeiten, dich ausfindig zu machen, und wir fürchteten schon, die Meute habe dich uns weggenommen. Aber natürlich nicht ganz und gar, weil wir rückhaltloses Vertrauen in deine Fähigkeiten haben. Ein gewöhnlicher Mob von Menschen vermag dich nicht zu fassen. Jedenfalls fanden wir dich nirgends, und als wir bemerkten, dass die Meute deiner auch nicht habhaft wurde, fassten wir uns ein Herz – nicht wörtlich, obwohl wir uns größte Mühe gaben – und kamen zu dem Schluss, dass du noch am Leben seist. Vielleicht nicht am Leben, aber doch wenigstens am Unleben, wenn ich das so sagen darf. Und außerdem ...«

»Komm zum Ende!«, forderte ich ihn auf.

»Vor dem Morgengrauen sahen wir, wie eine Kutsche die Stadt verließ. Ein Toter schaute zum Fenster heraus. Der da.« Er deutete auf Gustav. »Da wussten wir, dass du wegfuhrst.«

»Im Allgemeinen pflege ich die Köpfe von Toten nicht aus Kutschenfenstern zu halten«, widersprach ich.

»Wir wussten, dass es jemand sein musste, der seine Zeit gern auf Friedhöfen verbringt«, fuhr Schwarz fort. »Jemand, der nur des Nachts reist und gelegentlich Tote befördert. Da kamen nicht allzu viele infrage.«

»Das erklärt immer noch nicht, warum ihr es für nötig hieltet, mir zu folgen«, entgegnete ich. »Ich habe euch doch deutlich genug gesagt, dass ihr mich in Ruhe lassen sollt.«

»Du bist der Erhabene«, widersprach Schwarz. »Wem sollten wir folgen, wenn nicht dir? Wer sollte uns sonst Befehle erteilen?«

»Ich habe euch lediglich den Befehl erteilt, mir vom Hals zu bleiben, und den habt ihr immer wieder missachtet.«

»Bitte!«, flehte Schwarz. »Wir sehnen uns danach, dir zu dienen. Was können wir tun, um deine Gunst zurückzugewinnen?«

»Nichts«, antwortete ich. »Ich habe euch nie irgendeine Gunst gewährt. Aber wenn ihr euch wirklich nützlich machen wollt ... habt ihr Ketten?«

Schwarz sah sich in dem Raum um, betrachtete die Gefährten mit den Kapuzen und wandte sich wieder an mich. »Ich fürchte, die haben wir nicht, Erhabener.«

»Seile vielleicht?«

»Wir haben Lumpen«, bot er hilfsbereit an. »Wir könnten sie zusammenknüpfen.«

In diesem Moment hallte ein fernes Klopfen durch das Bestattungsunternehmen.

»Die Vordertür.« Ebenso langsam wie methodisch zog Spilsbury die Uhr aus der Tasche. »Es ist noch nicht vier Uhr, sie kommen zu früh.«

»Natürlich kommen sie zu früh.« Ich war schon zur Treppe unterwegs. »Sonst wäre es ja allzu einfach.«

»Wie viel Seil brauchst du?«, fragte Schwarz.

»Genug, um den da zu fesseln.« Ich deutete auf Gustav. »Und vergesst den Knebel nicht!«

»Selbstverständlich, Erhabener.«

»Sorgt dafür, dass er ruhig ist und außer Sicht bleibt«, fuhr ich fort. »Das gilt übrigens für euch alle. Eine Stunde Schweigen – schafft ihr das?«

Wieder klopfte es.

»Selbstverständlich, Erhabener«, versicherte mir Schwarz.

Ich wandte mich um und stieg die Treppe hinauf. Mary, John und Spilsbury folgten mir. Unser umgekippter Sarg lag auf dem Boden, wie wir ihn hinterlassen hatten, an der Rückwand des Raums stand eine Reihe weiterer Särge.

»Mary, Sie nageln den Sarg wieder zu. John, wie wird die Totenrede?«

»Wundervoll«, erklärte John und setzte sich gleich wieder nieder, um die Dichtung zu vollenden.

Abermals klopfte es. Ich ging zu einer reich beschnitzten Tür und öffnete sie entschlossen, nur um festzustellen, dass ich nicht im Flur stand.

»Das ist gar nicht der Flur!«, stieß ich ausgesprochen gereizt hervor.

»Das ist die Kapelle«, erklärte Spilsbury. Er schob mich zur Seite, um seinen mächtigen Körper durch die Tür zu quetschen. »Hier finden die Trauerfeiern statt.«

Als sich meine Augen an das schwache Licht gewöhnt hatten, erkannte ich Stuhlreihen und ganz vorn einen niedrigen Tisch sowie eine kleine Bühne, alles sehr schlicht, aber durchaus edel gehalten. Die Fenster hinter dem Podium waren mit schweren Vorhängen verdeckt und blickten nach Westen, wenn ich die Lage des Hauses richtig in Erinnerung hatte. Also war dies die der Straße zugewandte Frontseite des Hauses.

»Öffnen Sie die Vorhänge!«, befahl ich sogleich. »Treffen Sie alle Vorbereitungen.«

»Aber, Sir«, erwiderte Spilsbury vorwurfsvoll, »die Sonne ist noch nicht untergegangen, und ich bin ... ein wandelnder Untoter ...«

»Dann zünden Sie die Lampen an!«, verlangte ich. »Und sagen Sie mir, wie ich zur Vordertür komme.«

»Hinter Ihnen durch den Vorbereitungsraum oder gleich von hier aus.« Spilsbury deutete auf eine Tür neben den Fenstern. »Auf beiden Wegen gelangen Sie zum Flur.«

»Ich hielt das für eine Schranktür«, erwiderte ich.

»Es tut mir ausgesprochen leid, dass dem nicht so ist, mein Gebieter.«

»Nennen Sie mich nicht so!« Ich eilte zur Tür und lief durch den Flur bis zur Eingangshalle. Dabei kam ich an verschiedenen Gemälden und drei weiteren Türen vorbei, die vermutlich wieder in die Kapelle und zu den Kontoren von Spilsbury und Beard führten. Ich strich mir über das Haar, zupfte die Jacke zurecht und öffnete, gerade als jemand erneut den alten Messingklopfer an der Außentür betätigte.

»Willkommen in ...«

»Du!« Die Frau stürmte an mir vorbei ins Haus. »Ich sollte dich verhaften lassen. Ich sollte dich ermorden lassen. Ich sollte dir von den vier stärksten Londoner Zugpferden alle vier Gliedmaßen herausreißen und sie an die Hunde verfüttern lassen, während du noch am Leben bist.«

»Gwen!«, rief ich. Ich war viel zu verblüfft, um mich zu entscheiden, ob ich erfreut oder erschrocken sein sollte. Sie war ganz in Schwarz gekleidet und hatte sich eine große Kapuze auf den Kopf gezogen. Mister Gaddie und Percy waren nirgends zu sehen. »Du lebst!«

»Mach dich nicht über mich lustig!« Sie schob mich einen Schritt weiter zurück. »Ja, ich lebe. Und du hast mich mit deinen dunklen Künsten vergiftet, mir die Unschuld genommen und mich auf ewig an dein böses Blut gekettet!« Wieder stieß sie mich einen Schritt den Gang hinunter.

»Vielleicht sollten wir die Tür schließen.« Besorgt beobachtete ich eine Frau, die draußen vorbeiging. Hoffentlich hatte sie Gwens Tirade nicht gehört.

»Natürlich sollten wir die Tür schließen!«, rief Gwen, trat noch näher und knallte die Tür hinter sich zu. »Und weißt du auch, warum? Weil ich die Kapuze abnehmen will, und wenn ich sie bei offener Tür abnehme, dann löse ich mich auf.«

»Wirklich?«

Gwen warf die Kapuze zurück und funkelte mich an. »Die Sonne, Frederick. Nicht jeder ist ein Erhabener wie du.«

»Harry.« Endlich verstand ich. »Er hat dich in einen Vampir verwandelt.«

»Harry?« Gwens Stimme klang schrill. »Harry hat mich nicht auf einem Friedhof bewusstlos geschlagen, in einen Sarg gesteckt und in seinen geheimen Bau in einer Metzgerei voller Menschenfleisch verschleppt!«

»Das war keine Metzgerei.«

»Und Harry hat mich auch nicht in eine Gasse geworfen und liegen lassen wie eine Tote! Oder eine Untote! Ich weiß nicht einmal, wie ich das nennen soll. Ist dir eigentlich klar, dass ich ganz neue Wörter brauche, um über mich selbst zu reden?«

Die Tür zur Kapelle öffnete sich, und wie ein großer runder Geist quoll Spilsbury hervor.

»Darf ich aus dem Lärm schließen, dass die Herren von der Bank noch nicht gekommen sind?«

»Wer ist denn das?«, fragte Gwen.

»Noch nicht«, sagte ich zu Spilsbury. »Ist die Kapelle vorbereitet?«

Spilsbury nickte.

»Das ist Mister Spilsbury«, erklärte ich Gwen. »Er ist der Bestatter.«

»Weiß er, dass du ein Vampir bist?«

»Die Antwort beschränkt sich auf ein schlichtes Nein«, erwiderte ich. »Die längere Antwort geht dahin, dass er mich wahrscheinlich für einen Vampir hält, aber da ich keiner bin, irrt er sich. Die ganz lange Antwort lautet, dass du so etwas nicht mehr in Hörweite anderer Leute sagen solltest, ganz gleich, ob es nun zutrifft oder nicht. Wir befinden uns gerade in einer schwierigen Lage.«

»Ihr beerdigt den alten Mann«, sagte Gwen nickend. »Ich habe in der Bank mit Percy gesprochen. So habe ich euch hier gefunden.«

»Dann weißt du auch, wie wichtig es ist, dass nichts schiefgeht«, sagte ich. »Dein Onkel wird jeden Augenblick eintreffen, und wenn es bei dieser Beerdigung auch nur das kleinste Missgeschick gibt, verlieren wir alles.«

»Ich will die Hälfte«, verlangte Gwen. »Oder ich lasse deinen ganzen bösen Plan auffliegen.«

»Dann bekämst du gar nichts. Ich gebe dir ein Drittel – das sind dreißigtausend Pfund und damit mehr, als du verdienst, nachdem du mich dreimal hintergangen hast: zuerst gegenüber deinem Vater, worauf ich ins Gefängnis geworfen wurde, dann gegenüber der Bank, als du behauptet hast, ich sei tot, und schließlich gegenüber dem wahnsinnigen Vampirjäger, der mehrmals versucht hat, mir einen Pflock durchs Herz zu treiben, und dies wahrscheinlich immer noch tun will.«

»Das Letzte zählt nicht«, sagte Gwen. »Du warst ein Vampir, und es war keine Sünde, dich zu töten.«

»Nach dieser Logik könnte ich dich auf der Stelle töten«, drohte ich ihr, »denn du bist viel eher ein Vampir, als ich es jemals war. Ich könnte auch ihn töten.« Ich deutete auf Spilsbury.

»Ich würde es begrüßen, wenn Sie darauf verzichten könnten«, wandte Spilsbury ein.

»Er ist auch ein Vampir?« Gwen riss die Augen auf. »Das ist die schlimmste Beleidigung, die mir bisher widerfahren ist. Als ich die Einzige war, war ich noch etwas Besonderes, und ich dachte, vielleicht willst du mich als Gefährtin haben – die Königin der Verdammten ist schließlich immer noch besser als gar nichts. Aber nein, du verbreitest dein Unwesen über ganz England, beißt nach Herzenslust alle möglichen Leute, Frauen und Männer und dicke, fette Bestatter ...«

Es klopfte an der Tür.

»Ist das mein Onkel?«, fragte Gwen, auf einmal viel leiser.

»Hoffentlich«, flüsterte ich. »Ich kann keine Überraschungen mehr brauchen. Geh ins Hinterzimmer und warte dort mit John und Mary.«

»Wer ist Mary?«, fragte sie aufgebracht. »Eine weitere Gefährtin?«

»Sie hat dich bewusstlos geschlagen«, erläuterte ich Gwen. »Geh!« Ich schob sie den Flur entlang, und sie stolzierte verärgert zur hinteren Tür. Als sie um die Ecke verschwunden war und die Tür hinter sich geschlossen hatte, wandten Spilsbury und ich uns wieder zum Vordereingang um.

Abermals klopfte es.

»Hat Mary Ihnen von dem Sarg erzählt?«, fragte ich leise. »Sie wissen doch, dass er leer ist, oder? Niemand darf hineinsehen, niemand darf ihn anheben oder sonst wie bewegen.«

»Nach meiner Erfahrung als Bestatter kommt es nur höchst selten vor, dass die Trauergäste den Sarg hochheben«, beruhigte er mich.

»Seien Sie vorsichtig!«, ermahnte ich ihn. »Wir führen die Gäste in die Kapelle, halten die Trauerfeier ab und schicken sie wieder weg. Keine weiteren Komplikationen, keine Probleme.« Ich trat vor, öffnete die Tür und ging sofort in Deckung.

Drei und nicht zwei Leute standen draußen: Percy, Mister Gaddie und Hauptwachtmeister Barrow von der Polizei in Bath. Der Mann, der meinen Prozess verfolgt und die Papiere für meine Haft unterzeichnet hatte.

Mister Spilsbury stand stocksteif im Flur. Seine Fähigkeiten als Bestatter traten vorübergehend in den Hintergrund, da er sich vor der Sonne fürchtete, die durch die offene Vordertür hereinfiel. Er blieb wohlweislich außer Reichweite, doch die Sonne erreichte fast seine Zehenspitzen. Weiter nach vorn wagte er sich nicht. In meinem Versteck hinter der Tür nickte ich energisch, dass er etwas sagen solle, doch er lächelte nur unsicher.

»Nun?«, dröhnte Mister Gaddie. »Ist die Beerdigung vorbereitet?«

Spilsbury schwieg.

»Natürlich ist sie vorbereitet«, sagte ich hinter der Tür.

»Wer war das?«, fragte Gaddie.

»Folgen Sie einfach nur meinem Kollegen in die Kapelle, dann können wir beginnen.« Spilsburys Miene hellte sich sichtlich auf. Er winkte feierlich zur offenen Tür hinüber. Ich kehrte den drei Besuchern den Rücken und stürzte zum nächsten Büro, riss die Tür auf und schloss sie so rasch und höflich hinter mir, wie es nur möglich war.

»Was ist denn mit dem los?«, fragte Mister Gaddie unwirsch. Er blieb unmittelbar vor meiner Tür stehen. »Ich hoffe, es ist bald behoben, was es auch sein mag. Dies ist James Barrow, der Hauptwachtmeister aus Bath und engster Freund des verstorbenen Harold Beard. Er ist schon vor zwei Tagen in die Stadt gekommen, um der Beerdigung beizuwohnen. Wir wollen ihn nicht länger warten lassen.«

Die Gäste schlurften vorbei, die schwere Eingangstür wurde geschlossen.

Kann es noch schlimmer werden?, fragte ich mich im Stillen.

»Warum ist es hier so finster?«, fragte Mister Gaddie in der Kapelle so laut, dass ich ihn mühelos verstand. »Dies ist ein Bestattungsunternehmen, keine Gruft.« Dann hörte ich Metallhaken auf einer metallenen Vorhangstange schleifen. Offenbar hatte er die Vorhänge eigenmächtig geöffnet, und nun flutete das Sonnenlicht in die Kapelle.

Na gut, dachte ich, es kann nicht noch schlimmer werden.

Ich lehnte mich gegen die Tür, um nachzudenken, wie es weitergehen sollte. Als ich mich in dem vornehm eingerichteten Büro umsah und mein Blick über Bücherregale, Weltkugeln, geschmückte Tintenfässchen und andere Gegenstände wanderte, die von einträglichen Geschäften zeugten, bemerkte ich endlich auch den bewusstlosen großen Mann, dessen Oberkörper auf den Schreibtisch gesunken war. Aus reiner Gewohnheit trat ich näher und überprüfte seinen Hals. Mittlerweile war ich so abgestumpft, dass ich nicht einmal zusammenzuckte, als ich gleich unter dem Ohr zwei Bissmarken entdeckte. Das konnte nur eins bedeuten: Harry war uns von Bath aus hierher gefolgt. Er beschattete uns schon seit der ersten Nacht auf dem Friedhof und hatte eine breite Leichenspur hinterlassen. Anscheinend war er am Morgen hergekommen, gleich nachdem Mary mit der Vorbereitung von Gustavs Sarg begonnen hatte, um Archibald Beard zu töten, ehe dieser zur Bank aufbrechen konnte. In der Bank war Harry dann zu spät eingetroffen und hatte uns verpasst. Möglicherweise hatte er, wie es seine Gewohnheit war, einen Schreiber getötet, weil er nun schon einmal dort war, um uns dann zurück zum Beerdigungsinstitut zu verfolgen. Demnach konnte er jeden Augenblick auftauchen.

»Nun gut«, sagte ich laut und sah mich in dem Büro um, als erwartete ich, in der Ecke eine Schicksalsgöttin zu entdecken, die wie eine Spinne ein grausames Netz knüpfte und mich böse angrinste. »Es kann wirklich nicht mehr schlimmer werden.«

London · *Sonnenuntergang*

Hinten in Mister Beards Raum gab es eine zweite Tür, die, wie ich sogleich entdeckte, in Mister Spilsburys Büro führte. Von dort aus schlich ich mich in den Flur. Von der Kapelle aus konnte mich niemand sehen. Mister Spilsbury stand noch im Gang herum und starrte zitternd in die Kapelle.

»Worauf warten Sie?«, flüsterte ich.

»Das Sonnenlicht«, flüsterte er zurück.

»Überall?«

»Nicht überall«, antwortete er stockend. »Nur ein paar Streifen und Flecken auf dem Boden.«

»Dann gehen Sie hinein, und sagen Sie etwas«, drängte ich ihn. »Gehen Sie auf und ab, damit die Sonne Sie nicht erreicht.«

Er holte tief Luft und trat kühn in den Raum. Gleich danach hörte ich, wie er zu einer langsamen, weitschweifigen Ansprache ansetzte. Unterdessen eilte ich zum Ende des Flurs und platzte in den Vorbereitungsraum hinein. Mary schenkte Gwen ein freundliches Lächeln, während John Letztere mit einem Gedicht zu betören versuchte, dessen Wortlaut ich glücklicherweise nicht verstand. Gwen hingegen bedachte die beiden mit eisigen Blicken.

»Es gibt da eine Schwierigkeit«, sagte ich.

»Nur eine?«, fragte Mary.

»Zwei«, berichtigte ich mich. »Oder vielmehr zwei neue zusätzlich zu allen anderen, über die wir vorher gesprochen haben. Erstens: Harry ist hier.«

»Hier im Beerdigungsinstitut?«, fragte John.

»Im Moment nicht, soweit ich weiß«, antwortete ich. »Aber er war schon einmal hier. Er hat den anderen Bestatter getötet.«

»Wer ist Harry?«, wollte Gwen wissen. »Den hast du schon einmal erwähnt.«

»Harry Beard«, erwiderte ich und trat an den Tisch in der Mitte des Raums. »Er ist der Mann, dem wir neunzigtausend Pfund stehlen wollen.«

»Natürlich ist er hier«, ereiferte sich Gwen. »Es ist schließlich seine eigene Beerdigung.«

»Er ist nicht tot«, klärte ich sie auf. »Er ist ein Vampir. Genauer gesagt – er ist der Erhabene. Er hat dich übrigens auch in die Gasse geworfen.«

»Wenn er heute Morgen herkam, dann ist er vermutlich danach zur Bank gegangen«, überlegte Mary. »Und nun kehrt er hierher zurück. Wie viel Zeit haben wir noch?«

»Keine Ahnung«, gab ich zu. Ich stützte mich schwer auf den Tisch. »Aber wenn er kommt, darf niemand ihn sehen. Mich übrigens auch nicht.«

»Warum darf dich niemand sehen?«, fragte John. »Gaddie hält dich für den Assistenten der Bestatter.«

»Um Gaddie geht es nicht. Da drüben steht der Leiter der Polizei von Bath, Hauptwachtmeister Barrow. Er weiß, dass ich ein Sträfling bin, und er weiß auch, wie Harry aussieht. Wenn er einem von uns begegnet, ist alles vorbei.«

In diesem Moment öffnete sich die Tür, die zur Kapelle führte, und Wachtmeister Barrow trat ein. Ich ging sofort hinter dem Tisch in Deckung und legte mich in Gustavs offenen Sarg.

»Können wir endlich beginnen?«, fragte Barrow. »Wir haben eine Verabredung zum Dinner und möchten keinesfalls zu spät kommen.« Anscheinend hatte er mich nicht bemerkt, doch ich ging kein Risiko ein und blieb mucksmäuschenstill.

»Natürlich, werter Herr«, sagte John rasch. Er eilte auf den Polizisten zu und drückte ihm kräftig die Hand. »Wenn Sie bitte in die Kapelle zurückkehren würden? Wir sind gleich bei Ihnen.«

»Da draußen steht ein Mann, der behauptet, der Bestatter zu sein«, sagte der Wachtmeister. »Aber er weiß nicht einmal, wer die Trauerrede hält und wann die Feier beginnen soll. Er weiß überhaupt nicht viel und redet sehr langsam.«

»Das ist bloß Mister Spilsbury«, erklärte John, während er Barrow am Ellbogen fasste und zur Tür schob. »Ihm gehört das Bestattungsunternehmen, aber er ist nur noch selten hier. Er ist nicht ganz richtig im Kopf, wenn Sie verstehen, was ich meine, Sir.«

»Na schön«, lenkte der Wachtmeister ein, »ich verstehe. Kann man denn mit ihm reden? Ich meine, er ist doch nicht gemeingefährlich, oder?«

»Keinesfalls«, versicherte ihm John. »Plaudern Sie nur mit ihm.« Er stieß den Mann sachte in die Kapelle zurück und schloss die Tür hinter ihm.

»Allmählich reicht's«, stöhnte ich, während ich mich im Sarg aufrichtete und Gwen anblickte. »Gwen, dies ist deine Aufgabe.«

»Soll ich den Wachtmeister töten?«

»Nein.« Ich rieb mir die Schläfen. »Du sollst ihn mir vom Leib halten. Red mit ihm, setz dich zu ihm und unternimm alles, damit er mich nicht sieht.«

»Dafür bekomme ich die Hälfte des Erbes«, verlangte Gwen.

»Du bekommst ein Drittel«, wies ich sie zurecht. »Aber nur, wenn er mich nicht entdeckt. Andernfalls bekommt niemand etwas.«

»Wir werden sehen«, stieß sie giftig hervor und öffnete die Tür zur Kapelle. Ebenso schnell warf sie die Tür wieder zu. »Die Vorhänge sind offen.«

»Du findest sicher eine Stelle, wo du dich hinsetzen kannst und wo die Sonne dich nicht gefährdet«, beruhigte ich sie. »Und jetzt geh hinein! Du auch, John. Macht eure Sache gut. Und beeilt euch.«

»Es gut zu machen, kann ich versprechen«, entgegnete John lächelnd. »Aber welchen Sinn hat es, sich zu beeilen, wenn man mit einem Meisterwerk befasst ist?«

»Das Wichtige ...« Ich unterbrach mich, denn er und Gwen waren schon durch die Tür verschwunden. Mary schloss sie hinter ihnen.

»Was jetzt?«, fragte Mary.

In diesem Moment wurde die Tür abermals aufgerissen. »Da sind Sie!«, rief Inspector Herring. Mit einem großen Schritt trat er über die Schwelle und schloss die Tür hinter sich. »Ich habe Sie nach Bath und zurück verfolgt, und jetzt erwische ich Sie endlich.«

»Es ist alles ganz anders, als es aussieht.« Mir wurde bewusst, dass ich noch im Sarg saß. Ich stieg heraus und trat einen Schritt zurück, damit sich der Tisch zwischen mir und dem Vampirjäger befand. »Warum sage ich das eigentlich so oft zu Ihnen?«

»Gleichgültig, wie es aussehen mag«, verkündete er und zog einen langen Holzpflock aus der Innentasche seines Übermantels. »Sie sind der Erhabene, der Vampirlord, der Meister der Nacht, und Sie entwischen mir nicht noch einmal.«

»Seien Sie doch vernünftig«, beschwor ich ihn. »Oder wenigstens leise.«

»Sie sind mir schon viel zu oft entkommen!«, rief er und verfolgte mich um den Tisch herum. Ich zuckte zusammen, weil er so viel Lärm machte. »Knoblauch hat nichts ausgerichtet, das Kreuz zeigte keine Wirkung, auch das Weihwasser hielt Sie nicht auf.«

»Das kommt daher, dass ich kein Vampir bin«, erklärte ich ihm ganz ruhig. »Warum denkt jeder an *geheime Kräfte*, wenn doch *überhaupt keine Kräfte* viel näherläge?«

»Ich habe genug von Ihren Täuschungen!«, antwortete er. Immerhin sprach er leiser, zischelte wie eine Schlange. Dann musterte er Mary. »Ist das auch eine Ihrer Sklavinnen? Sie haben diese Gwendolyn vor meinen Augen verschleppt und in Ihr Heer der Finsternis eingegliedert, aber damit ist nun Schluss. Ich lasse nicht zu, dass Sie weitere Gefangene machen und noch mehr Anhänger um sich scharen.« Er hob den Pflock über den Kopf und wollte zustoßen.

»Ich sagte es doch schon – ich bin nicht der Erhabene und habe auch keine Untertanen!«, rief ich.

Auf einmal öffnete sich die Kellertür, und ein gespenstisches rotes Licht erfüllte den Raum.

»Verzeihung, Erhabener«, sagte Schwarz, »wir haben den Mann gefesselt und fragen uns, ob du bereit bist, nach unten zu kommen und ihn zu töten.« Er hielt inne, die Worte hingen einen schrecklichen Moment lang in der Luft. Hinter ihm entdeckte ich Gustav, der die Augen vor Angst weit aufgerissen hatte. Er hatte einen Knebel im Mund und war mit beiden Händen an einen Fackelhalter gefesselt. Drohend umringten ihn Vampire in schwarzen Gewändern, der rote Feuerschein verlieh der Szene etwas Bösartiges. »Oh«, machte Schwarz. »Wie ich sehe, bist du beschäftigt. Ich komme später wieder.«

»Niemals!« Herring stürmte zur Treppe, um das vermeintliche Opfer zu retten, stieß dabei Schwarz um und sprang wie ein Gladiator zwischen die Vampire. Er zog einen Knoblauchzopf aus der Tasche und schwenkte ihn mit einer Hand, während er mit der anderen den Pflock wie eine Keule führte und einer Windmühle gleich die Vampire niedermähte. Unwillkürlich wollte ich ihnen zu Hilfe zu eilen, doch dann hörte ich hinter mir einen Türriegel. Ich warf die Kellertür zu und wandte mich zu Mister Gaddie um, der auf mich zustürmte. Percy folgte ihm auf dem Fuß.

»Was ist das für ein infernalischer Lärm?«, wollte der Bankier wissen. Er runzelte die Stirn und sah sich in dem Raum um. »Wir wollen dort drinnen eine Trauerfeier veranstalten, und ich höre hier nur Geschrei und Gepolter und wer weiß was sonst noch.«

»Hier ist gar nichts los.« Ich stemmte mich fest gegen die Kellertür. Unten schrie ein Vampir ängstlich auf. Ich lächelte tapfer. »Machen Sie sich deshalb keine Sorgen«, sagte ich. »Nur ein paar Jungs, die einen über den Durst getrunken haben. Hoffnungslose Säufer.«

»Wer sind sie?«, fragte Gaddie.

»Unsere Jungs«, sagte ich. »Die ... die Totengräber.«

»Ich dachte, die Zigeunerin hebt die Gräber aus.« Gaddie deutete auf Mary.

»Ja, genau diese Zigeuner sind es«, bestätigte ich, während es hinter der Tür krachte und knackte. »Sie sind hoffnungslose Säufer.«

»Aber sehr gute Arbeiter«, warf Mary ein.

»Sehr gute Arbeiter«, stimmte ich zu. »Und ziemlich billig.«

»Wie bitte?«, empörte sich Mary.

Etwas prallte laut gegen die Tür und stürzte mit lautem Klappern die Treppe hinunter. Percy sah aus, als wäre ihm übel.

»Gute Arbeiter oder nicht«, sagte Mister Gaddie streng, »sie dürfen nicht so laut sein. Das klingt ja, als brächten sie sich gegenseitig um.«

»So ist das immer«, beruhigte ich ihn. »Da kann man nichts machen. Die Nachbarn ...«

»Meiner Meinung nach kann man da durchaus etwas machen«, unterbrach mich Mister Gaddie. »Sie könnten hinuntergehen und ihnen sagen, dass sie sich benehmen sollen. Wenn Sie möchten, erledige ich das selbst.« Er wollte die Tür öffnen.

»Keinesfalls!« Ich packte ihn am Arm und bugsierte ihn zur Kapelle zurück. Mary übernahm meine Aufgabe und hielt die Tür zu. »Ich steige selbst hinunter und beruhige sie. Diese Mühe müssen Sie sich wirklich nicht machen.« Vorsichtig öffnete ich die Tür zur Kapelle, achtete darauf, dass mich niemand sah, und schob ihn hinein.

Als Mister Gaddie zu seinem Platz schritt, warf ich einen vorsichtigen Blick in den Raum. Spilsbury hatte mehrere Lampen angezündet, die nun aber weitgehend nutzlos waren, da die untergehende Sonne durch die offenen Vorhänge breite Lichtbalken auf die Stühle warf. John stand da und strahlte, als trüge er einen Heiligenschein, während er etwas über Vögel plapperte. Spilsbury drückte sich in die hinterste Ecke und bemühte sich redlich, der Sonne nicht allzu offensichtlich auszuweichen. Gwen und der Wachtmeister saßen nebeneinander in der dritten Reihe. Gwen hatte den Platz am Gang beansprucht und beobachtete den Flecken Sonnenlicht, der langsam über den Boden wanderte. Er kroch geradewegs auf sie zu.

Ich zog mich wieder in den Vorbereitungsraum zurück und wandte mich an Mary.

»Es wird ruhiger«, sagte sie. »Ich glaube, die Überlebenden verstecken sich, und der Vampirjäger hat sich von *Wolf frisst Schafe* auf *Katze jagt Mäuse* zurückgeschraubt.«

»Hoffentlich verstecken sie sich gut und beschäftigen ihn noch eine Weile«, sagte ich. »John braucht ewig.«

»Wie ich sehe, ist auch Gwen wieder da.« Percy hockte niedergeschlagen am Boden. Sein Gesicht war bleich und hager vor Aufregung. »Ich nehme an, sie ist jetzt ein Vampir.«

»Das ist sie«, bestätigte ich.

»Und im Keller?«, fragte er. »Sind das auch Vampire und nicht die Zigeuner-Totengräber, die Sie erwähnt haben?«

»Im Grunde sind sie beides.« Ich öffnete die Tür zur Kapelle gerade weit genug, um einen Blick auf den Trauerredner zu werfen. John schwenkte die Arme langsam hin und her und lächelte die Zuhörer an wie ein Zauberkünstler.

»Wenigstens sind Zigeuner-Totengräber etwas Neues«, befand Percy. Er starrte bedrückt den Boden an. »Immer nur Vampire, das ist mir in der letzten Zeit ganz schön auf den Geist gegangen.«

»Nun ja, Frederick ist ebenfalls ein Vampir«, entgegnete Mary. »Also machen Sie sich keine allzu großen Hoffnungen. Aber wir haben auch einen Vampirjäger, und das ist wirklich etwas Neues.«

Ich öffnete die Tür noch weiter und winkte John, sich zu beeilen, doch der nahm die Umwelt nicht mehr wahr und hatte sich in einen Monolog über die symbolische Bedeutung des Basilikums vertieft. Die Sonne berührte inzwischen fast die Beine des Stuhls, auf dem Gwen saß. Sie rutschte ein wenig näher an den Wachtmeister heran und lächelte zu ihm auf. Er erwiderte das Lächeln und richtete seine Aufmerksamkeit wieder auf John.

Percy führte unterdessen Selbstgespräche. »Warum können die Leute eigentlich nicht mehr bleiben, wo sie sind? Frederick geht ins Gefängnis und bricht aus, er stirbt und erwacht erneut zum Leben, dann ist er ein Vampir, dann ist die Leiche weg, und niemand kann das Geld kassieren, und dann ist eine andere Leiche da, aber die wacht in der Bank einfach wieder auf. Früher konnte ich mich darauf verlassen, dass ein Toter tot war, auch wenn ich mich nie in der Lage befand, auf solche Tatsachen angewiesen zu sein, mir kam so etwas überhaupt nicht in den Sinn, aber immerhin war es so. Man musste einfach nicht weiter über solche Zusammenhänge nachdenken, und das war ungemein beruhigend.«

»Was ist mit der toten Frau in Ihrem Schlafzimmer?«, fragte Mary. »Sie wird immer noch genauso tot sein wie vorher, wenn Sie nach Hause zurückkehren.«

»Falls Sie mich aufheitern wollen, ist es Ihnen nicht gelungen«, erwiderte Percy.

Gwen rückte mit dem Stuhl ein wenig zur Seite und prallte dieses Mal gegen den Wachtmeister. Abermals lächelte er sie an, wenngleich etwas verwirrt, während Gwen unverwandt John anstarrte, als wäre alles in bester Ordnung. Selbst nach dem letzten Ruck erfassten die Sonnenstrahlen noch die unteren Enden der Stuhlbeine.

»Beeil dich, John!«, flüsterte ich. Natürlich sprach ich zu leise, und er hörte mich nicht. Allmählich packte mich die Verzweiflung. Mister Gaddie war offensichtlich ungeduldig, Spilsbury wimmerte fast, Gwen floh vor der Sonne und rückte dem Wachtmeister immer näher. Inzwischen saß sie ihm schon beinahe auf dem Schoß. Ihre Schenkel pressten sich aneinander, und sie beäugte voller Schrecken den Rand des Lichts, das unerbittlich über die Sitzfläche ihres Stuhls kroch. Der Wachtmeister fand die Situation hingegen offensichtlich höchst angenehm.

»Wie unerquicklich das alles ist!«, jammerte Percy. »Das Bestattungsunternehmen ist voller Vampire. Wir sind hier praktisch von ihnen umzingelt, und trotzdem ist dies der sicherste Raum im ganzen Gebäude. Ich bin wirklich kein Mensch, der sich ständig nach schnellen Fluchtwegen umsieht, aber nun sitze ich im Hinterzimmer eines Bestattungsinstituts, denn dies ist der einzige Ort mit einer Außentür, durch die ich davonlaufen kann, wenn mich die wandelnden Toten holen wollen.«

»Die wandelnden Toten in diesem Haus sollten Ihre geringste Sorge sein«, erwiderte Mary, die immer noch die Kellertür zuhielt, obwohl es unten schon seit einer Weile recht still war. »Harry ist noch nicht da.«

In diesem Moment schwang die Hintertür auf, und eine schwarz gekleidete Gestalt erschien.

»Ich bin gekommen, um ...« Er unterbrach sich, als Mary herbeisprang und die Tür mit lautem Knall wieder zuwarf. »Uff«, schnaufte sie und kehrte zur Kellertür zurück. Doch die Gestalt draußen auf der Gasse öffnete die Tür ein zweites Mal, nun aber etwas vorsichtiger. »Was war das? Ich töte euch alle!« Es klang nicht laut, aber ungehalten. Eher ein mürrisches Gemurmel als ein Wutausbruch. »Achtzig Jahre werde ich alt, und dann richtet ein so schäbiges Etablissement meine Beerdigung aus.« Der Mann mit dem Mantel trat ein und blickte hinter die Tür, um sich zu vergewissern, dass dort niemand stand. Dann schloss er sie wütend hinter sich. »Draußen zieht es grässlich, und ich bin den ganzen Weg von Bath hierher gelaufen. Warum eigentlich? Blutige Rache und was weiß ich nicht alles – es gibt keinen Respekt mehr auf der Welt! Ich soll der Herr der Untoten sein, aber man behandelt mich wie einen Botenjungen, der Tag und Nacht durch halb England rennen soll. Das lasse ich mir nicht gefallen!« Er nahm die Kapuze ab und fluchte leise und ohne Unterlass.

Natürlich war es Harry.

»Wen haben wir denn da?« Er sah sich um, entdeckte mich und grunzte missmutig. »Du.« Er drohte mir mit dem Zeigefinger. »Ich sagte dir doch, du sollst in Bath warten, bis ich zurückkehre und dich töte. Begreifst du nicht, dass ich ein Vampir bin?«

»Aus dem nämlichen Grund haben wir nicht gewartet«, erwiderte ich langsam und fasste die Flurtür, den einzigen Fluchtweg, ins Auge. »Ich besitze einen starken Selbsterhaltungstrieb.«

»Aber Vampire besitzen einen übermächtigen Willen.« Harry hob beschwörend die Hände. »Sterbliche wie du müssen tun, was immer ich ihnen befehle. Glaubst du, ich wüsste nicht Bescheid? Aber die jungen Leute haben heutzutage keinen Anstand mehr.«

»Tut mir leid.« Etwas Geistvolleres als Erwiderung fiel mir nicht ein. Solche unrühmlichen letzten Augenblicke hatte ich mir für meinen Tod nicht ausgemalt. »Dann nehme ich an, Sie werden uns gleich töten.«

»In diesem Zustand?«, entgegnete Harry. »Ich bin eine Ewigkeit gelaufen, bin hundemüde, und du erwartest, dass ich dich auf der Stelle töte? Auch ein Vampir muss gelegentlich verschnaufen, junger Mann, und da du nach London abgehauen bist, habe ich auch keinen Sarg mehr. Der da müsste allerdings reichen.« Er beugte sich über einen leeren Sarg, der an der hinteren Wand lehnte. »Dieses Mal läufst du mir nicht wieder davon, hörst du? Sieh mir in die Augen!«

Ich gehorchte, weil mir sonst nichts einfiel.

»Bleib hier«, sagte er langsam, »bis ich aufwache und dich töte.« Er winkte schwach mit der Hand, als wirkte er einen Zauberspruch. »Bleib hier.« Er deutete auf seine, dann auf meine Augen. »Die Macht des Willens«, murmelte er. »Du musst mir gehorchen. Bleib hier.«

»Hierbleiben«, wiederholte ich.

»Gut.« Mühsam stieg er in den Sarg. »Ich werde mich rächen – ich will dein Blut und dieses ganze Gedöns –, sobald ich wieder aufwache. Sei froh, dass du nicht so alt wirst wie ich, junger Mann, denn deine Knie werden spurlos verschwinden. Es ist, als hätte ich überhaupt keine Gelenke mehr.« Endlich legte er sich nieder und schloss mit einem Grunzen die Augen.

»Ist das Harry?«, fragte Percy. »Ihrer Beschreibung nach hätte ich ihn für erschreckender gehalten.«

Ich trat langsam an den Sarg. »Er sagte, er werde uns töten. Reicht das nicht?«

»Warum hat er es nicht längst getan?«, wollte Percy wissen.

»Nun ja, er ... er muss offenbar erst ein Nickerchen machen«, erklärte ich.

»Das braucht er wohl öfter«, meinte Percy.

»Er ist achtzig«, sagte Mary. »Ob er der Erhabene ist oder nicht, ein Mann darf auch mal müde sein.«

»Hervorragend.« Ich beobachtete Harry und lächelte breit. »Er schläft.« Ich stieß ihn, aber er rührte sich nicht. »Ganz hervorragend.«

»Werden wir ihn töten?«, fragte Mary. »Ich dachte, man braucht irgendein geheimnisvolles Ritual, um einen Erhabenen umzubringen.«

»Kann schon sein, aber das ist nicht mehr nötig«, erklärte ich ihr. »Der Erhabene will uns töten, und im Keller wartet ein Vampirjäger, der den Erhabenen töten will. Wir müssen die beiden nur noch zusammenbringen, dann haben wir zwei Fliegen mit einer Klappe geschlagen.«

»Möglicherweise ist der Vampirjäger kaum zu überzeugen, dass der Schläfer dort auf dem Boden ein gefährliches Ungeheuer ist«, wandte Percy ein.

»Er liegt in einem Sarg«, widersprach ich. »Für Inspector Herring kommt das schon einem Geständnis nahe. Ich hole ihn.«

»Jetzt gleich?«, fragte Percy. »Mein Onkel ist noch da. Sie können doch Harry nicht töten, wenn nebenan eine Trauerfeier stattfindet.«

»Warum nicht?«, fragte Mary. »Es ist doch sowieso seine Beerdigung.«

»Wir wissen nicht, wie lange er schläft«, gab ich zu bedenken. »Und wir dürfen keine Zeit verlieren. Ihr zwei bleibt hier und passt auf, dass niemand hereinkommt. Legt vorsichtshalber einen Deckel auf den Sarg. Ich sage Herring Bescheid.« Bevor Percy Einwände erheben konnte, öffnete ich die Kellertür und wagte mich in das von Fackeln erhellte Verlies.

Im Keller hatte ein Massaker stattgefunden. Wie weggeworfene Puppen lagen überall schwarz gekleidete Vampire herum, niedergeschlagen und in verkrümmter Stellung zu Boden gesunken. Behutsam stieg ich über eine der Gestalten hinweg, die leise stöhnend auf der Treppe lag. Gustav war wieder bei Bewusstsein, aber immer noch gefesselt und geknebelt. Er starrte mich mit wilden Blicken an. Ich winkte ihm, er solle warten, trat einen Knochen zur Seite und spähte in die Schatten, um Herring ausfindig zu machen.

»Inspector!«, raunte ich. Aus einer Ecke des Raums vernahm ich Schritte, konnte jedoch nichts erkennen, weil eine Wand im Weg war. Vorsichtig schlich ich weiter und lugte um die Ecke. Obwohl das Licht hier schwächer war, entdeckte ich weitere leblose Körper. Es roch stark nach Knoblauch, aber auch nach Kohle, Rauch und altem Stein. Der Keller war ein Labyrinth aus Säulen und Ziegelmauern, als hätten im Verlauf von Jahrhunderten immer wieder Bautrupps mit der Arbeit begonnen und zahlreiche halb vollendete Kohlenbunker,

Lagerräume und Katakomben hinterlassen. Als ich Füße schlurfen hörte, erhob ich noch einmal die Stimme. »Inspector!«

Gleich darauf sprang aus dem Schatten jemand auf mich zu, ein dunkles Gesicht in schwarzem Mantel. Es war Schwarz. »Rette dich, Erhabener!«, rief er. Dann war er schon an mir vorbei, prallte schwer gegen ein Hindernis und ging zu Boden. Als ich herumfuhr, sah ich Inspector Herring, der gerade die Faust sinken ließ und die Zähne zu einem bösen Lächeln bleckte. Der Pflock war in der Mitte zerbrochen, die Knoblauchkette zerquetscht, der Saft tropfte heraus.

»Da hast du dir aber einen schönen Unterschlupf für deine bösen Taten gebaut, Erhabener.«

»Hören Sie«, wandte ich ein, »oben ist der echte Erhabene eingetroffen. Töten Sie ihn, führen Sie ihn ab, oder tun Sie, was Sie für nötig halten. Er ist …«

»Du kannst mich nicht täuschen«, fiel Herring mir ins Wort. Er schüttelte den Kopf und kam auf mich zu. »Ich habe deine Untertanen besiegt, und jetzt werde ich auch dich ein für alle Male besiegen.«

»Hören Sie mir zu!«, flehte ich. »Der echte Erhabene liegt gleich dort oben, und er ist sogar bewusstlos. Einfacher könnte es doch gar nicht sein.«

Herring betrachtete den zerbrochenen Pflock und warf ihn weg, dann ließ er die Knoblauchkette auf den ohnmächtigen Schwarz fallen. »Nach etwas so Einfachem sehnst du dich also«, sagte er. »Nach einem wundersamen Ausweg, der dir abermals hilft, meinem Zugriff zu entkommen. Gar nichts wirst du damit erreichen.«

»Das ist ja gut und schön«, sagte ich. »Verständlicherweise haben Sie das Gefühl, ich wolle Sie übertölpeln, und schließlich erledigen Sie ja nur Ihre Arbeit, nicht wahr?« Er zog einen neuen Pflock aus dem Übermantel, worauf ich heftig schluckte. »Aber glauben Sie mir – ich bin nicht der Erhabene. Der echte Erhabene jagt mich seit drei Tagen durch ganz England und will mich töten. Er hat mir gerade eben wieder gedroht und wollte mich sogar hypnotisieren, aber das ist ihm nicht geglückt.«

»Wenn er der Erhabene wäre und wenn du wirklich unschuldig wärst, dann wäre es geglückt«, erklärte Herring. »Aber wenn du der Erhabene bist und verzweifelt dem Schicksal zu entfleuchen suchst, das dich nun endlich ereilen wird, dann ist eine solche Lüge natürlich sehr verständlich.«

»Wenn ich fliehen wollte«, sagte ich, »warum bin ich dann zu Ihnen in den Keller heruntergekommen? Ich hätte einfach die Tür abschließen und weglaufen können.«

Unsicher hielt Herring inne und prüfte mit den Fingern das spitze Ende des Pflocks. »Das hättest du tun können«, gab er zu. »Es sei denn, du verfolgst einen anderen Plan ... ein teuflisches Vorhaben, um mich ganz und gar aus dem Weg zu räumen.« Sein Selbstvertrauen kehrte zurück, er kam wieder in Fahrt. »Du bist in den Keller gekommen und dachtest, du könntest mich mit deinen Märchen über einen anderen Erhabenen hereinlegen, mich dazu bringen, alles stehen und liegen zu lassen und dich von jedem Verdacht reinzuwaschen.«

»So ungefähr«, antwortete ich. »Abgesehen davon, dass Sie mich so oder so für den Schuldigen halten.«

»Dies alles« – er machte eine ausholende Geste – »ist Beweis genug für deine dämonischen Missetaten.«

»Meine dämonischen ... was? Ich war niemals zuvor in diesem Keller«, erwiderte ich, »und ich hoffe, nie wieder herzukommen.«

»Du wirst ihn nicht mehr verlassen.« Er hob den Pflock über den Kopf. »Nun kommt das Ende. Mein ganzes Leben hat uns schließlich in diesen Keller geführt, meine ganze Ausbildung und meine Forschungen, meine Fähigkeiten und Mühen, alles lief auf diesen einen Augenblick hinaus. Ich werde dich niederstrecken, du böses Unwesen, und nichts kann dich noch retten.«

Triumphierend brüllte er auf und trat einen Schritt auf mich zu, dann war plötzlich ein übles Knacken zu hören. Herring verdrehte die Augen und brach zusammen. Mary stand hinter ihm und hielt einen großen grauen Knochen wie eine Keule umklammert.

»Das nenne ich eine hilfreiche Hand«, sagte ich.

»Eigentlich ist es ein Oberarmknochen.« Mary wedelte mit der Keule. »Aber das spielt keine Rolle. Es hat mir viel zu lange gedauert, und ich habe Rufe gehört.«

»Danke«, sagte ich und nahm Herring den Pflock aus der schlaffen Hand. Ich reichte ihr das Holzstück. »Heben Sie ihn für Harry auf, und es könnte nicht schaden, den Inspector zu durchsuchen, ob er noch weitere Pflöcke bei sich trägt. Wer weiß schon, wie viele sich in diesem Mantel verbergen?«

»Percy!«, rief eine Stimme von oben. Es hallte leicht im Kellergang. »Wo ist dein verdammter Freund ... jemand muss eine Entscheidung treffen, und er scheint in dieser Firma als Einziger dazu fähig zu sein.«

»O nein«, murmelte ich. »Was will er jetzt schon wieder?«

Percy sagte etwas, aber ich verstand ihn nicht.

»Dann such ihn«, befahl Gaddie, »und sag ihm, dass ich mit ihm sprechen muss! Die Trauerfeier ist vorbei, und sobald wir den Toten gesehen haben, können wir uns endlich auf den Weg machen.«

Ich betrachtete Gustav, der völlig wach und verängstigt war.

»Es kommt doch immer etwas dazwischen«, murmelte ich.

London · *Abend*

Mary und ich wechselten einen langen Blick. Gustav
sträubte sich gegen die Fesseln und gab hinter dem Knebel ein leises Grunzen von sich.

»Zurück in den Sarg?« Mary nickte in seine Richtung.

»Das lässt sich wohl nicht vermeiden«, stimmte ich zu.
»Aber wir müssen die beiden aufteilen. Ich führe Gaddie
unseren Gustav vor, und Sie zeigen Wachtmeister Barrow
den lieben Harry Beard.«

»Und wenn er aufwacht?«

»Dann pfählen Sie ihn.«

Gustav grunzte wild.

»Er meinte nicht Sie«, beruhigte Mary ihn.

»Glauben Sie, wir kriegen das hin?«, fragte ich.

»Nein«, antwortete Mary, »aber es wäre sinnlos, jetzt
aufzugeben.«

Ich nickte und deutete zur Treppe. »Sie zuerst – Barrow
könnte da oben sein.«

Mary stieg die Treppe hinauf und eilte zur Tür, dann
hielt sie inne und warf den Knochen herunter, den sie
in Gedanken mitgenommen hatte. Ich wich dem flie-

genden Oberarm aus und wartete, bis sie die Tür hinter sich geschlossen hatte.

»Hat Ihnen die Beerdigung gefallen, Wachtmeister?«, fragte sie. Sie sprach ungewöhnlich laut, damit auch ich es hören konnte. Der Wachtmeister erwiderte etwas Unverständliches, Gaddie unterbrach ihn.

»Wo ist er?«, fragte Gaddie. »Wir haben nicht den ganzen Abend Zeit.«

»Er kommt gleich herauf«, antwortete Mary. Nun schaltete sich Gwen ein.

»Begleiten Sie mich doch auf den Flur, Wachtmeister!« Leichte Schritte entfernten sich. »Sie kennen sich doch gewiss mit Kunst aus. Dort draußen hängen einige Gemälde, zu denen ich gern Ihre Meinung hören würde.« Weitere Schritte, ein Knarren wie von einer Tür, die jemand öffnete oder schloss. Ich war nicht sicher, was vorging, bis Mary sich wieder meldete.

»Kommen Sie dann gleich, Frederick?«

Rasch öffnete ich die Tür, gerade weit genug, damit Gustav hinter mir nicht zu erkennen war. Percy hockte auf dem Deckel von Harrys zugedecktem Sarg. Er hatte die Augen geschlossen und bewegte die Lippen. Wahrscheinlich redete er mit sich selbst und versuchte sich davon zu überzeugen, dass er nicht auf einem Vampir saß. Ein sehr erleichterter Mister Spilsbury stand vor der geschlossenen Tür zur Kapelle. Anscheinend war er froh, den letzten Strahlen der untergehenden Sonne entkommen zu sein. John bemühte sich unterdessen, Mister Gaddie in ein Gespräch zu verwickeln, dem dieser jedoch keinerlei Aufmerksamkeit schenkte.

»Mister Gaddie …«, sagte ich, doch er ließ mich nicht weiter zu Wort kommen.

»Eine schreckliche Andacht«, sagte er und funkelte John böse an. »Von der Totenrede dieses jungen Mannes habe ich kein Wort verstanden. Was hat denn Basilikum mit dem Tod zu tun?«

»Das ist eine Metapher«, erklärte John. »Genau wie die Klippe und das Ufer, von denen ich sprach. Sie müssen wissen, dass die Klippe ein Bild für …«

»Wir sähen jetzt gern den Toten und würden uns dann auf den Weg machen«, unterbrach ihn Mister Gaddie.

»Sie möchten den Toten sehen, Sir?«, fragte ich.

»Natürlich möchten wir den Toten sehen«, antwortete er. »Warum denn nicht?«

»Sie haben ihn schon gesehen, Sir«, wandte ich ein. »Es ist erst wenige Stunden her.«

»Glauben Sie ja nicht, ich werde mir das zur Gewohnheit machen«, entgegnete er. »Es geht nicht um mich, sondern um Barrow. Er war ein enger Freund des Verstorbenen und möchte ihn ein letztes Mal sehen, nachdem er nun verschieden ist.«

»Der Wachtmeister ist verschieden?«, fragte John.

»Mister Beard ist verschieden«, antwortete Gaddie gereizt.

»Tatsächlich?«, fragte Spilsbury.

»Wir würden den Sarg wirklich gern für Sie öffnen«, gab ich zu bedenken. »Aber ich fürchte, wir brauchen einen Moment, um ihn vorzubereiten. Wir haben ihn bereits zugenagelt und müssen ihn wieder öffnen.«

»Dann machen Sie schon!«, sagte Mister Gaddie. »Gott sei Dank bin ich kein Bestatter, aber ich kann mir nicht vorstellen, dass es lange dauert, einen Holzdeckel aufzuhebeln.«

»Das Aufhebeln wäre eine Kleinigkeit«, wandte ich ein. »Es ist ... wir müssen den Sarg hierherholen und ihn dann öffnen.«

»Hierher?«, fragte Mister Gaddie.

»Brechstangen sind in der Kapelle strikt verboten«, verkündete John. »Das ist eine strenge Regel, gegen die wir leider nicht verstoßen dürfen.«

»Das kommt mir vor wie eine sinnlose, dumme Regel«, bemerkte Mister Gaddie.

»Ich bin ganz Ihrer Meinung«, sagte ich, »aber Mister Spilsburys Vater hat es vor nicht einmal drei Monaten auf dem Sterbebett so bestimmt.«

»Ihr Vater?« Der Bankier wandte sich zu Spilsbury um. »Das wusste ich gar nicht.«

Spilsbury hob die Schultern.

»Er ist ganz plötzlich verstorben«, ergänzte John.

»Ich meine ... ich wusste gar nicht, dass er noch lebte«, murmelte Gaddie. »Ich dachte, er sei schon vor Jahren gestorben.«

»Und ich wusste nicht, dass Sie ihn kannten«, warf ich ein.

»Wir arbeiten seit Jahren mit diesem Beerdigungsinstitut zusammen«, sagte Mister Gaddie. »Aber« – er funkelte John an – »das wird sich ab sofort ändern.«

»Der alte Herr hat die letzten Lebensjahre sehr zurückgezogen verbracht«, erklärte ich. »Seine Krankheit verlief schleichend und entstellte ihn zunehmend.«

»Ich dachte, er sei plötzlich verstorben«, warf Gaddie ein.

»Ganz plötzlich«, bestätigte ich. »Es hatte auch nichts mit der Krankheit zu tun. Es traf uns alle wie ein Hammerschlag.«

»Er wurde ermordet«, schaltete sich John ein.

»Ermordet?«, echote Mister Gaddie.

»Mit einer Brechstange erschlagen«, fügte ich hinzu.

»Ausgerechnet in der Kapelle. Deshalb können wir unmöglich dort mit einer Brechstange hantieren.«

Mister Gaddie starrte uns ebenso finster wie verwirrt an. »Weiß man schon, wer es war?«, fragte er langsam.

»Vielleicht könnte Mister Spilsbury Ihnen die erstaunlichen Geschichten zu den Gemälden im Flur erzählen, während Sie warten.« Ich deutete höflich zur Tür. »Mister Spilsbury?«

Spilsbury runzelte die Stirn und schien um eine Antwort verlegen, doch Mary fasste die beiden Männer am Ellbogen und drängte sie zur Tür.

»Sie müssen ihn unbedingt nach dem Gemälde gleich neben der Eingangstür fragen«, säuselte sie Mister Gaddie ins Ohr und spähte vorsichtig in den Flur. Ich zog mich zur Wand zurück, falls der Wachtmeister sich umsah. Mary schob Bankier und Bestatter hinaus und schloss die Tür hinter ihnen. Ich öffnete die Kellertür.

»Ich kann hier nicht länger sitzen!«, rief Percy. Er sprang auf wie von der Tarantel gestochen. »Wie können Sie mich mit einem Vampir allein lassen?«

»Er schläft doch«, beruhigte Mary ihn.

»Wie lautet unser Plan?«, wollte John wissen.

»Wir stecken Gustav in den Sarg, Harry bleibt in seinem, und dann versuchen wir, den Bankier und den Wachtmeister zu trennen.«

»Warum das?«, fragte Percy. »Warum erledigen wir es nicht in einem Rutsch?«

»Wir müssen ihnen unterschiedliche Tote zeigen. Gaddie sieht Gustav, Barrow sieht Harry.«

»Außerdem wird Gaddie vermutlich verlangen, dass Frederick ihm Gustav zeigt«, ergänzte John. »Aber der Wachtmeister darf Frederick nicht sehen.«

»Warum führen wir sie nicht einfach in zwei verschiedene Räume?«, fragte Percy. »Einen hierhin und den anderen nach drüben?«

»Wahrscheinlich werden sie misstrauisch, wenn sie ein und denselben Toten in zwei verschiedenen Räumen betrachten sollen«, wandte Mary ein.

»Aber wie teilen wir sie auf?«, fragte John. »Gwen kann den Wachtmeister beschäftigen, aber es dürfte schwierig sein, Gaddie abzulenken.«

»Sind Sie bald fertig?«, rief Mister Gaddie durch die geschlossene Tür.

»Gleich!«, rief ich zurück. »Wir klären das später«, sagte ich leise. »John und Percy, ihr holt den Sarg aus der Kapelle, während Mary und ich Gustav holen.«

Wir machten uns ans Werk. Mary und ich stiegen hinunter zu Gustav.

»Gute Neuigkeiten«, sagte ich, während ich nach seinen Armfesseln langte. »Wir binden Sie los.« Die Vampire hatten schlechte Knoten geknüpft, aber Gustav hatte sich gewehrt und sie festgezogen.

»Die schlechte Nachricht lautet«, fügte Mary hinzu, »dass Sie sich wieder in den Sarg legen müssen.« Sie löste Gustavs Knebel und entfernte ihn aus dem Mund.

»Wo bin ich?«, keuchte er mit angstvoll aufgerissenen Augen. »Erst erwache ich in einem Sarg, dann schlagen Sie mich, und schließlich wache ich wieder auf und bin von Vampiren umgeben.«

»Willkommen in meinem Leben«, sagte ich unwirsch, als ich ihm die letzte Schlinge von den Füßen löste. »In einem Sarg aufzuwachen, ist noch das Alltäglichste, was ich in letzter Zeit erlebt habe.«

»Sie wollen mich doch nicht etwa töten!« Er rieb sich die Handgelenke, während wir die Treppe hinaufstiegen. »Ich verspreche auch, ein guter Gefolgsmann zu sein. Ich könnte Ihnen jede Menge Opfer bringen. Ich kenne viele, die würde keiner vermissen.«

»Wir tun Ihnen nichts.« Ich half ihm hinauf. John und Percy bemühten sich bereits um den Deckel des leeren Sargs. »Sie sollen sich nur ganz ruhig in den Sarg legen und so tun, als wären Sie tot.«

»Ich soll so tun, als wäre ich tot?«, fragte Gustav.

»Sie sollen nur so tun«, besänftigte ich ihn. »Niemand verlangt von Ihnen, tatsächlich zu sterben.«

»Versprechen Sie mir das?«, fragte er.

»Ich verspreche es bei meiner Ehre als ...« Mir fiel nichts Ehrenhaftes ein, worauf ich mich berufen könnte.

»Ich entschuldige mich ausdrücklich bei Ihnen, Sir«, sagte Percy zu Gustav, »aber allmählich glaube ich, dass wir sowieso bald alle tot sind. Also spielt es keine große Rolle mehr, was man Ihnen antut.«

»Wenn Sie bitte in den Sarg steigen wollen«, sagte ich. »Setzen Sie sich.« Gustav lächelte gequält und gehorchte.

»Ich soll so tun, als wäre ich tot?«, fragte er noch einmal.

»Ganz genau«, sagte ich. »Wir helfen Ihnen dabei, so gut wir können.«

»Wie wollen Sie mir helfen?«

»Mary?« Ich deutete auf Gustav. Sie zückte ihre Keule und drosch sie Gustav auf den Kopf. Es dauerte ein Weilchen, bis er ohnmächtig wurde und ich ihn sachte in den Sarg legen konnte.

»Du!«, rief jemand hinter uns. Wir fuhren erschrocken herum. Inspector Herring war bis zum oberen Ende der Treppe gekrochen. »Du hast ihn getötet«, rief er, »aber du entkommst mir nicht noch einmal.«

»Was ist da los?« Mister Gaddie riss die Tür zum Flur auf und schlug sie Herring ins Gesicht. Der Inspector kugelte die Treppe hinunter, und Mary trat rasch vor die offene Kellertür und verbarg die Keule hinter dem Rücken.

Hinter Mister Gaddie tauchte Wachtmeister Barrow im Flur auf. Er starrte mich an, und ich verharrte wie ein Tier, das der Jäger im Visier hat.

»Gwen«, sagte ich.

»Kennen wir uns nicht irgendwoher?«, fragte der Wachtmeister.

»Hier hat doch jemand gerufen«, sagte Mister Gaddie. »Ich habe es deutlich gehört.«

»Gwen«, sagte ich etwas lauter. Sie zupfte den Wachtmeister am Ärmel, vermochte ihn jedoch nicht abzulenken und schnitt eine hilflose Grimasse.

»Ich sagte Ihnen doch, Sie sollen auf die Zigeuner-Totengräber besser achtgeben.« Mister Gaddie trat einen Schritt auf mich zu.

»Oh, darum haben wir uns schon gekümmert«, strahlte John.

»Irgendwie kommen Sie mir sehr bekannt vor.« Der Wachtmeister legte den Kopf schief. »Haben Sie irgendwann einmal in Bath gelebt?«

»Bitte, Gwen.« Ich wagte nicht, mich zu bewegen.

»Na gut.« Sie holte tief Luft. »Wenn es schon sein muss, dann gibt es nur noch eins.«

Ich zuckte zusammen, weil ich nicht wusste, was sie im Schilde führte.

»So etwas habe ich noch nie getan, aber du lässt mir keine Wahl.« Sie leckte sich die Lippen.

»Was denn, meine Liebe?«, fragte der Wachtmeister und wandte sich zu ihr um.

Gwen schöpfte noch einmal tief Luft, schüttelte den Kopf, bleckte die Zähne und ging auf den Hals des Wachtmeisters los.

»Aaah!«, rief Percy. Mary schlug rasch die Tür zu und riss die Augen weit auf.

»Könnte mir jemand erklären, was hier los ist?«, verlangte Mister Gaddie. »Ich bin doch nicht gekommen, um mich mit einem Haufen tobsüchtiger Irrer abzugeben, die aus irgendeinem Heim entsprungen sind.«

»Natürlich nicht, Sir«, pflichtete ich ihm rasch bei. »Wie Sie sehen, ist der Tote bereit.«

Mister Gaddie betrachtete Gustav. Erfreut schien er nicht, aber das war bei ihm nichts Ungewöhnliches.

»Sehr gut«, sagte er. »Und jetzt schaffen Sie ihn in die Kapelle, damit wir dies endlich hinter uns bringen.«

»In die Kapelle?«, fragte ich.

»Ich bin es leid, mich ständig zu wiederholen.« Er stürmte zur Flurtür.

»Warten Sie!«, rief ich, doch er hatte sie schon geöffnet. Draußen standen Gwen und Wachtmeister Barrow, die sich leidenschaftlich küssten. Sie unterbrachen sich erschrocken und blickten uns schuldbewusst an.

»Ich muss schon sagen, Herr Wachtmeister!« Mister Gaddie drängte sich rasch an den beiden vorbei. »Was ist denn heute bloß mit den Leuten los?«

»Wir stehen Ihnen gleich zur Verfügung«, versprach Mary dem Wachtmeister und schloss die Tür wieder.

»Helfen Sie mir mit dem Sarg!« Ich schob Harrys Sarg über den Boden, bis er neben Gustavs Sarg stand. »Wo ist die Brechstange?«

»Er ist doch gar nicht zugenagelt«, wandte Percy ein.

»Kein Wunder, dass Sie so beunruhigt wirken«, sagte ich. »Der Besitzer könnte jeden Augenblick herausspringen.«

»Die Zeit ist gekommen«, klang es gedämpft aus dem Sarg. »Jetzt müsst ihr euch alle vor mir verneigen, vor eurem unsterblichen Meister.« Der Sargdeckel hob sich ein wenig und sank wieder hinab.

»Vielleicht springt er nicht gerade mit Schwung heraus.« John beobachtete den Sargdeckel genau. »Aber er versucht es zumindest.«

»Der soll der Erhabene sein?«, fragte Percy. »Vor dem habe ich keine Angst, obwohl ich mich sonst vor allem fürchte.«

Mary nahte mit dem Pflock. »Sie öffnen den Deckel, ich steche zu.«

»Ich weiß etwas Besseres«, sagte ich mit einem Blick zur Kellertür. »Helfen Sie mir, den Deckel abzuheben!« Wir zogen ihn weg, und Harry blickte uns finster entgegen.

»Für deine Überheblichkeit wirst du noch büßen«, verkündete er.

»Das müssen wir eines Tages alle«, erwiderte ich. »Wollen Sie uns wirklich töten?«

»Aber gewiss.« Mühsam setzte er sich auf. Offensichtlich fiel ihm das viel schwerer, als er zugeben wollte. »Ich werde euer Blut trinken und darin baden. Ich werde eure Familien verfolgen und meinem schrecklichen Bann unterwerfen, ich werde ...«

»Anscheinend kostet es Sie keine Mühe, sich dem Vampirismus zu verschreiben«, sagte ich.

»Überrascht dich das?«, erwiderte er. »Die Menschen mieden mich schon immer, ich lebte ohne nennenswerte Angehörige für mich allein, ich hauste in einem düsteren Gebäude und war jahrelang ans Bett gefesselt. Eigentlich war ich schon vor meinem Tod ein Vampir.«

»Aber Sie können nicht erwarten, dass wir uns vor Ihnen fürchten«, erklärte ich. »Wir sind vier und haben sogar einen Pflock.«

»Einen Pflock?« Mürrisch hob er den Kopf und blieb eine Weile reglos sitzen, da die Beine offenbar nicht ganz so gehorsam waren wie der Oberkörper. »Glaubst du etwa, ein Pflock könne mir etwas anhaben? Glaubst du, ich fürchte die Fallen, die ein Mensch mir stellt? Ich bin ein Dämon der Nacht, älter und weiser als ihr alle. Wahrscheinlich älter als ihr vier zusammen. Mein Geist ist meine Waffe, mein Wille beherrscht euch, und ihr müsst mir gehorchen.« Wieder starrte er mir in die Augen und machte seltsame Gesten. Dieses Mal gab ich mir große Mühe, hypnotisiert zu wirken.

John sah mich fragend an, doch ich drängte ihn stumm, meinem Beispiel zu folgen.

»Da hinüber!«, befahl Harry, und John und ich folgten mit schleppenden, zögernden Schritten. »Jetzt dorthin!« Wieder deutete er auf eine Stelle, und dieses Mal gehorchte auch Mary. Percy, der anscheinend nichts begriff, beschloss, lieber ohnmächtig zu werden. »Nun steht ihr unter meinem Einfluss!«, rief Harry fröhlich. »Mit euch werde ich die Welt beherrschen. Niemand vermag mir zu widerstehen, denn ich bin ein Vampir.«

»Heil dem Erhabenen«, sagte ich langsam, und Harrys Miene hellte sich auf. »Ja«, sagte er, »der Erhabene! Das ist ein trefflicher Titel. Heil dem Erhabenen!«

»Ich habe genug gehört.« Inspector Herring war wieder mühsam die Treppe heraufgeklettert. »Mir scheint, ich habe den falschen Vampir gejagt, denn hier sitzt nun der echte Erhabene vor mir. Endlich wird dich die gerechte Strafe ereilen.«

»Schweig!« Harry starrte Herring an und wedelte mit den Händen. »Ich befehle dir, mir zu gehorchen!«

»Niemals.« Herring suchte in den Taschen nach einem Pflock. Als er keinen fand, steckte Mary ihm heimlich ihren eigenen zu.

»Ich weiß nicht, wer du bist«, sagte Harry, »aber anscheinend muss ich dir eine Lektion erteilen. Nähere dich mir, und dir soll die Ehre widerfahren, meine erste Vampirmahlzeit zu werden.«

»Halt!«, rief ich und fiel damit aus der Rolle. »Ihre erste Mahlzeit?«

»Die erste«, sagte er. »Zuerst wollte ich dich töten, weil du meinen Sarg gestohlen hast, aber nun hat dieser Störenfried meinen Zorn erregt. Ich fordere dich auf, vor mir niederzuknien.«

»Du kannst mir keine Befehle erteilen«, knurrte Herring.

»Das liegt daran, dass er nicht der Erhabene ist«, sagte ich und schnappte mir die beiden Brechstangen, die John und Percy vorher benutzt hatten. Ich hielt sie Harry vors Gesicht und legte sie übereinander, sodass ein eisernes schwarzes Kruzifix entstand. Harry schrie gequält auf. »Du bist nicht der Erhabene«, sagte ich. »Du bist ein alter Mann, der ein Schläfchen machen muss.« Ich hielt ihm das Kreuz noch dichter vor das Gesicht, und er wurde ohnmächtig und sank in den Sarg zurück.

»Jetzt bin ich wirklich verwirrt«, stöhnte Herring. In diesem Moment flog die Flurtür auf und warf ihn abermals die Treppe hinab.

»Ich warte nicht länger«, verkündete Mister Gaddie. »Sie zeigen uns auf der Stelle den Toten, oder wir ... Oh, da ist er ja!«

Beide Särge standen offen da und ließen sich kaum mehr verstecken. Mir sank das Herz in die Hose, und das Blut wich mir so rasch aus dem Gesicht, dass ich mich schon fragte, ob es mir irgendjemand heimlich aussaugte. Entsetzt sah ich zu, wie meine Welt, die ich mit so viel Mühen verzweifelt im Gleichgewicht gehalten hatte, vollends in Scherben ging.

»Er sieht gut aus«, sagte der Wachtmeister, der Harry anstarrte. »Ganz wie früher.«

»Dazu kann ich mich nicht äußern«, entgegnete Mister Gaddie, der Gustav musterte. »Ich habe ihn heute Nachmittag zum ersten Mal gesehen.«

Ich wusste nicht, was ich denken sollte. Wo blieben die Schreie, die Rufe und die Beschuldigungen?

»Ein besonders sympathischer Mann war er eigentlich nicht«, meinte der Wachtmeister. »Jähzornig und neidisch auf fast alles, was ihm über den Weg lief. Eigentlich sogar ein Schurke, wenn man es genau nimmt, aber mit einem weichen Herzen. Oder mit einem schwachen Herzen, je nachdem, wie man es betrachtet.«

»Das ist schön«, bemerkte John.

»Warum fiel Ihre Ansprache nicht ähnlich kurz aus?«, fragte Mister Gaddie.

Da erkannte ich, was geschah. Jeder der beiden begutachtete die falsche Leiche, aber jeder sah auch die richtige. Sie nahmen einfach an, dass sie denselben Toten betrachteten.

»Warum sind es zwei?«, fragte Mister Gaddie.

»Wir haben sehr viel zu tun«, antwortete ich langsam. »Das ist immer so um diese Jahreszeit.«

»Nun denn«, erklärte Mister Gaddie, »das war's dann, oder?«

»Für meinen Teil auf jeden Fall«, bestätigte Wachtmeister Barrow. »Ich glaube, wir können gehen. Was ist mit Percy?«

»Ohnmächtig.« John deutete auf den Boden hinter dem Tisch.

»Das sieht ihm ähnlich«, mäkelte Mister Gaddie. »Ich habe keine Zeit, auf ihn zu warten. Sagen Sie ihm, er soll sich morgen früh um acht Uhr mit Mister Plumb treffen, um die Dokumente für die Erbschaft auszustellen. Ich werde ihm versichern, dass alles in Ordnung ist, aber ich werde auch« – er musterte mich streng – »darauf drängen, dass wir das Bestattungsunternehmen Spilsbury und Beard nicht mehr in Anspruch nehmen. Das Verhalten der Mitarbeiter und die Atmosphäre dieses Etablissements finde ich mehr als beklagenswert. Guten Tag.« Sprach's und stolzierte den Flur entlang zur Vordertür.

Wachtmeister Barrow verneigte sich höflich. »Wir müssen uns bei Gelegenheit darüber austauschen, woher wir uns kennen. Ich wünsche Ihnen allen einen angenehmen Abend.« Er bot Gwen den Arm. »Komm, Liebste!«

»Bist du sicher, dass die Sonne untergegangen ist?«, fragte Gwen. »Ich habe leider eine sehr empfindliche Haut.«

»Es ist schon fast dunkel«, erklärte er, »aber wenn du möchtest, kaufen wir dir auf dem Weg zum Abendessen einen Sonnenschirm.« Er fasste sie am Arm und führte sie hinaus.

»Die Hälfte!«, hörte ich sie rufen, als sie schon um die Ecke war.

»Ein Drittel!«, antwortete ich laut.

Sie gingen zur Tür, nahmen die Mäntel und Schals und murmelten etwas Unverständliches.

»Danke, dass Sie uns aufgesucht haben«, erhob sich eine neue Stimme im Flur. »Vielen, vielen Dank, und beehren Sie uns bald wieder.« Die Vordertür ging auf, es gab eine kleine Pause, dann fiel sie ins Schloss, und gleich darauf betrat ein sehr bleicher und desorientierter Archibald Beard das Hinterzimmer. »Wer war das? Und wer sind Sie alle?«

»Zum ersten Mal seit drei Tagen bereitet mir die Antwort auf diese Fragen kein Kopfzerbrechen.« Ich wandte mich zu meinen Freunden um.

Wir hatten es geschafft.

TAG 5

24. JANUAR 1817

Im ganzen Hause ist kein
Menschenlaut

London · *Mittag*

John, Mary, Gwen und ich saßen im schmalen Foyer von Plumb & Gaddie Banking Associates und starrten gelangweilt die Buchstaben an, die vor uns hingen. Dieses Mal hatte ich es mit LU zu tun und fragte mich, was das wohl zu bedeuten hatte.

»Hat sich demnach also herausgestellt, dass Sie gar kein Vampir sind?«, wollte Mary von Gwen wissen.

Gwen machte eine finstere Miene. »Wie konnte ich das ahnen? Alle behaupteten, Frederick sei ein Vampir, ich wachte in seinem Sarg und dann noch einmal mitten in der Nacht in einer Gasse in Bath auf. Da lag ein solcher Gedanke doch nahe?«

»Ein argloser Mensch hätte vermutet, dass man Sie entführt und wieder freigelassen hat. Bis zum Vampirismus bedarf es da doch eines gewaltigen Gedankensprungs.«

»Warum hatten Sie eigentlich so große Angst vor der Sonne?«, fragte John. »Ich meine, die Sonne konnte Ihnen eigentlich gar nichts anhaben. So etwas merkt man doch sofort, sobald man ins Sonnenlicht tritt.«

»Wie konnte ich ins Sonnenlicht treten?«, erwiderte Gwen. »Ich dachte doch, ich sei ein Vampir.«

»Wollten Sie es denn gar nicht ausprobieren?«, fragte John. »Nur um zu sehen, was geschieht?«

»Wenn Sie ein Vampir wären«, erwiderte Gwen, »würden Sie sich dann einfach dem Sonnenlicht aussetzen, nur um sehen, wie schön Sie brennen?«

»Wahrscheinlich«, entgegnete John. »Aber wie gut, dass ich all dies erleben durfte, ohne ein Vampir zu werden.«

Wir schwiegen eine Weile.

»Wie war das denn, als Sie den Wachtmeister zu beißen versuchten?«, fragte Mary.

»Halten Sie den Mund!«, zischte Gwen.

Die Tür ging auf, und der Bursche mit dem strähnigen Haar trat ein. »In Sachen Mister Beard«, sagte er. »Bitte folgen Sie mir.« Wir standen auf und schritten hinter ihm durch das Labyrinth der Flure. In den Räumen, an denen wir vorbeikamen, hörten wir die Federn von Schreibern und Buchhaltern kratzen. »Mister Plumb«, sagte der junge Angestellte und blieb vor einer offenen Tür stehen. Wir traten ein und setzten uns vor einen großen Schreibtisch, hinter dem ein gebeugter alter Mann saß, der über einen erstaunlichen Schopf weißer Haare verfügte. Wir hatten ihn noch nie gesehen, und ich fühlte mich ungemein wohl in der Gegenwart eines Menschen, der keinerlei vorgefasste Ansichten über mich hegte.

»Willkommen«, sagte er. »Wo ist die Nichte?«

Wir deuteten auf Gwen, die schüchtern lächelte.

»Bestens«, sagte er. »Diesen Dokumenten zufolge wird das Erbe zwischen Ihnen und« – er blickte mich an – »Oliver Beard aufgeteilt.«

»Keine Verwandtschaftsbeziehung zu dem Verstorbenen«, erklärte ich.

»Gewiss«, erwiderte Mister Plumb.

»Wie schrecklich, einen geliebten Onkel zu verlieren«, hauchte Gwen. »Aber mein lieber Freund Oliver hat mir geholfen, den Mut nicht zu verlieren.«

»Schrecklich in der Tat«, stimmte Mister Plumb freundlich zu. Er reichte ihr einen Stapel Papiere, und sie setzte zum Unterzeichnen an. »Es tut mir wirklich leid, dass es so kommen musste, so plötzlich vor allem, und Ihnen gilt mein ganzes Mitgefühl. Schrecklich, sich mit dem Tod auseinandersetzen zu müssen. Ich hätte Ihnen den Rat gegeben, wegzuziehen und alles hinter sich zu lassen. Aber das ist nun leider nicht möglich.«

»Wie bitte?«, fragte Gwen, ohne den Stift abzusetzen.

»Ich nehme an, Ihre Freunde werden Ihnen aus der Verlegenheit helfen«, sagte er.

»Wobei?«, fragte Gwen zurück.

»Was das Vermögen betrifft, selbstverständlich«, entgegnete er. »Es ist eine recht vertrackte Angelegenheit, wie Sie ja wissen, und Sie wären gut beraten, diese Bürde nicht allein zu tragen.«

»Ich ... ja«, antwortete sie. »Wir werden uns ... die Mühe teilen.«

»Und hoffentlich auch die Kosten«, erwiderte er. »Sie sind recht hoch, wie Ihnen sicher bekannt ist.«

»Kosten?«, fragte Gwen.

»Dann wissen Sie es noch nicht?«, fragte Mister Plumb. »In diesem Fall schmerzt es mich, der Überbringer schlechter Nachrichten zu sein. Mister Beard ging etwas zu großzügig mit seinen Mitteln um und häufte beträchtliche Schulden auf.«

»Schulden?«, wiederholte ich.

»Schulden«, bekräftigte Mister Plumb. »Wir konnten sie zum größten Teil begleichen, indem wir gewisse andere Besitztümer veräußerten«, erklärte er. »Aber einige Forderungen sind indes noch offen, da wir Anweisung hatten, das Bestattungsinstitut nicht zu verkaufen ...«

»Warten Sie!« Ich legte eine Hand auf die Papiere. »Welches Bestattungsunternehmen?«

»Mister Beards Firma«, erklärte der Bankier. »Es ist praktisch alles, was vom Erbe übrig bleibt.«

»Über welchen Mister Beard reden wir eigentlich?«, fragte John.

»Nun, über Archibald Beard natürlich«, erwiderte Mister Plumb. »Über den Onkel der jungen Dame. Er verstarb gestern ganz unerwartet, und ich habe die Papiere erst heute Morgen auf den Schreibtisch bekommen ...«

»Wo ist Mister Gaddie?«, fragte ich und stand auf. »Es handelt sich hier um ein schreckliches Missverständnis.«

»Ich habe ihn seit heute Morgen nicht mehr gesehen«, antwortete Mister Plumb. »Ich wollte mir gerade die Akte Harold Beard vornehmen – das ist ein anderes Konto, das wir in Bath geführt haben –, als Mister Gaddie hereinkam und die Akte verlangte. Stattdessen gab er mir diese hier, und ich habe den ganzen Morgen damit verbracht, Schuldscheine für die Gläubiger des verstorbenen Bestatters zu ...«

»Wir müssen ihn sofort sprechen«, unterbrach Gwen ihn und stand ebenfalls auf. »Sofort! Sagen Sie uns, wo er ist!«

»Wie gesagt, ich habe ihn seit heute Morgen nicht mehr gesehen. Sie könnten es in seinem Büro versuchen«, erklärte Mister Plumb.

Wir stürzten in den Flur, fragten einen erschrockenen Laufburschen nach Gaddies Büro und eilten in die angegebene Richtung. Nach einigen Biegungen und Ecken fanden wir das Zimmer. Ich hob die Hand, um anzuklopfen, doch Gwen stürmte böse knurrend einfach hinein. Dann blieben wir wie angewurzelt stehen.

Mister Gaddie lag halb auf dem Schreibtisch, das Gesicht war kreidebleich, und im Hals prangten zwei kleine Löcher.

»Wir hätten es vorhersehen müssen«, raunte John.

»Man hat ihn umgebracht!«, rief Gwen. Sie wandte sich um und versetzte mir eine Ohrfeige. »Frederick, was hast du dir nur dabei gedacht?«

»Ich?«, erwiderte ich. »Glaubst du wirklich, ich nehme alle diese Mühen auf mich und töte den Mann, bevor er mir das Geld übergibt?«

»Niemand außer dir wäre dazu fähig gewesen«, entgegnete sie. »Du bist doch der Erhabene.«

»Ich bin nicht der Erhabene.« Ich trat weiter in das Büro hinein. »Er ist derjenige, der uns die ganze Zeit verfolgt. Wir dachten, es sei Harry gewesen, aber er war ebenso schwach wie alle anderen. Es gibt einen echten Erhabenen, und der hat Mister Gaddie getötet.«

»Dann war der Erhabene nur hinter dem Geld her?«, fragte Mary. »Das kommt mir ein bisschen banal vor.«

»Es sind immerhin neunzigtausend Pfund«, wandte Gwen ein. »Daran ist nichts Banales.«

»Wartet!« Ich hatte neben Mister Gaddies Kopf einen kleinen Umschlag auf dem Tisch bemerkt. »Hier ist ein Brief.«

»Hat man ihn wegen eines Briefs umgebracht?«, staunte Gwen.

»An wen ist er adressiert?«, wollte John wissen.

Mary schnappte ihn sich und riss überrascht die Augen auf. Sie reichte ihn mir. »An Frederick.«

Ich nahm den Brief entgegen, öffnete ihn und las laut vor.

»Lieber Frederick, es tut mir leid, dass ich Ihnen dies alles zumuten musste, doch da es notwendig wurde, England und mein früheres Leben hinter mir zu lassen, brauchte ich dringend Geld, und Ihr Vermögen war das einzige, das groß genug und außerdem leicht verfügbar war. Sie sind sicher bitter enttäuscht, aber im Austausch für Ihre unfreiwillige Hilfe habe ich dafür gesorgt, dass Sie das Bestattungsunternehmen Spilsbury und Beard erhalten. Ich hoffe, das ist ein kleiner Ausgleich für die Freiheit, die ich mir genommen habe.«

Ich blickte meine drei Begleiter an. »Hat mir der Erhabene das Geld gestohlen und sich für meine Hilfe bedankt?«

»Genau genommen war es ja gar nicht Ihr Geld«, wandte Mary ein.

»Ich wusste doch, dass du mit den Vampiren unter einer Decke steckst!«, stieß Gwen hervor.

»Hier ist die Rede von unfreiwilliger Hilfe«, widersprach ich. »Was habe ich denn getan?«

»Du hast alle abgelenkt«, meinte John. »Bankiers, Wachtmeister, Vampire, Vampirjäger. Der Erhabene wollte in aller Stille verschwinden, und da wir alle nur auf dich geachtet haben, blieb er unbemerkt.«

»Steht da noch mehr?«, fragte Mary.

»Als Gegenleistung verlange ich nur einen kleinen Gefallen, den ich in den nächsten Monaten genauer beschreiben werde. Ich bitte noch einmal um Verzeihung und lade Sie ein, mich jederzeit in meiner römischen Villa zu besuchen. Sie finden mich dort unter dem Namen Anne Elliot.« Wieder sah ich die anderen

an. »*Unterzeichnet: Die Herrin der Nacht, auch genannt Jane Austen. Wer um alles in der Welt ist Jane Austen?*«

»Nie von ihr gehört«, murmelte Gwen. Auch Mary und John schüttelten die Köpfe.

»Dann ist der Erhabene eine Frau?«, fragte John.

»Warum eigentlich nicht?«, gab Mary zurück.

»Schwarz erwähnte die Herrin der Nacht«, sagte ich. »Die Frau, der wir gestern hier begegnet sind – die sich die Schwindsucht zuziehen wollte –, erwähnte doch, ihr Name sei Anne.«

»Ob es ein und dieselbe Person war?«, fragte ich.

»Das war aber recht kühn von ihr«, meinte John. »Will sie wirklich ihren eigenen Tod inszenieren?«

»Anscheinend hat sie genau das vor«, bekräftigte Mary. »Sie sagte doch, sie rechne mit einem baldigen Ausbruch. Ich kann mir nicht vorstellen, dass sie etwas anderes meinte.«

»Oder sie hat es schon getan«, überlegte ich. »Sie gibt vor zu sterben, steckt dem Bestatter ein paar Pfund zu – das wären dann wir – und lässt uns einen leeren Sarg begraben. Dann segelt sie nach Rom und lebt in Saus und Braus. Frieden, Entspannung ... in ewiger Verdammnis als eine von der Hölle geborene Vampirgöttin. Ein richtig schönes Leben.«

»Das hätte mein Leben sein sollen.« Empört verschränkte Gwen die Arme vor der Brust.

In diesem Moment traf Percy ein, völlig außer Atem.

»Ich habe Rufe gehört«, sagte er, »und da ich wusste, dass Sie im Gebäude sind, nahm ich an, Sie hätten etwas Schreckliches ... Oh, bei allen Sternen!« Er torkelte vorwärts, als er seinen toten Onkel entdeckte, und wandte sich an mich. »Was haben Sie getan?«

»Nichts.« Ich zeigte ihm den Brief. »Dies ist die Person, die in den letzten Tagen alle möglichen Leute getötet hat.«

»Wenigstens bleibt Ihnen das Beerdigungsinstitut«, tröstete mich Mary. »Die Rückkehr nach Bath ist Ihnen versagt, und irgendeine Beschäftigung brauchen Sie.«

»Glänzende Aussichten«, gab ich zurück. »Dann darf ich mich für den Rest meines Lebens mit Toten befassen.«

»Das ist nicht so schlimm, wie es klingt«, beschwichtigte mich Mary.

»Außerdem darf man die Plagegeister nicht vergessen«, fuhr ich fort. »Ich glaube nicht, dass ich jemals die Vampire aus dem Keller vertreiben kann.«

»Sieh's doch einfach von der Sonnenseite«, wandte John ein. »Jedes Mal, wenn sie jemanden töten, bekommst du einen Auftrag.«

»Der grundlegende Unterschied zwischen dir und mir«, erwiderte ich, »ist der Umstand, dass ich dies nicht als Sonnenseite betrachte.«

»Der Erhabene ist eine Frau?«, fragte Percy, nachdem er den Brief gelesen hatte.

»Warum fällt es Ihnen allen bloß so schwer, das zu glauben?«, fragte Mary.

»Gehen Sie mit ihr weg?«, fragte Percy. »Bitte sagen Sie Ja.«

»Du meine Güte, nein. Ich bin knapp mit dem Leben davongekommen, als ich vor Harry weggelaufen bin, dabei war er der unfähigste Mörder, den ich je erlebt habe. Für den Rest meines Lebens habe ich genug von Erhabenen.«

John lächelte. »Ich dagegen sehe für mich in Rom eine strahlende Zukunft. Ein angenehm langwieriges und quälendes Siechtum dank der Schwindsucht und danach nichts als Partys und Poesie mit der Herrin der Nacht.«

»Darf ich Sie im Bestattungsinstitut besuchen?«, fragte Mary. »Ein ständiger Nachschub an legalen Toten wäre viel angenehmer, als sie selbst auszugraben.«

»Warum nicht?«, antwortete ich. »Was wäre ein Bestattungsunternehmen ohne einen Ghul?« Lächelnd wandte ich mich an Gwen. »Forderst du immer noch die Hälfte?«

»Kaum«, schniefte sie. »Wachtmeister Barrow hat mich für übermorgen zum Abendessen eingeladen. Er ist ein schwerreicher Mann.«

»Möge Gott ihm gnädig sein«, seufzte ich. »Gib mir Bescheid, falls irgendwo wieder ein anderer reicher Mann stirbt.« Wehmütig faltete ich den Brief zusammen, während ich den toten Mister Gaddie betrachtete. »Tot und reich«, überlegte ich. »Eine Frage, Gwen – hat dein Onkel eigentlich irgendwelche Erben?«

Der Schlüssel dreht – das Tor ist aufgeschlossen
Und öffnet sich in ächzenden Scharnierkolossen.
Und sie sind fort. Vor langen Jahren flohn
Die Liebenden hinaus ins Ungewitter.